Über dieses Buch

Sie könnten unsere Nachbarn sein: die Akteure in Stanley Ellins Kriminalgeschichten. Mr. Costain, mit seiner verhängnisvollen Vorliebe für raffinierte Speisen — Mr. Crabtree, der bedenklich gehorsame Angestellte eines mysteriösen Chefs — oder auch Mr. Appleby, dem sein Antiquitätengeschäft über alles geht, womit sich seine diversen Ehefrauen abzufinden haben, nicht ganz freiwillig übrigens. Und dennoch: die Geschichten über sie und die anderen Hauptakteure sind alles andere als alltäglich. Hinter dem scheinbar harmlosen Alltagsmilieu lauert das Grauen und verbreitet sanften Schrecken.
Von Stanley Ellin erschien außerdem im Fischer Taschenbuch Verlag ›Das Kartenhaus‹ (Bd. 1227).

STANLEY ELLIN

SANFTER SCHRECKEN

10 ruchlose Geschichten

Deutsch von Arno Schmidt

FISCHER TASCHENBUCH VERLAG

Titel der amerikanischen Originalausgabe
›Mystery Stories‹

Fischer Taschenbuch Verlag

1.–22. Tausend	August 1963
23.–28. Tausend	April 1967
29.–35. Tausend	Mai 1969
36.–40. Tausend	Mai 1971
41.–45. Tausend	Juni 1972
46.–50. Tausend	März 1973
51.–55. Tausend	April 1974

Ungekürzte Ausgabe

Fischer Taschenbuch Verlag GmbH, Frankfurt am Main
Lizenzausgabe des Henry Goverts Verlages, Stuttgart

Gesamtherstellung: Hanseatische Druckanstalt GmbH, Hamburg
Printed in Germany
ISBN 3 436 00538 x

INHALT

VORWORT

Lieber Leser!

Es war am 22. November 1946, genau einen Monat nach dem Abschluß des zweiten Jahreswettbewerbs von EQMM, als die Chefredakteurin von *Ellery Queens Mystery Magazine* (Mildred Falk war es übrigens damals) uns, wie allabendlich, anrief, um die verlegerischen Probleme des Tages durchzusprechen – jawohl, es gab damals, gibt sie noch, und wird sie immer geben: ›Probleme‹. Sie las uns laut die wichtigeren Briefe des heutigen Posteinganges vor, und wir gaben Stichworte für den allgemeinen Tenor der Antwort; sie notierte sich die Fehler auf den Korrekturabzügen, die gerade in Arbeit waren; sie schrieb sich, nach unserem Diktat, Anweisungen für die Reklameanzeigen des nächsten Monats auf (die anscheinend grundsätzlich ›heute noch‹ in Satz gehen müssen); sie legte sich eine Liste der Büchertitel an, die wir herunterratterten, und die aufgespürt werden mußten; ja, für die Übersetzung der neuen französischen Geschichte würde sie sorgen; vereint entwirrten wir einen Knoten, der sich ob der Paginierung ergeben hatte; wir tauschten unsere Meinungen bezüglich des farbigen Probeabzugs vom Umschlag der nächsten Nummer aus; nein, sie würde bestimmt nicht vergessen, die Kabeldepesche abzusenden, und jene seltene Erstausgabe zu bestellen, die nunmehr, nach fünf Jahren Suche, in London aufgetaucht war. Und dergestalt, nach dem üblich-länglichen Resümee jeglichen Tages, waren wir endlich bei der abschließenden Frage angelangt, die wir unveränderlich auf unseren allgeduldigen leidgeprüften Chefredakteur abzufeuern pflegen:
»Irgendwelche neuen Manuskripteingänge?«
»Ja, eine ganze Menge.«
»Was Gutes dabei?«
»Zum Teil. Wir schicken's Ihnen heute abend noch.«
»Was Feines?«
»Ja, eines ist dabei.«
»Was *Extra*-Feines?!«
»Warten Sie, bis Sie's gelesen haben.«
»Von Jemandem, den wir schon kennen?«
»Nein. Ein Direkt-Eingang; nicht durch eine Agentur. Könnte sogar durchaus eine ›Erste Geschichte‹ sein.«
Wenn es nun etwas gibt, das wir noch lieber mögen, als einen schönen Erstdruck von einem Autor ›mit Namen‹, dann ist das ein schöner Erstdruck von einem neuen Mann. Das Fieber der Entdekkung ist ja doch noch aufregender als das einer Wieder-Entdeckung.

Und also geschah es in jenen Novembertagen des Jahres 1946, daß wir die Ehre hatten, Stanley Ellins erster Geschichte vorgestellt zu werden, der ›Spezialität des Hauses‹. (Ursprünglicher Titel: ›Die Küche im Restaurant Robinson‹.) Oh, preudjer Tag! Stanley war damals 30 Jahre jung; verheiratet mit einer schlechthin wundersam-vollkommenen Gefährtin (Jeanne: »eine glänzende, unerbittliche, und immer-sachliche Kritikerin«); ihr einziges Kind, Susan war fast sechs. (Wir, seine Verleger, waren jeglicher ehrfurchtgebietende 41 alt.)
Der Lebenslauf der »Spezialität des Hauses« begann sich im Anfang langsam, mit epischer Ruhe, zu entfalten. Mit Einwilligung des Autors übernahmen wir die Erzählung in EQMM's dritten Jahreswettbewerb; und ein Jahr später, zu Weihnachten 1947, hatte sie einen Sonderpreis gewonnen – den des »Besten Erstdrucks« in diesem dritten Wettbewerb. Es währte weitere vier Monate, bevor die Geschichte im Druck erschien – und zwar in der Mai-Nummer 1948 des EQMM. (Zu dieser Zeit hatte Stanley Ellin dann auch seinen ersten Roman geschrieben, und Simon & Schuster hatten ihn veröffentlicht – DREADFUL SUMMIT, ein feines Buch, erschienen im April 1948.)
Das gute Schiff Stanley Ellin war ergo vom Stapel gelaufen. Und von dem Tage des Debuts dieser seiner ersten Erzählung an schien keine Woche mehr zu vergehen, daß nicht ein Freund oder ein Bekannter (und überraschend häufig auch ein völlig Fremder, der irgendwie erfahren hatte, wer wir waren) uns hinterrücks geentert hätte – schier zärtlich lag auf einmal eine Hand auf unserer fleischigen Schulter; und wenn wir uns umdrehten, vernahmen wir garantiert wieder einen ehrerbietigen Kommentar bezüglich des anhaltenden Nachgeschmacks von Mr. Ellins Schocker.
»Ach, Sie sind das gewesen«, hieß es wohl, »der diese Geschichte von dem Lamm Ämirstan gebracht hat? Was'n Einfall! Das war vielleicht gruselig! Ich hab' immer noch 'ne Gänsehaut.«
Uns überlief jedesmal ein Schauder. Der *frisson d'horreur*, den jedermann, der in diesem Sinne an uns herantrat, ausgekostet hatte, war derart echt, derart anhaltend . . .
Später im gleichen Jahre wurde die Geschichte dann in die QUEENS AWARDS 1948 aufgenommen, und kaum ein Monat scheint mehr vergehen zu wollen – seitdem ist fast ein volles Jahrzehnt verstrichen! – daß uns nicht jemand auf der Straße anhielte, oder uns bei einer Gesellschaft in eine Ecke manövrierte, beziehungsweise uns beim Essen störte (und das ist immer das Allerschlimmste: daraufhin, und beinahe zärtlich, ins Verhör genommen zu werden, *während man kaut!*), und sagt: »Warum bringen Sie eigentlich nicht mehr Geschichten, wie damals die von dem Restaurant – Sie wissen doch, diese ›Spezialität des Hauses‹? Also danach war man k. o.!«
Die Leser vergessen sie nie. Wir vergessen sie nie. Die Wahrheit ist simpel die, daß die ›Spezialität des Hauses‹ sich eben als unvergeßliche Geschichte erwiesen hat. Ja, sie ist inzwischen allmäh-

lich zu einer legendären Geschichte geworden. Und weil sie in ihrer Gattung zu einem modernen klassischen Stück wurde, ist es vielleicht an der Zeit, daß wir, um unseres eigenen Seelenheils willen, ein offenes Bekenntnis ablegen. Denn es war zwar QUEEN, das der Erzählung einen Sonderpreis als ›Bestem Erstdruck des Jahres‹ verlieh; aber es gab schon damals viele – Leser und Kritiker gleichermaßen – die der Ansicht waren, QUEEN habe sich eines klassischen Mißgriffs schuldig gemacht. Viele meinten nämlich, daß die ›Spezialität des Hauses‹ einen höheren Preis verdient gehabt hätte – ganz schlicht den Ersten Preis als die beste Geschichte jenes ganzen Jahreswettbewerbes überhaupt.

Anthony Boucher nannte sie »ein tiefsinniges Meisterwerk« und »die beste Erstveröffentlichung, die ich jemals gelesen habe«. Andere Kritiker wiederholten und bestätigten dieses Urteil. Jener sensibelste Verehrer all dessen was ›Krimi‹ heißt und eisiger Schauder, Christopher Morley, schrieb in den Book-of-the-Month-News, daß die ›Spezialität des Hauses‹ »den ganzen Rest der QUEENS AWARDS von 1948 zusammen aufwiege ... denn was Totentanzstimmung anbelangt und das Geschick, eine Sache in furchtbarster Schwebe zu halten, ist es ein komplettes künstliches Porzellangebiß wert ... für den Kenner ist es genau die echte ›Blutwurst in Würztunke‹«.

Danach hat Stanley Ellin uns dann für jeglichen folgenden Jahreswettbewerb von *Ellery Queens Mystery Magazine* eine Erzählung geliefert – und sein Rekord ist schon phänomenal. Er gewann einen Dritten Preis in unserem Vierten Wettbewerb. Er gewann je einen Zweiten Preis nacheinander im Fünften und Sechsten Wettbewerb. (Im April 1952 brachten Simon & Schuster unterdessen Stanley Ellins zweiten Roman heraus, THE KEY TO NICHOLAS STREET, ein noch besseres Buch, als das erste gewesen war.) In unserem Siebten und Achten Wettbewerb errang er wiederum je einen Zweiten Preis. Im Neunten Wettbewerb wurde es der fünfte Zweite Preis hintereinander – diesmal für die ›Gesellschaft in der Villa‹ – und im April 1955 schließlich empfing Stanley Ellin (sowohl speziell für jene ›Gesellschaft in der Villa‹, als auch allgemein für die hohe Qualität all seiner Kurzgeschichten) den vielbegehrten ›Edgar‹, der alljährlich von den Kriminalromanautoren Amerikas vergeben wird. Am Abend der Preisverleihung wurde Töchterchen Susan gerade 14, fast schon eine junge Dame – und wie stolz sie auf ihren Paps war! In unserem Zehnten Wettbewerb dann, dessen Preisträger Ende 1954 bekanntgegeben wurden, gewann Stanley Ellins ›Der Augenblick der Entscheidung‹ den Ersten Preis – die höchste Auszeichnung, die EQMM einem Autor im Laufe eines Jahres verleihen kann.

Und im Verlauf dieses Fast-Jahrzehnts wuchs Mr. Ellins Talent und reifte und wurde schön anzuschauen. Vom allerersten Start, von 1946 an, hatten seine Erzählungen zweierlei besessen, Solidität und ›Körper‹ – Solidität und dichtes Gewebe, was den Stil anlangt; Körper und Phantasie, was die Fabel betrifft. Aber im Verlauf dieser Jahre, infolge seines nie nachlassenden Eifers, seiner schier unglaublichen Gewissenhaftigkeit, seiner überdimensionalen Feinfühligkeit für jegliche Form des Grauens (das ja nicht nur hinter den ›besonderen Vorfällen‹ des Lebens lauert; sondern sich gleichermaßen, ja vielleicht noch schockierender, in der ›geordneten Alltagswelt‹ um uns manifestiert) – infolge und vermittelst all dessen nahm Stanley Ellins schriftstellerisches Maß ständig zu, und sein Werk gewann neue satte Farbigkeit; denn man trifft in seinen späteren Geschichten ja unleugbar auf gewichtigere Bedeutungen, an umfassendere Probleme wird der Spaten gesetzt, fein- und tiefsinnigere Züge tragen ebensowohl seine Gestalten wie auch die Ereignisse, die zu den Tragödien des modernen Lebens hinführen – beziehungsweise diesen unvermeidlich folgen.

Was Mr. Ellins Arbeitsmethode anbelangt, seine speziellen Probleme und Drangsale als einer jener kurios-geheimnisvollen Organismen, die man ›berufsmäßige Schriftsteller‹ nennt, so hat er sich selbst dazu geäußert. Wir wissen, zum Beispiel, daß sein Traum eines idealen Arbeitsraumes »Prousts mit Korkplatten schalldicht gemachtes Zimmer, darin eine Schreibmaschine« wäre. Wir wissen (aus seinen Beiträgen zum HANDBUCH FÜR VERFASSER VON KRIMINALROMANEN, einem Detektiv-Textbuch, einem Sammelband mit Beiträgen amerikanischer Kriminalschriftsteller, herausgegeben von Herbert Brean, 1956, bei Harper's), daß die größte Schwierigkeit für ihn darin besteht, »den ersten Absatz zu schreiben«. Er probiert zunächst Seite um Seite nichts als einleitende Absätze, bis »er einen erwischt hat, der sich richtig *anfühlt*«. Aber es ist nicht nur ein bestürzender, sondern auch ein eindrucksvoller Umstand, daß er schon bis zu 42 einleitende Absätze hintereinander verworfen hat, ehe er überzeugt und zufrieden war, und zu Absatz zwei übergehen konnte. Seine Stoffe sind nie verzwickt oder künstlich – nach ›Tricks‹ würde man vergeblich in Mr. Ellins Geschichten suchen. Im allgemeinen geht er aus von einer, wie er es selbst bezeichnet, »soziologischen Gegebenheit: der Tragödie der Beamten- oder Angestelltenmentalität, die für wirtschaftliche Sicherung alles hingibt; den Auswirkungen eines Mordes auf eine scheinbar unerschütterlich-biedere Familie des Mittelstandes; dem Einschwenken unserer amerikanischen Jugend auf die Nerzmantel-und-Cadillac-Denkweise«.

Er schreibt unregelmäßig. An jedem Arbeitstag läuft er diverse Kilometer, liest jedwede Zeitung die innerhalb von New York City erscheint, und die ganze Zeit über »schmort« der Keimling, die Idee einer neuen Geschichte in ihm. Dann, wenn dieser Keimling sich zur gehörigen Größe entwickelt hat, schließt er sich in sein Arbeitszimmer ein, und schreibt Tag für Tag acht bis vierzehn Stunden pausenlos hintereinander, bis der Fall erledigt ist. Jede fertige Seite wird erst wieder umgeschrieben, ehe er zur nächsten weitergeht;

zuweilen findet dergleichen Um-Schreiben nur einmal statt (das ist aber ein Wunder); weit öfter geschieht es fünf- oder sechsmal; gelegentlich auch (und hierin, das gibt Mr. Ellins zu, »liegt einiger Wahnsinn«) ein Dutzend oder noch mehrere Male. Aber darin besteht eben die Ellin-Methode: er ist einfach nicht imstande, zur nächsten Seite überzugehen, bevor die voraufgehende nicht so poliert ist, nicht so funkelt, wie ihr Schöpfer überhaupt vermag. Eine der Folgen hiervon ist, daß Mr. Ellins Schreibleistung rein mengenmäßig relativ niedrig liegt; und sie wird noch niedriger durch den unvermeidlichen Umstand, daß er normalerweise wochenlang über dem Keimling einer Fabel brütet und ihn schmort und dämpft, ehe er zu guter Letzt dahin gelangt, sich zur Niederschrift jenes Erst-Absatzes anzuschicken.

Was nun den Menschen selbst anbetrifft, wo er herkommt, wie er aussieht? Je nun, er ist am 6. Oktober 1916 in New York City geboren. Seine Ausbildung umfaßt so verschiedene Dinge wie einen B. A. des Brooklyn College im Jahre 1936 und eine handwerkliche Tätigkeit als Kesselschmiede-Lehrling. Ehe er hauptberuflich zu schreiben begann, ist er Stahlarbeiter gewesen. Zu seinen Lieblingserholungen gehört es, sich ein Fußballspiel anzusehen oder einen Boxkampf oder ein Ballett, sich eine Oper anzuhören oder eine geistreiche Unterhaltung – und Baseball. Also was für ein Baseball-Fan er ist! Er ist mittelgroß, wirkt jedoch ausgesprochen kräftig und untersetzt; er selbst vergleicht sein Aussehen gern mit dem eines »braunen Alaska-Bären, der sich für einen harten Winter vorbereitet hat«. Von nahem hat man (wiederum seine eigene Formulierung) »den merkwürdig ›unfertigen‹ Eindruck einer Plastik von Epstein«. Er ist jedenfalls nicht der Mann, der sich leicht in einer Menge verlöre, und uns ist nicht ein Mensch bekannt, der ihn nicht leiden könnte, beziehungsweise respektierte, beziehungsweise bewunderte ...

Ja, und nun liegt hier Stanley Ellins erster Kurzgeschichtenband vor. Zehn Erzählungen sind darin enthalten, und zwar in zeitlicher Anordnung, wie sie nacheinander entstanden sind; zu Beginn jener klassische Erstling, ›Die Spezialität des Hauses‹, am Schluß die Geschichte, die 1955 den Ersten Preis davontrug, ›Der Augenblick der Entscheidung‹. Wir sind stolz darauf, Stanley Ellin entdeckt zu haben (zugegeben, eine prahlerische und eingebildete Art, unseren geringen Anteil an seinen Leistungen auszudrücken); wir sind stolz darauf, daß jegliche dieser kurzen Erzählungen – ob Mord-, Detektiv- oder Schauer-Geschichte – die Mr. Ellin geschrieben hat, zuerst in *Ellery Queens Mystery Magazine* erschienen ist; und wir sind, schließlich und endlich, stolz darauf, daß man uns aufgefordert hat, zu diesem, Mr. Ellins erstem Kurzgeschichtenbande, ein Vorwort zu schreiben.

Und noch eines ist übrig, das wir aussprechen möchten: unserer Meinung nach ist Mr. Ellins Kurzgeschichtenband ein bedeutsames

Buch seiner Gattung; und uns liegt daran, diese Bedeutung so nachdrücklich hervorzuheben, wie wir es nur immer vermögen. Demzufolge nehmen wir jetzt und hier Stanley Ellins *Spezialität des Hauses* in Queens Quorum auf, das heißt, in die fortlaufende Reihe jener klassischen Bände von Kriminalgeschichten, die vor 111 Jahren mit Edgar Allan Poes *Erzählungen* begann.

Stanley Ellins Erzählungen *Spezialität des Hauses* stehen Schulter an fleischiger Schulter mit den größten modernen Leistungen seines Genres. Es ist Queen's Quorum Nummer 113 – und möge es viele, viele Auflagen erleben.

Ellery Queen

DIE SPEZIALITÄT DES HAUSES

»Und hier«, sagte Laffler, »wären wir bei Sbirro.« Costain sah eine breite Fassade aus dunkelbraunem Sandstein, in nichts verschieden von ihren Nachbarn, wie sie sich nach beiden Seiten der verödeten Straße in die feuchtkalte Dusternis erstreckten. Aus den vergitterten Fenstern des Kellergeschosses zu seinen Füßen blinkte es wie ein Lichtschimmer hinter schweren Vorhängen.
»Mein Gott«, bemerkte er, »'n ziemlich trauriges Loch, wie?«
»Wollen Sie bitte immer im Auge behalten«, sagte Laffler steif, »daß Sbirro das Lokal ohne Prätentionen ist. Belagert von unseren gespenstischen, neurotischen Zeitläuften, hat es sich geweigert, zu kapitulieren. Es ist vielleicht das letzte bedeutende Etablissement in dieser Stadt, das noch mit Gas beleuchtet wird. Hier werden Sie dasselbe ehrliche Möblement antreffen, dasselbe prachtvolle Sheffield Service, und, möglicherweise, in einem entlegenen Winkel, genau dieselben Spinnweben, die die Kunden vor einem halben Jahrhundert schon bemerkt haben.«
»Eine etwas zweifelhafte Empfehlung«, sagte Costain, »und hygienisch wohl auch schwerlich.«
»Wenn Sie hier eintreten«, fuhr Laffler fort, »lassen Sie den Wahnwitz dieses Jahres, dieses Tages und dieser Stunde hinter sich, und finden sich, für eine kurze Spanne Zeit, wiederhergestellt im Geiste; nicht durch Luxus, sondern durch Würde, jene Eigenschaft, die unserer Zeit verlorengegangen ist.«
Costain lachte unbehaglich. »Wenn man Sie so hört, handelt es sich mehr um eine Kirche als um ein Restaurant«, sagte er.
Im matten Schein der Straßenlaterne ihnen zu Häupten spähte Laffler in das Gesicht seines Begleiters. »Ich möchte wissen«, sagte er unvermittelt, »ob ich nicht doch einen Fehler damit begangen habe, daß ich Ihnen diese Einladung zuteil werden ließ.«
Costain war verletzt. Trotz eines klangvollen Titels und eines hohen Gehaltes war er zwar letzten Endes nur Angestellter bei diesem pomphaften kleinen Mann hier; fühlte sich aber jetzt doch gedrängt, seinen Gefühlen ein bißchen Worte zu verleihen. »Wie Sie meinen«, sagte er kühl. »Ich kann mir heute abend auch noch ohne weiteres etwas anderes vornehmen, das macht keinerlei Schwierigkeiten.«
Laffler, mit seinen großen Rinderaugen hinauf zu Costain gerichtet, und dem rötlichen Vollmondgesicht, über das die Nebelschwaden hinzogen, schien von seltsamem Unbehagen erfüllt. »Aber nein, nein«, sagte er schließlich, »das kommt überhaupt nicht in Frage. Es ist sehr wichtig, daß Sie mit mir bei Sbirro zu Abend speisen.« Mit festem Griff faßte er Costains Arm und ging voran, hin zu dem schmiedeeisernen Tor des Kellergeschosses. »Wissen Sie, Sie sind

ja der einzige Mensch in meinem Büro, der wenigstens eine Ahnung von gutem Essen zu haben scheint. Und ich meinerseits, der ich von Sbirro weiß, jedoch eines verständnisvollen Freundes ermangele, der teilnehmen könnte, ich habe ungefähr das Gefühl, wie wenn ich ein einzigartiges Kunstwerk besäße und es in einem Zimmer verschlossen hielte, wo niemand anders es bewundern kann.«
Costain fühlte sich hierdurch doch wieder wesentlich besänftigt. »Meines Wissens gibt es aber eine ganze Menge Leute, die eine solche Situation ausgesprochen genießen würden.«
»Ich gehöre nicht zu der Sorte!« sagte Laffler scharf. »Und daß ich das Geheimnis von Sbirros Restaurant jahrelang in meinem Inneren verschlossen mit mir herumgetragen habe, ist mir zu guter Letzt eben unerträglich geworden.« Er tastete an der Seite des Tores herum, und aus dem Innern konnte man das schwache mißtönende Geschepper eines altmodischen Zugglöckchens vernehmen. Eine Innentür ging ächzend auf, und Costain ertappte sich dabei, wie er in ein dunkles Antlitz spähte, in dem der einzig unterscheidbare Zug die Reihe schimmernder Zähne war.
»Serr?« sagte das Antlitz.
»Mr. Laffler mit einem Gast.«
»Serr«, sagte das Antlitz erneut; aber dieses Mal lag unverkennbar eine Einladung darin. Auch wich es zur Seite, und Costain stolperte hinter seinem Gastgeber eine einzelne Stufe hinab. Tür und Tor schrieen hinter ihm auf, und er fand sich blinzelnd in einem kleinen Foyer stehen. Er benötigte einen Augenblick, um sich klar zu werden, daß die Gestalt, auf die er nun starrte, sein eigener Widerschein aus einem gigantischen Pfeilerspiegel war, der sich vom Fußboden bis zur Decke erstreckte. »Atmosphäre«, murmelte er verstohlen vor sich hin, und kicherte noch, als er seinem Führer zu einem Sitzplatz folgte.
Dann fand er sich, an einem kleinen Tischchen für zwei, Laffler von Angesicht zu Angesicht gegenüber, und blickte sich neugierig im Speiseraum um. Die Größe war an sich nicht der Rede wert; aber das halbe Dutzend leis-sausender Gasflammen, die die einzige Beleuchtung spendeten, ergab ein derart trügerisches Licht, daß die Wände zu flirren und in nicht angebbare Entfernung zurückzuweichen schienen.
Es mochten kaum mehr als acht oder zehn Tischchen hier stehen; sämtlich so angeordnet, daß ein Maximum an Intimität gewährleistet war. Alle waren sie besetzt, und die wenigen Kellner, die an ihnen bedienten, bewegten sich ruhig und nie unnütz. Ein gedämpftes Klirren und Scharren von Bestecken war in der Luft, und das beruhigende Gemurmel von Unterhaltungen. Costain nickte anerkennend.
Laffler atmete tief, und es wurde ein ausgesprochener Seufzer der Befriedigung. »Ich wußte, daß Sie meinen Enthusiasmus teilen wür-

den«, sagte er. »Haben Sie übrigens bemerkt, daß keinerlei Frauen anwesend sind?«
Costain hob fragende Augenbrauen.
»Sbirro«, sagte Laffler, »ermutigt Angehörige des schönen Geschlechtes in keiner Weise, seine Räumlichkeiten zu betreten. Und ich kann Ihnen nur sagen, sein Verfahren dabei ist äußerst wirksam. Es ist noch gar nicht lange her, daß ich als Augenzeuge erlebt habe, wie einer Frau eine Probe davon zuteil wurde. Sie hat nicht weniger als eine geschlagene Stunde lang an ihrem Tisch gesessen und auf Bedienung gewartet, die nicht erfolgte.«
»Hat sie keine Szene gemacht?«
»Das wohl«, und Laffler lächelte bei der Erinnerung. »Sie hat dadurch erreicht, die anderen Gäste zu belästigen, ihrem Begleiter peinlich zu fallen – aber weiter auch nichts.«
»Und was unternahm Mr. Sbirro?«
»Er ist überhaupt nicht in Erscheinung getreten. Ob er nun die Operationen von hinter den Kulissen her geleitet hat oder ob er während der Episode gar nicht einmal anwesend war, vermag ich nicht zu sagen. Wie dem auch immer sei, er konnte einen hundertprozentigen Sieg buchen. Die Frau ist nie wieder hier erschienen; der übelberatene Gentleman übrigens ebensowenig, der ja dadurch, daß er die Betreffende mitbrachte, die eigentliche Ursache zu dem ganzen witzlosen Zwischenspiel geworden war.«
»Eine prächtige Warnung für alle Anwesenden«, lachte Costain.
In dem Augenblick erschien ein Kellner an ihrem Tisch. Die schokoladenfarbene Haut, die schmale, schöngeformte Nase, die ebensolchen Lippen, die großen wie schwimmenden Augen, mit dichten Wimpern besäumt, dazu das silberweiße Haar, von solcher Schwere und Seidendichte, daß es dem Schädel wie eine Kappe anlag, all das kennzeichnete ihn endgültig als irgendeine Art Indier, entschied Costain bei sich. Der Mann ordnete die steifen Leinenservietten; füllte aus einem hohen Krug von geschliffenem Glas zwei Becher, und stellte sie an den ihnen gebührenden Ort.
»Sagen Sie doch«, fragte Laffler eifrig, »gibt es heut abend die Spezialität?«
Der Kellner lächelte bedauernd und zeigte dabei ein Gebiß, nicht minder dekorativ als das des Majordomo vorhin. »Tut mir außerordentlich leid, Serr. Heute abend gibt es die Spezialität nicht.«
Lafflers Gesicht wurde niedergeschlagen und furchte sich in schwerer Enttäuschung. »Nach so langem Warten. Jetzt ist es doch fast schon einen Monat her, und ich hatte so gehofft, meinem Freunde hier . . .«
»Sie müssen die Schwierigkeiten bedenken, Serr.«
»Natürlich, natürlich.« Laffler sah traurig zu Costain hinüber und zuckte die Achseln. »Sie sehen, ich hatte ursprünglich vor, Sie gleich mit dem größten Genuß bekannt zu machen, über den Sbirro ge-

bietet; aber bedauerlicherweise steht es nicht auf dem Speisezettel heut abend.«

Der Kellner fragte. »Wünschen Sie, daß sofort aufgetragen wird, Serr?« und Laffler nickte. Zu Costains Überraschung entfernte sich der Kellner, ohne irgend auf weitere Anweisungen zu warten.

»Haben Sie im voraus bestellt?« erkundigte er sich.

»Ah«, sagte Laffler, »das hätte ich allerdings erklären sollen. Bei Sbirro gibt es keinerlei Wahl. Sie werden genau dieselbe Speisenfolge vorgesetzt bekommen wie jeglicher andere in diesem Raume auch. Morgen abend würden Sie eine grundverschiedene Mahlzeit essen; aber wiederum, ohne daß Sie den geringsten Sonderwunsch erfüllt bekämen.«

»Äußerst ungebräuchlich«, sagte Costain, »und zuzeiten bestimmt auch unangenehm: was, falls man gerade keinen Appetit auf speziell das Gericht haben sollte, das einem vorgesetzt wird?«

»Was das anbelangt«, sagte Laffler feierlich, »brauchen Sie keinerlei Befürchtungen zu hegen. Ich gebe Ihnen mein Wort darauf, daß, gleichviel wie anspruchsvoll Ihr Geschmack auch immer sei, Sie bei Sbirro jeden Bissen genießen werden, den Sie zum Munde führen.«

Costain blickte zweifelsvoll drein, und Laffler lächelte. »Und bedenken Sie die feindurchdachten Vorzüge eines solchen Verfahrens«, sagte er. »Wenn Sie in einem populär-normalen Lokal den Speisezettel zur Hand nehmen, finden Sie sich schlagartig unzähligen Einzelheiten zur Wahl gegenübergestellt. Sie sind gezwungen zu schätzen, abzuwägen, hastige Entscheidungen zu treffen, die Sie womöglich umgehend wieder bereuen. Der Endeffekt all dessen ist ein Gefühl der Spannung, das in, und sei es noch so leichtes, Unbehagen ausmünden muß.«

»Und nun bedenken Sie die andere, die technische Seite des Verfahrens. An Stelle eines Tohuwabohus schwitzender Köche, die wie rasend in der Küche durcheinanderwimmeln, um hastig hundert verschiedenste Einzelspeisen herzurichten, haben Sie hier einen Küchenchef, der in stiller Größe alleinsteht, all sein Talent auf eine Aufgabe konzentriert und dem alle Vorbedingungen zu einem sicheren umfassenden Triumphe gegeben sind.«

»Ach, Sie haben die Küche schon einmal gesehen?«

»Unglücklicherweise, nein«, sagte Laffler bekümmert. »Das Bild, das ich skizziert habe, war eine Hypothese, wie ich sie mir im Lauf der Jahre aus Fragmenten von Unterhaltungen zusammenkonstruiert habe. Ich muß allerdings gestehen, daß mein Verlangen, diese Küche hier einmal während des Betriebes besichtigen zu dürfen, so ziemlich der einzige Herzenswunsch geworden ist, von dem ich mich heutzutage noch als besessen betrachten kann.«

»Aber Sie haben ihn Sbirro gegenüber doch wohl schon erwähnt?«

»Ein dutzendmal. Aber er schiebt jede Andeutung mit einem Achselzucken zur Seite.«

»Handelt es sich da nicht um eine recht kuriose Schwäche seinerseits?«

»Nein, nein«, sagte Laffler hastig, »ein Künstler von hohen Graden steht nie unter dem Zwang von Höflichkeitslügen. – Dennoch«, und er seufzte, »ich geb' die Hoffnung niemals auf.«

Eben erschien der Kellner wieder; er brachte zwei tiefe Suppenteller getragen, die er mit mathematischer Genauigkeit placierte, sowie eine kleine Terrine, aus der er gemessen je eine Portion klarer dünner Brühe mit der Kelle austeilte. Costain tauchte seinen Löffel in die Bouillon, und kostete sie mit einiger Neugierde. Sie war ganz zart gewürzt, milde bis fast an die Grenze der Geschmacklosigkeit. Costain runzelte die Stirn, tastete unwillkürlich nach dem Salz- und Pfefferstreuer und mußte die Entdeckung machen, daß sich keiner auf dem Tisch befand. Er schaute auf, sah Lafflers Blick auf sich ruhen, und, obgleich wenig gewillt, seinen eigenen Geschmack bloßzustellen, zögerte er doch auch wieder, Lafflers Begeisterung einen Dämpfer aufzusetzen. Deshalb lächelte er und wies auf die Suppe.

»Ausgezeichnet«, sagte er.

Laffler gab das Lächeln zurück. »Sie finden sie nicht im geringsten ausgezeichnet«, sagte er kalt. »Schal finden Sie sie und dringendst des Würzens bedürftig. – Ich kenne das«, fuhr er fort, als Costain entrüstete Brauen wölben wollte, »weil es, vor langen, langen Jahren genau auch meine Reaktion war; weil ich, gerade so wie Sie, nach dem ersten Mundvoll automatisch nach Pfeffer und Salz greifen wollte. Auch ich habe damals zu meiner Überraschung erfahren, daß bei Sbirro Gewürze nicht zu bekommen sind.«

Costain war schier empört: »Nicht einmal Salz?« rief er aus.

»Nicht einmal Salz. Der bloße Tatbestand, daß Sie bei Ihrer Suppe das Bedürfnis danach haben, legt Zeugnis dafür ab, daß Ihr Geschmack ungehörig verdorben ist. Ich bin mir völlig sicher, daß Sie nunmehr auch die gleiche Entdeckung machen werden wie ich seinerzeit: wenn Sie soweit sein werden, daß Sie mit Ihrer Suppe nahezu fertig sind, wird Ihr jetziges Verlangen nach Salz nicht mehr vorhanden sein.«

Laffler hatte recht; ehe Costain noch den Boden seines tiefen Tellers erreicht hatte, genoß er bereits, mit immer zunehmendem Entzücken, die zarten Nuancen dieser Brühe. Laffler schob seinen eigenen leeren Teller zur Seite und stützte die Ellenbogen auf den Tisch.

»Sind Sie jetzt mit mir einverstanden?«

»Zu meiner eigenen Überraschung«, sagte Costain, »ja.«

Während der Kellner beschäftigt war, den Tisch abzuräumen, dämpfte Laffler bedeutsam seine Stimme. »Sie werden herausfinden«, sagte er, »daß diese Abwesenheit jedweden Gewürzes nur einer unter mehreren, sehr bemerkenswerten Zügen ist, die für Sbirro kennzeichnend sind. Ich will Sie lieber gleich darauf vorbereiten. Zum

Beispiel werden hier keine alkoholischen Getränke, was es auch immer sei, ausgeschenkt; ja, überhaupt kein anderes Getränk, als klares kaltes Wasser, die erste und einzige Flüssigkeit, die ein menschliches Wesen unbedingt zu seiner Erhaltung benötigt.«

»Abgesehen von Muttermilch«, schaltete Costain trocken ein.

»Diesen Einwand kann ich, nicht minder launig, durch den Hinweis parieren, daß der normale Kunde bei Sbirro diese frühe Stufe seiner Entwicklung hinter sich haben dürfte.«

Costain lachte. »Zugegeben«, sagte er.

»Schön. – Weiterhin ist der Genuß von Tabak in jeglicher Form hier verpönt.«

»Aber, lieber Himmel«, sagte Costain, »macht das Sbirro da nicht eher zu einem Abstinenzler-Heim denn zu einem Wallfahrtsort für einen Gourmet?«

»Ich fürchte«, sagte Laffler feierlich, »daß Ihnen die beiden Worte *gourmet* und *gourmand* durcheinander geraten. Der Gourmand, indem er sich ständig überfüllt, bedarf je länger eines desto größeren, sich immer erweiternden Reizbereiches, um seine überdrüssigen Sinne noch zu kitzeln. Das natürliche Kennzeichen des Gourmets dagegen besteht in der Einfachheit. Der Grieche der Antike, in seinem rauhen Chiton, wie er die reife Olive schmeckt; der Japaner, wie er in seinem kahlen Raum über den schöngeschwungenen Stengel einer einzigen Blume meditiert – dies sind die wahren Gourmets.«

»Aber gelegentlich ein Tropfen Brandy oder eine Pfeife Tabak«, sagte Costain zweifelnd, »kann man doch schwerlich als Völlerei bezeichnen.«

»Durch dergleichen ständigen Wechsel von Stimulantien und Narkotika«, sagte Laffler, »machen Sie die feine Ausgewogenheit Ihres Geschmackssinnes labil, und zwar in einem Ausmaß, daß er seine kostbarste Eigenschaft dabei einbüßt: die Fähigkeit, delikate Speisen zu würdigen. Während meiner Jahre als Sbirro-Kunde habe ich mich, für meine Person, ausreichend davon überzeugt.«

»Darf ich fragen«, begann Costain, »warum Sie, weil diese Dinge hier verpönt sind, nun gleich auf so tiefgründige ästhetische Motive schließen? Wie wäre es mit so simplen weltlichen Gründen, wie etwa, daß die Ausschankgenehmigung zu teuer kommt; oder die Möglichkeit, daß sich die Kundschaft, bei derart beengten Räumlichkeiten, über Tabaksqualm beschweren könnte?«

Laffler schüttelte heftig den Kopf. »Wenn und falls Sie Sbirro je kennenlernen sollten«, sagte er, »werden Sie auf der Stelle einsehen, daß er nicht der Mann danach ist, der sich bei Entscheidungen von weltlichen Rücksichten leiten ließe. Um ganz offen zu sein: es war Sbirro selbst, der mir das, was Sie als ›ästhetische Motive‹ bezeichneten, zuerst zum Bewußtsein brachte.«

»Ein erstaunlicher Mensch also«, sagte Costain, während der Kellner sich anschickte, den ersten Gang aufzutragen.

Lafflers nächste Worte fielen erst, nachdem er eine große Portion Fleisch genießerisch geschmeckt und heruntergeschluckt hatte. »Ich bin im allgemeinen sehr zurückhaltend im Gebrauch von Superlativen«, sagte er, »aber in meinen Augen repräsentiert Sbirro schlicht den Menschen auf dem Gipfelpunkt seiner Zivilisation!«

Costain hob eine mokante Augenbraue, und wendete sich seinem Bratenstück zu, das, ungarniert durch Gemüse oder Pickles, in einer Lache dicker Tunke ruhte. Der dünne warme Dunst, der davon zu ihm emporstieg, führte seinen Nüstern ein subtiles, angenehm peinigendes Aroma zu, das ihm den Mund wässern machte. Er begann ein Stück davon durchzukauen, und zwar so langsam und gedankenvoll, als wäre er dabei, den Feinheiten einer Mozart-Symphonie nachzugehen. Die Breite des Geschmacksintervalles, das er entdeckte, war tatsächlich erstaunlich; es reichte von der prickelnden Schärfe der knusprigen äußeren Kruste bis zu der eigenartig schalen und dennoch seelenbefriedigenden Weiche wärmlichen Blutes, wie es der Druck seiner Kiefer aus dem halbrohen Inneren hervorpreßte.

Nach dem Hinunterschlucken fand er sich schier verwildert hungrig auf das nächste Stück; und dann wieder das nächste; und nur mit Mühe gelang es ihm, sich daran zu verhindern, daß er seinen Anteil an Fleisch und Soße mit Wolfsgier hinunterschlänge, ohne darauf zu warten, bis er vom einzelnen Mundvoll die gänzliche wollüstige Befriedigung erkaut hätte. Als er seine Platte sauber gekratzt hatte, kam ihm erst zum Bewußtsein, daß sowohl er als auch Laffler den ganzen Gang hinter sich gebracht hatten, ohne dabei ein einziges Wort der Unterhaltung getauscht zu haben. Er machte eine Bemerkung in diesem Sinne, und Laffler entgegnete: »Können Sie den Nutzen von Worten einsehen, in Gegenwart solcher Speisen?«

Costain ließ den Blick mit einer ganz neuen Empfindung durch den verwohnten, kärglich beleuchteten Raum und über die stillen Esser hinwandern. »Nein«, gestand er demutsvoll, »ich kann es nicht. Und bitte rückhaltslos um Entschuldigung für alle Zweifel, die ich gehegt haben sollte. In allem, was Sie zu Sbirros Lob vorgebracht haben, war nicht ein Wort der Übertreibung.«

»Ah«, sagte Laffler ergötzt. »Und das ist ja erst ein Teil des Ganzen. Sie haben mich einer Spezialität Erwähnung tun hören, die unglücklicherweise heute abend nicht auf dem Programm steht. Was Sie jetzt eben gegessen haben, ist ein Nichts im Vergleich mit der absoluten Köstlichkeit jener Spezialität!«

»Großer Gott!« rief Costain. »Was ist es denn? Nachtigallenzungen? Filet vom Einhorn?«

»Nichts von alledem«, sagte Laffler. »Lamm.«

»Lamm?«

Laffler saß, wohl an die 60 Sekunden lang, in Gedanken verloren. »Wenn«, hob er endlich langsam wieder an, »wenn ich Ihnen in

meinen eigenen Worten, uneingeschränkt, meine Meinung über dieses Gericht kundgäbe – Sie würden mich für total verrückt erklären. Derart tief bewegt mich der bloße Gedanke daran. Es handelt sich weder um das fettige Kotelettstück noch um die allzu solide Keule; nein, es ist ein erlesener Teil des seltensten Schafes, das existiert, und hat auch seine Bezeichnung von der Rasse erhalten – ›Lamm Ämirstan‹.«
Costain ließ seine Brauen fragen. »Ämirstan?«
»Ein Stück Einöde, verlassen und verloren in dem Grenzstrich, der Afghanistan und Rußland scheidet. Aus einzelnen Bemerkungen, die Sbirro gelegentlich hat fallen lassen, möchte ich entnehmen, daß es sich dabei um lediglich ein Plateau handelt, auf dem die armseligen Reste der Herde der herrlichsten Schafe grasen. Sbirro hat sich, auf die eine oder andere Art, das Recht zum Handel mit dieser Herde zu verschaffen gewußt; und ist, infolgedessen, der einzige Restaurateur, auf dessen Menü ›Lamm Ämirstan‹ überhaupt jemals stehen kann. Ich kann Ihnen versichern, daß das Erscheinen dieses Gerichtes wahrlich eine rare Angelegenheit ist; und Glück der einzige Leitstern, nach dem die Kundschaft das exakte Datum bestimmen könnte, wenn es wieder einmal serviert wird.«
»Aber sicherlich«, gab Costain zu bedenken, »müßte Sbirro doch imstande sein, das Ereignis im voraus anzukündigen.«
»Dieser Einwand ist verhältnismäßig simpel zu widerlegen«, sagte Laffler. »In unserer großen Stadt gibt es notorisch eine sehr beträchtliche Anzahl berufsmäßiger Feinschmecker, oder richtiger Schlemmer. Sollte eine solche Vorankündigung durchsickern, wäre mehr als wahrscheinlich, daß jene, schon aus reiner Neugierde, sich die Kenntnis des Gerichtes verschaffen und von da an prompt die alten Stammgäste von ihren Tischen verdrängten.«
»Aber Sie wollen damit doch nicht etwa sagen«, wandte Costain ein, »daß diese paar Anwesenden hier die einzigen in unserer großen Stadt, beziehungsweise sogar auf der ganzen weiten Welt wären, die überhaupt von Sbirros Existenz wüßten?!«
»Beinahe getroffen, ja. Es mag noch ein oder zwei Stammkunden außerdem geben, die aus dem oder jenem Grunde im Augenblick gerade nicht anwesend sind.«
»Das ist ja ganz unglaublich!«
»Und zwar wird dies dadurch erreicht«, sagte Laffler, und in seiner Stimme lag es wie der leiseste Schatten einer Drohung, »daß jeder Stammgast sich zu der feierlichen Verpflichtung verstehen muß, das Geheimnis strikt zu bewahren. Dadurch, daß Sie heute abend meine Einladung akzeptierten, haben Sie automatisch diese Verpflichtung auf sich genommen. Ich nehme an, daß ich Ihnen in der Hinsicht vertrauen kann.«
Costain wurde rot. »Dafür sollte Ihnen meine Stellung bei Ihnen Bürge sein. Ich habe mir doch lediglich erlaubt, die Weisheit eines

Verfahrens anzuzweifeln, das eine so prachtvolle Speise von so vielen, die sie zu genießen wüßten, entfernt hält.«

»Wissen Sie, was das unvermeidliche Resultat eines Verfahrens wäre, wie *Sie* es befürworten?« fragte Laffler bitter. »Eine Invasion von Idioten, die sich allabendlich beschwerten, warum sie denn niemals Entenbraten in Schokoladensoße bekämen. Könnten Sie das Bild ertragen?«

»Nein«, gab Costain zu, »ich sehe mich gezwungen, Ihnen beizustimmen.«

Laffler lehnte sich müde in seinem Stuhl zurück, und strich sich in vager Gebärdung mit der Hand über die Augen. »Ich bin ein alleinstehender Mann«, sagte er still, »obwohl nicht aus eigener Wahl so einsam. Es mag Ihnen befremdlich klingen, mag Ihnen an Spleen zu streifen scheinen; aber ich habe bis ins Innerste das Gefühl, daß dieses Restaurant hier, dieser warme Zufluchtshafen in einer kalten Wahnsinnswelt, mir beides ist, Freund und Familie.«

Und Costain, der bis zu diesem Augenblick seinen Begleiter noch nie in anderem Licht gesehen hatte denn als tyrannischen Brotherrn oder halbdienstlichen Gastgeber, spürte auf einmal überwältigendes Mitleid in seinem angenehm geweiteten Magen bohren.

Nach Verlauf von zwei Wochen hatten die Einladungen Lafflers, ihn zu Sbirro zu begleiten, ein gewisses Ritual angenommen. Tag für Tag, ein paar Minuten nach 17 Uhr, trat Costain hinaus in den Korridor des Kontors und verschloß dann die Tür seines Büroraumes; fein säuberlich legte er sich seinen Mantel über den linken Unterarm und spähte kurz in die Glasscheibe der Tür, um sich zu vergewissern, daß sein Homburg im gehörigen Winkel säße. In früherer Zeit wäre hierauf unfehlbar das Anzünden einer Zigarette erfolgt; aber angestachelt von Laffler hatte er beschlossen, es einmal mit der Enthaltsamkeit zu probieren. Anschließend begann er, sich den Korridor entlang in Bewegung zu setzen – und schon war Laffler an seiner Seite, nahm gleichen Schritt mit ihm auf und räusperte sich die Kehle frei. »Ah, Costain. Noch nicht anderweitig versagt für heut abend, hoff' ich?«

»Nein«, erwiderte Costain dann wohl, »vogelfrei und ungebunden«; oder auch »stehe ganz zu Diensten«, oder sonst dergleichen Nichtigkeit. Zuweilen erwog er freilich, ob es nicht taktvoller, auch taktisch richtiger wäre, das Ritual durch eine gelegentliche Absage aufzulockern; aber die herzliche Freude, mit der Laffler seine Antwort aufnahm, und die rauhe Freundlichkeit, mit der jener seinen Arm umgriff, kamen ihm jedesmal zuvor.

Und – so ging eine weitere Überlegung Costains – gab es inmitten der verräterischen Klippen der heutigen Geschäftswelt einen besseren Weg, sich einen festen Standpunkt zu sichern als die Freundschaft mit dem eigenen Chef? Hatte doch bereits ein Sekretär, der mit

den Vorgängen im Hauptbüro so ziemlich vertraut war, öffentlich etwas von Lafflers außergewöhnlich günstiger Meinung über Costain verlauten lassen. Das könnte ja nur gut sein.
Und dann dieses Essen! Dieses unvergleichliche Essen bei Sbirro! Zum erstenmal in seinem Leben verzeichnete Costain, der normalerweise zum mageren und knochigen Typ gehörte, mit Befriedigung, daß er unverkennbar an Gewicht zunahm; innerhalb von zwei Wochen waren seine Knochen unter einer Decke aus glattem, festem Fleisch verschwunden, und hier und da erschienen sogar schon Anzeichen beginnender Beleibtheit. Eines Abends, als Costain sich solchermaßen in der Badewanne beschaute, durchzuckte ihn plötzlich der Einfall, daß vielleicht selbst der so rundliche Laffler ein hageres und knochiges Männchen gewesen sein könnte, bevor er Sbirro entdeckt gehabt hatte.
Ergo war eigentlich alles zu gewinnen und nichts zu verlieren, wenn er Lafflers Einladungen grundsätzlich annahm. Allenfalls wenn er das vielgerühmte Wunder des »Lamm Ämirstan« geschmeckt, sowie Sbirro, der sich bisher noch nicht hatte sehen lassen, einmal persönlich kennengelernt haben würde, möchte es in der Ordnung sein können, ein- oder auch zweimal abzulehnen. Aber vorher auf keinen Fall.
Am selben Abend, auf den Tag genau zwei Wochen nach seinem ersten Besuch bei Sbirro, wurden Costain gleich beide Wünsche erfüllt: er dinierte bei Lamm aus Ämirstan; und er lernte Sbirro kennen. Das eine wie das andere überstieg jede seiner Erwartungen.
Als der Kellner sich, kaum daß sie Platz genommen hatten, über ihren Tisch beugte, und würdevoll ankündigte: »Heut abend gibt es die Spezialität, Serr«, schockierte es Costain doch, daß sein Herz derart vor Erwartung zu hämmern begonnen hatte. Auf der Tischplatte vor ihm sah er Lafflers heftig zitternde Hände. Aber das ist doch nicht mehr natürlich, mußte er plötzlich denken. Zwei erwachsene reife Männer, leidlich intelligent, im Vollbesitz ihrer Sinne, und benehmen sich zappelig wie ein paar Katzen, die darauf lauern, daß man ihnen ihr bißchen Fleisch hinwirft?!
»Jetzt ist es soweit!« Lafflers Stimmklang erschreckte ihn derart, daß er um ein Haar von seinem Platz aufgesprungen wäre. »Der kulinarische Triumph aller Zeiten! Und angesichts seiner befällt Sie Verworrenheit ob der Empfindungen, die es aus Ihnen herausdestilliert.«
»Wieso wissen Sie das?« erkundigte Costain sich schwächlich.
»Wieso? Weil ein Jahrzehnt zuvor ich die gleiche Verwirrung empfunden habe. Außerdem stehen Ihnen Ihre Hemmungen förmlich im Gesicht geschrieben; da ist es ein leichtes zu sehen, wie die Erkenntnis Sie kränkt, daß der Mensch noch nicht verlernt hat, was sabbernde Gier vor einem Stück Fleisch bedeutet.«
»Und diese andern Anwesenden«, flisperte Costain, »empfinden sie alle das gleiche?«

»Urteilen Sie selbst.«

Costain ließ den Blick verstohlen über die benachbarten Tische gleiten. »Sie haben recht«, sagte er schließlich. »Na, auf jeden Fall ein Trost, daß es einer ganzen Anzahl Leute genauso geht.«

Laffler wies ganz leicht mit dem Kopf zur Seite. »Einem aus dieser unserer Anzahl«, merkte er an, »scheint eine nicht geringe Enttäuschung bevorzustehen.«

Costain folgte seiner Geste. An dem bezeichneten Tisch saß 1 Mann, augenfällig allein; und Costain runzelte die Stirn, als er auf den leeren Stuhl jenem gegenüber blickte.

»Ach ja«, erinnerte er sich, »dieser sehr untersetzte, kahlköpfige Herr, stimmt's? Ich glaube, es ist das erstemal innerhalb dieser zwei Wochen, daß er das Diner verpaßt.«

»Seit einem vollen Jahrzehnt wohl eher«, sagte Laffler voller Mitgefühl. »Ob Regen, ob Sonnenschein, ob Krisen oder sonstige Zufälligkeiten – ich glaube nicht, daß er, seitdem ich das erstemal hier gesessen habe, auch nur einen Abend bei Sbirro versäumt hätte. Stellen Sie sich sein Gesicht vor, wenn er erfährt, daß ausgerechnet beim erstenmal, als er treulos wurde, die *plat du jour* ›Lamm Ämirstan‹ hieß.«

Costain sah nochmals, mit unklarem Mißbehagen, nach dem leeren Stuhl hinüber. »Ausgerechnet das allererste Mal?» murmelte er.

»Mister Laffler! Mit Freund! Sehr angenehm. Sehr, sehr angenehm! Nein, bitte sitzenbleiben; ich verschaffe mir schon Platz.« Auf wundersame Weise erschien eine Sitzgelegenheit unter der Gestalt, die unversehens an ihrem Tisch stand. »Das Lamm Ämirstan wird ein voller Erfolg sein, Herrrr? Ich habe in eigner Person den ganzen liebenlangen Tag in dieser elendiglichen Küche vertrödelt und den törichten Chef angetrieben, alles aufs peinlichste zu beachten Die Peinlichkeit ist ja der wichtigste Teil, wie Herrrr? Aber ich sehe, Ihr Freund kennt mich noch nicht. Eine kleine Vorstellung vielleicht . . .?«

Die Worte flossen in geschmeidig behendem Strom dahin, machten Kringel und schnurrten und hypnotisierten Costain in einer Art, daß er lediglich hinzugaffen vermochte. Der Mund, aus dem dieser Monolog sich schlangenflink entrollte, war erschreckend groß, mit dünnen beweglichen Lippen, die sich bei jeder Silbe verbogen und krümmten. Weiterhin war da eine platte Nase; darunter die spärliche Schraffierung einer Haarlinie; weitauseinanderstehende Augen, die einen beinahe orientalischen Eindruck machten und in dem unsteten Schein der Gasflammen glitzerten; und endlich langes glattes Haar, hoch aus der runzellosen Stirn zurückgekämmt – Haar von solcher Fahlheit, als habe man jeglichen Farbton daraus weggebleicht. Wahrlich ein erstaunliches Gesicht; und doch quälte Costain bei seinem Anblick die Überzeugung, daß es ihm irgendwie vertraut sein müsse. Er spornte und plagte sein Gedächtnis nach Kräf-

ten, vermochte jedoch keine handfeste Erinnerung heraufzubeschwören.
Lafflers Stimme ließ Costain mit einem Ruck aus seiner Geistesabwesenheit auffahren. »Mister Sbirro: Mister Costain, ein guter Freund und Mitarbeiter.« Costain erhob sich, und schüttelte die ihm hingehaltene Hand. Sie war warm und trocken und fühlte sich in seiner Handfläche hart wie Stein an.
»Sehr angenehm, Mister Costain. Sehr, sehr angenehm«, schnurrte und surrte und purrte die Stimme. »Mein kleines Etablissement hier sagt Ihnen zu, Herrrr? Ihnen steht ein großer Genuß bevor. Mein Wort darauf.«
Laffler kicherte. »Oh, Costain speist bereits seit zwei Wochen regelmäßig hier«, sagte er. »Er ist auf dem besten Wege, ein großer Bewunderer von Ihnen zu werden, Sbirro.«
Die Augen waren jetzt auf Costain gerichtet. »Ein sehr großes Kompliment. Sie beehren mich mit Ihrer Gegenwart, und ich revanchiere mich dafür mit meinen Speisen, Herrrr? Aber Lamm Ämirstan ist allem unendlich überlegen, was Sie bisher sich erschmeckt haben mögen, mein Wort darauf. Alle Mühsal seiner Beschaffung, alle Schwierigkeiten seiner Zubereitung lohnen sich wahrlich.«
Costain war bemüht, das verzweifelte Problem dieses Gesichts beiseite zu schieben. »Ich habe mich schon gewundert«, sagte er, »wieso Sie, bei all den angedeuteten Schwierigkeiten, sich überhaupt die Mühe machen, Ihrer Kundschaft Lamm Ämirstan vorzusetzen. Ihre anderen Gerichte wären doch wirklich trefflich genug, Ihren Ruf aufrechtzuerhalten.«
Sbirro lächelte so breit, daß sein Gesicht buchstäblich kreisrund wurde. »Vielleicht handelt es sich um eine psychologische Angelegenheit, Herrrr? Jemand hat ein Wunder entdeckt, und fühlt sich genötigt, es mit anderen zu teilen. Fühlt sich – dies wäre doch möglich – genötigt, seinen Becher dadurch bis zum Rande zu füllen, daß er das augenfällige Vergnügen derjenigen beobachtet, die es mit ihm erkunden. Oder«, er zuckte die Achseln, »vielleicht ist es auch nur eine Frage der Geschäftstüchtigkeit.«
»Ja aber, in diesem Lichte besehen«, beharrte Costain, »und in Anbetracht all der Regeln, die Sie Ihren Kunden auferlegt haben: warum öffnen Sie Ihr Lokal überhaupt dem großen Publikum anstatt es ganz offiziell als privaten Klub zu betreiben?«
Ein flüchtiger Blitz dieser Augen mitten in die von Costain; dann glitt ihr Blick zur Seite. »So scharfsinnig, Herrrr? Nun, dann will ich Sie aufklären: weil man in einem öffentlichen Speisehaus privater lebt als in dem exklusivsten Klub, der existiert! Hier verhört kein Mensch Sie über Ihre Angelegenheiten; niemand begehrt, etwelche Intimitäten Ihres Daseins zu ergründen. Essen lautet hier einzig die Losung. Wir sind nicht neugierig nach Namen oder Adressen oder Gründen, warum unsere Gäste kommen, beziehungsweise

gehen. Falls sie da sind, begrüßen wir sie; wenn sie nicht mehr da sind, verspüren wir kein Bedauern. Das ist die Antwort, wie Herrrr?!«
Costain war betroffen ob so viel Heftigkeit. »Es lag mir fern, irgendwie spionieren zu wollen . . .«, stammelte er.
Sbirro ließ seine Zungenspitze um den dünnen Lippensaum huschen. »Nicht doch, nicht doch«, beruhigte er ihn, »Sie spionieren gar nicht. Bitte nicht diesen Eindruck von mir zu gewinnen. Im Gegenteil; ich begrüße Ihre Fragen.«
»Immer munter, Costain«, sagte Laffler. »Lassen Sie sich ja nicht von Sbirro einschüchtern. Ich kenne ihn schon seit Jahren und garantiere, daß auch für ihn das ›Hunde, die bellen, beißen nicht‹ gilt. Ehe Sie sich's noch versehen, informiert er Sie in Person über sämtliche Gerechtsame des Hauses – die Besichtigung seiner kostbaren Küche natürlich immer ausgenommen.«
»Ah«, lächelte Sbirro, »was das angeht, muß Mister Costain sich noch ein Weilchen gedulden. Bezüglich alles anderen stehe ich ihm rückhaltlos zu Gebot.«
Laffler schlug gutgelaunt mit der Hand auf die Tischplatte. »Was hab' ich Ihnen gesagt!« rief er. »Nun sagen Sie mal die Wahrheit, Sbirro: hat außer Ihren Angestellten jemals ein Mensch das Allerheiligste betreten dürfen?«
Sbirro blickte auf. »An der Wand über Ihnen«, sagte er ernst, »erblicken Sie das Porträt von einem, dem ich einst diese Ehre erwies. Er – ein sehr lieber Freund und langjähriger Stammgast – sei der Beleg, daß meine Küche durchaus nicht unentweihbar ist.«
Costain studierte das Bild; dann, als er es erkannte, gab es ihm förmlich einen Ruck: »Ja aber«, sagte er aufgeregt, »das ist doch der berühmte Schriftsteller – Sie kennen ihn sicher auch, Laffler – der, der immer diese wundervollen Kurzgeschichten schrieb und die zynischen Glossen; und der sich dann unerwartet auf Reisen begab und irgendwo in Mexiko verschollen ist!«
»Tatsächlich!« rief Laffler, »und ich habe jahrelang unter seinem Bild gesessen, ohne das jemals irgendwie gewahr zu werden; das muß sich einer vorstellen!« Er wandte sich zu Sbirro. »Ein lieber Freund, sagten Sie? Dann muß sein Verschwinden ja ein rechter Schlag für Sie gewesen sein.«
Sbirros Gesicht wurde lang. »Das war es auch, das war's, mein Wort darauf. Aber betrachten Sie es auch von dieser Seite, Gentlemen: vielleicht ist er im Tode noch größer gewesen als je in seinem Leben, wie Herrrr? Eine ausgesprochen tragische Gestalt, hat er mir oft bestätigt, daß er seine einzig wirklich glücklichen Stunden bei mir, an diesem Tisch hier verlebt hat. Ergreifend, wie? Und sich vorzustellen, daß die einzige Gunst, die ich ihm jemals zu erweisen vermochte, darin bestand, ihn Zeuge der Mysterien meiner Küche werden zu lassen; die, wenn dann alles gesagt und getan ist, nicht mehr als eine normale gewöhnliche Küche darstellt.«

»Sie scheinen sich seines Todes ganz sicher zu sein«, bemerkte Costain. »Meines Wissens hat sich doch nie der geringste Anhalt oder Nachweis ergeben.«
Sbirro betrachtete nachdenklich das Porträt. »Nicht der geringste«, wiederholte er milde. »Erstaunlich, wie Herrrr?«
Als der Hauptgang erschien, sprang Sbirro auf die Füße und schickte sich an, sie eigenhändig zu bedienen. Leuchtenden Auges hob er das Kasserol von dem Tablett, wobei er ob des Duftes, der diesem entströmte, vor sinnlichem Entzücken schnupperte. Dann, sorgfältigst bemüht, nicht einen Tropfen Soße zu vergeuden, belud er zwei Teller mit schöntriefenden Fleischscheiben. Wie erschöpft sank er dann wiederum auf seinen Stuhl und atmete schwer. »Gentlemen«, sagte er, »ich wünsche guten Appetit.«
Costain kaute seinen ersten Mundvoll mit größter Überlegung durch und schluckte hinunter. Dann starrte er mit verglasten Augen die leeren Zinken seiner Gabel an.
»Großer Gott!« hauchte er.
»Es ist gut, Herrrr? Besser, als Sie sich vorgestellt haben?«
Costain bewegte wie betäubt den Kopf. »Es ist dem Uneingeweihten«, sagte er langsam, »ebenso unmöglich, sich die Wonnen von Lamm Ämirstan vorzustellen wie dem sterblichen Menschen, einen Blick in seine eigene Seele zu tun.«
»Vielleicht« – und Sbirro drängte mit dem Kopf so nahe heran, daß Costains Nüstern von seinem warmen, übelriechenden Atem gekitzelt wurden – »vielleicht ist Ihnen soeben ein solcher Blick in die eigene Seele zuteil geworden, Herrrr?«
Costain versuchte, sich unauffällig etwas zurückzulehnen, ohne jenem Anstoß zu geben. »Vielleicht.« Er lachte. »Und es war ein ausgesprochen erfreuliches Schauspiel: nichts wie Krallen und Zähne. Aber, ohne Sie irgend kränken zu wollen – das würde mir schwerlich zusagen, nun meine Kirche auf *lamb en casserole* zu bauen.«
Sbirro erhob sich und legte ihm sacht eine Hand auf die Schulter. »So scharfsinnig«, sagte er. »Zuweilen, wenn Sie einmal nichts weiter zu tun haben, nichts, vielleicht, als eine ganz kleine Weile in einem dunklen Zimmer zu sitzen und über diese unsre Welt nachzudenken – was sie ist, und was sie künftig sein wird –, dann sollten Sie Ihre Gedanken ein wenig auf die Bedeutung des Lammes in der Religion richten. Das wird sehr, sehr interessant sein. – Und nun –«, er verneigte sich tief vor den beiden Männern – »nun habe ich Sie lange genug von ihrem Dinner abgehalten. Es war mir eine große Freude«, schloß er, mit einem Nicken zu Costain hin, »und ich bin überzeugt, wir werden uns wiedersehen.«
Die Zähne erschimmerten, die Augen erglitzerten; und Sbirro war, sozusagen das Kirchenschiff zwischen seinen Tischen hinunter, verschwunden.

Costain verrenkte sich halb, um der entschwindenden Gestalt nachzustarren. »Hab' ich ihn in irgendeiner Beziehung beleidigt?« fragte er.

Laffler sah von seiner Platte auf. »Beleidigt? Ihn? Der liebt solche Unterhaltungen über alles. Lamm Ämirstan hat für ihn etwas Rituelles; bringen Sie ihn einmal in Gang, und er fährt auf Sie los, ein dutzendmal schlimmer als ein Priester, der einen bekehren will.«

Costain wandte sich wieder seiner Mahlzeit zu, wobei ihm aber immer noch dieses Gesicht vor Augen schwebte. »Interessanter Mann«, sann er. »Toll.«

Einen vollen Monat benötigte er, ehe er die beunruhigende Ähnlichkeit dieses Gesichtes herausgeknobelt hatte, und als er so weit war, lachte er laut im Bett auf: Aber natürlich! Sbirro hätte Modell sitzen können für die Cheshire-Katze in ALICE IM WUNDERLAND!

Gleich am nächsten Abend teilte er Laffler diese seine Erleuchtung mit, während sie sich ihren Weg gegen einen kalten, heulenden Wind die Straße zum Restaurant hinunter erkämpften. Aber Laffler schaute nur leer drein.

»Sie mögen recht haben«, sagte er; »aber ich bin da ein schlechter Richter. Die Tage, wo ich seinerzeit das Buch gelesen habe, liegen allzuweit zurück, als daß ich nun gleich vor freudiger Wiedererinnerung aufschreien könnte.«

Wie wenn seine letzten Worte es ausgelöst hätten, schallte plötzlich ein durchdringendes Geheul die stille Straße zu ihnen heran, und beide Männer blieben wie angewurzelt stehen. »Da ist jemand in Not«, sagte Laffler. »Sehen Sie?!«

Nicht weit vom Eingang zu Sbirro konnte man in der schweren Dämmerung zwei miteinander ringende Gestalten erkennen. Sie schwenkten sich hin und her, und fielen auf einmal in einen Haufen zusammen, der sich auf dem Bürgersteig weiter in sich selbst bewegte. Wiederum erhob sich das klägliche Geheul, und Laffler rannte trotz seines Leibesumfangs in erstaunlichem Tempo darauf zu; während Costain, wesentlich vorsichtiger, hinter ihm dreinzockelte.

Längelang auf dem Pflaster ausgestreckt lag eine schmächtige Figur, mit dem nächtigen Teint und dem weißen Haar von Sbirros Bediensteten. Ihre Finger pflückten wirkungslos an den mächtigen Pratzen herum, die ihre Kehle umschlossen hielten; und die Knie stießen schwächlich hoch nach der bulligen Riesengestalt, die sie brutal, mit ihrem vollen Gewicht, niederhielt.

Laffler kam keuchend hinzugerannt. »Loslassen!« schrie er. »Was geht hier vor sich?«

Die fast schon aus ihren Höhlen quellenden Augen richteten sich beschwörend auf Laffler. »Hilfe, Serr! Der Mann – betrunken –«

»Ich betrunken, du dreckiger –« Costain erkannte jetzt, daß es sich bei dem Angreifer um einen Matrosen in übel verdreckter Uniform handelte. Die Luft um ihn qualmte förmlich vor Fusel. »Erst den Taschendieb machen; und mich dann noch betrunken nennen wollen, was, du elender –!« Tiefer gruben sich seine Finger ein, und das Opfer stöhnte lauter.

Laffler packte den Matrosen bei der Schulter. »Loslassen sollen Sie ihn, hören Sie! Lassen Sie ihn ja sofort los!« schrie er und flog im nächsten Moment gegen Costain, der unter der Wucht des Anpralls nach rückwärts stolperte.

Solcher Direktangriff auf seine eigene Person machte Laffler unversehens und schlagartig zum Berserker. Ohne den geringsten Laut sprang er den Matrosen an und hieb und stieß wütend auf dessen ungedecktes Gesicht und Flanken ein.

Der verblüffte Mann raffte sich nach der ersten Schrecksekunde auf die Füße und wandte sich gegen Laffler. Einen Augenblick lang standen sie umschlungen da; dann, als nun auch Costain sich in den Angriff einschaltete, strauchelten alle drei zu Boden. Langsam kamen Laffler und Costain wieder auf die Beine und blickten auf den Körper vor sich nieder.

»Entweder ist der Kerl k. o. vor Suff«, sagte Costain, »oder aber er ist beim Hinfallen mit dem Kopf aufgeschlagen. Auf jeden Fall ist es eine Angelegenheit der Polizei.«

»Nein, nein, Serr!« Der Kellner krabbelte schwächlich in die Höhe und stand schwankend da: »Keine Polizei, Serr. Mister Sbirro mag das gar nicht. Sie verstehen, Serr.« Er legte eine bittende Hand an Costains Arm, und Costain seinerseits sah auf Laffler.

»Natürlich nicht«, sagte Laffler. »Wir brauchen uns keinerlei Scherereien mit der Polizei auszusetzen. Die werden ihn ohnehin bald genug aufklauben, den mordlustigen Trunkenbold. – Aber wie in aller Welt konnte es überhaupt soweit kommen?«

»Dieser Mann, Serr. Er macht so sehr Zickzack, während er geht, und ich pralle gegen ihn, ganz ohne Absicht. Da fällt er mich an; beschuldigt mich, ich wolle ihn berauben.«

»Wie ich mir schon dachte«, Laffler schob den Kellner sachte weiter. »So, und jetzt gehen Sie rein, und lassen Sie sich behandeln.«

Der Mann schien nahe daran, in Tränen ausbrechen zu wollen. »Ihnen, Serr, verdank ich mein Leben. Wenn ich irgend etwas tun kann –«

Laffler bog schon in den Zugang, der zu Sbirros Tür hinunterführte. »Nicht doch, nicht doch; es war weiter nichts. Sehen Sie, daß Sie reinkommen. Und falls Sbirro irgendwelche Fragen haben sollte, schicken Sie ihn damit zu mir; ich bring die Sache dann schon in Ordnung.«

»– mein Leben, Serr –« waren die letzten Worte, die sie noch vernahmen, ehe die innere Tür sich hinter ihnen schloß.

»Da haben Sie ihn wieder mal erlebt, Costain«, sagte Laffler, während er ein paar Minuten später seinen Stuhl unter dem Tisch hervorzog: »den zivilisierten Menschen in all seiner Glorie. In einem Dunstkreis von Alkohol torkelt er einher und erwürgt jeden armseligen Unschuldigen, der ihm zufällig zu nahe kommt.«
Costain war nach Kräften bemüht, die nervenerschütternde Erinnerung an den Zwischenfall beschönigend zu übertünchen. »Im Grunde sind das ja auch alles nur Neurotiker, die nach der Flasche greifen«, sagte er. »Für den Zustand dieses Matrosen ließe sich bestimmt eine Begründung auftreiben.«
»Begründung? Und ob es eine gibt. Nackte atavistische Wildheit!«, und Lafflers Arm beschrieb eine allumfassende Geste. »Warum sitzen wir wohl alle hier über unserm Fleisch? Doch nicht lediglich, um ein körperliches Bedürfnis zu befriedigen; sondern vor allem, weil unser atavistisches Selbst nach Erlösung förmlich schreit. Denken Sie zurück, Costain. Können Sie sich erinnern, daß ich Sbirro einmal als den Inbegriff der Zivilisation bezeichnet habe? Können Sie jetzt einsehen, warum? Ein großartiger Mann; einer, der das Naturwesen Mensch voll begriffen hat. Aber – und das unterscheidet ihn von minder großen Männern – er wendet all seine Anstrengungen auf die Befriedigung unserer eingeborenen Natur, ohne daß etwelchen unschuldig Begegnenden dabei ein Leid geschähe.«
»Wenn ich der Wonnen von Lamm Ämirstan gedenke«, sagte Costain, »begreife ich vollkommen, worauf Sie hinauswollen. Wäre es, nebenbei bemerkt, nicht übrigens wieder einmal Zeit, daß es auf dem Küchenzettel erschiene? Es muß doch schon über einen Monat her sein, seitdem es das letzte Mal aufgetragen wurde.«
Der Kellner, der ihre Wassergläser füllte, zögerte: »Bedaure sehr, Serr. Die Spezialität gibt es nicht heute abend.«
»Da haben Sie Ihre Antwort gleich«, grunzte Laffler, »und vermutlich werd' ich überhaupt das Schwein haben, es das nächste Mal garantiert zu verpassen.«
Costain starrte ihn an: »Ach, hören Sie; das ist doch nicht möglich.«
»Leider nur zu sehr«, Laffler leerte die Hälfte des Inhalts seines Wasserglases auf einen Zug; und der Kellner füllte ihm unverzüglich nach. »Ich muß nach Südamerika, auf 'ne Kontrolltour, die als Überraschung kommen soll. Wie lange, weiß nur Gott allein; einen Monat, zwei Monate –.«
»Stehen die Sachen da unten so schlimm?«
»Sagen wir, sie könnten besser stehen.« Laffler grinste plötzlich: »Sie dürfen nie vergessen, daß es sehr weltliche Dollars und Cents erfordert, um Sbirro den gebührenden Tribut zu entrichten.«
»Im Kontor habe ich aber kein Sterbenswörtchen von dergleichen gehört.«
»Dann wär's ja auch keine Überraschung, wenn Sie das hätten. Niemand weiß davon als ich selbst – und jetzt Sie noch. Ich möchte

die Leute vollkommen unerwartet überfallen. Rauskriegen, was für dunklen Heckmeck die da unten vorhaben. Was das Kontor anbelangt, so wird es heißen, ich wäre irgendwo auf 'ner Spritztour unterwegs. Meinethalben in irgendeinem Sanatorium. Wie dem auch immer sei, das Geschäft wird indessen in guten Händen sein. Unter anderen auch in Ihren.«

»In meinen?« fragte Costain überrascht.

»Wenn Sie morgen in Ihr Büro treten, werden Sie sich im Besitz des entsprechenden Beförderungsschreibens finden, selbst falls ich nicht da sein sollte, um es Ihnen persönlich zu überreichen. Verstehen Sie mich recht; das hat nicht das geringste mit unserer Freundschaft zu tun; Sie haben ausgezeichnete Arbeit geleistet, und ich bin Ihnen unendlich dankbar dafür.«

Costain errötete ob solchen Lobes. »Sie deuteten an, morgen eventuell nicht mehr da zu sein. Demnach wollen Sie uns also noch heute Nacht verlassen?«

Laffler nickte. »Ich hab' versucht, rasch noch unter der Hand Plätze zu bestellen. Falls das klappen sollte – tcha, dann sitzen wir hier jetzt direkt bei 'ner Art Abschiedsfeier.«

»Sie wissen«, sagte Costain langsam, »wie inbrünstig ich hoffe, daß Sie so schnell keinen Platz mehr bekommen. Ich glaube, unsere gemeinsamen Dinner hier haben allmählich eine Bedeutung für mich gewonnen, wie ich mir früher nie vorzustellen erkühnt hätte.«

Sie wurden von der Stimme des Kellners unterbrochen: »Wünschen Sie, daß ich sogleich serviere, Serr?«, und beide fuhren unwillkürlich zusammen.

»Ja, sicher, sicher«, sagte Laffler scharf. »Ich hatte gar nicht darauf geachtet, daß Sie noch warten.«

»Was mir zu schaffen macht«, vertraute er Costain, als der Kellner sich abwandte, »ist der Gedanke an das Lamm Ämirstan, das ich ja nun garantiert verpasse. Ich will Ihnen nur die Wahrheit gestehen: ich habe meine Abreise tatsächlich schon um eine Woche hinausgezögert; immer in der Hoffnung, daß ich eines Abends doch noch Glück haben könnte; aber nun läßt es sich schlechterdings nicht mehr länger aufschieben. Ich hoffe jedoch, daß wenigstens Sie mit gebührender Teilnahme an mich denken werden, wenn Sie über Ihrer nächsten Portion Lamm Ämirstan sitzen.«

Costain mußte lachen. »Das will ich redlich tun«, sagte er, indem er sich dem Dinner zuwandte.

Er hatte kaum seinen Teller abgegessen, als schon ein Kellner wortlos danach langte. Es war nicht ihr gewohnter Kellner, erkannte er; es war kein anderer als das Opfer des Überfalls von vorhin.

»Na«, sagte Costain, »wie ist Ihnen denn jetzt zumute? Immer noch leicht angeschlagen?«

Der Kellner achtete überhaupt nicht auf ihn. Statt dessen wendete

er sich, mit dem Gesicht eines Mannes, dem etwas schwer auf dem Herzen liegt, an Laffler. »Serr«, wisperte er. »Mein Leben. Ich schulde's Ihnen. Ich kann's jetzt zurückzahlen.«
Laffler schaute betroffen auf; dann schüttelte er resolut den Kopf. »Ach was«, sagte er. »Ich nehm' von Ihnen nichts an, verstanden? Sie haben mich mit Ihrem Dank vollständig ausreichend bezahlt. Gehen Sie jetzt nur wieder an Ihre Arbeit, und lassen Sie uns nichts mehr davon hören.«
Der Kellner wich keinen Zoll breit von der Stelle; hob jedoch um eine Spur die Stimme. »Beim Leib und Blut Ihres Gottes, Serr; ich will Ihnen helfen, und wenn es wider Ihren eigenen Wunsch geschieht! *Betreten Sie nicht die Küche, Serr.* Indem ich das ausspreche, riskiere ich mein Leben für das Ihrige, Serr. Ob heute abend, ob an irgendeinem andern Abend Ihres Lebens: betreten Sie Sbirros Küche nie!«
Laffler lehnte sich völlig fassungslos in seinem Stuhl zurück. »Nie die Küche betreten? – Warum sollte ich nicht die Küche betreten, falls Mister Sbirro jemals der Einfall kommen sollte, mich dahin einzuladen? Was bezwecken Sie mit derlei Andeutungen?«
Eine harte Hand legte sich auf Costains Rücken; eine zweite umgriff den Arm des Kellners. Der Kellner erstarrte sofort, wie an den Platz gebannt; seine Lippen waren zusammengepreßt, der Blick zu Boden geschlagen.
»Wer bezweckt *was womit*, meine Herren?« purrte die Stimme. »Ich wüßte niemanden, der so oft zur rechten Zeit käme wie ich – gerade richtig, um alle Fragen zu beantworten, Herrrr?«
Laffler atmete einen Seufzer der Erleichterung. »Ah, Sbirro; dem Himmel sei Dank, daß Sie kommen. Der Mann hier erzählt irgendwas, von ›nicht mit in Ihre Küche gehen‹. Wissen Sie eventuell, was er damit meinen mag?«
Ein lautlosbreites Lachen zeigte die Zahnborte. »Aber sicher. Der gute Mann hat Ihnen in aller Freundschaft einen Rat erteilen wollen. Es hat sich so ereignet, daß mein allzu hitziger Chef das Gerücht vernommen hat, wie ich eventuell einen Besucher in seine geliebte Küche mitbringen könnte, und prompt hat er einen furchtbaren Wutanfall bekommen. Eine Wut, meine Herren! Er hat sogar damit gedroht, auf der Stelle zu kündigen, und Sie werden begreifen, was das für Sbirro bedeuten würde, Herrr? Glücklicherweise ist es mir gelungen, ihn zu überzeugen, welche außerordentliche Ehre es bedeutet, einen geschätzten Stammgast und wirklichen Kenner als Zuschauer bei den fundamentalsten Vorbereitungen zu seiner Arbeit zu haben, und nunmehr ist er umgänglich. Total, wie Herrrr?«
Er ließ den Arm des Kellners los. »Sie bedienen am falschen Tisch«, sagte er milde. »Achten Sie darauf, daß es nicht noch einmal vorkommt.«
Der Kellner schlüpfte von dannen, ohne auch nur gewagt zu ha-

ben, die Augen aufzuschlagen, und Sbirro zog sich einen Stuhl an den Tisch. Er setzte sich und strich sich leichthin mit der Hand übers Haar. »Und nun ist, fürchte ich, die Katze ja bereits aus dem Sack gelassen, Herrrr? – Meine Einladung an Sie, Mister Laffler, sollte als Überraschung kommen; aber die Überraschung ist dahin, und alles, was übrig bleibt, ist die Einladung selbst.«

Laffler wischte sich die Schweißperlen von der Stirn. »Sprechen Sie im Ernst?« fragte er heiser. »Wollen Sie damit sagen, daß wir tatsächlich heute abend Zeuge davon sein dürfen, wie Sie Ihre Speisen zubereiten?«

Sbirro zog einen scharfen Fingernagel über die Tischdecke; zurück blieb im gestärkten Leinen eine dünne, gerade Linie. »Ah«, sagte er, »ich sehe mich da einem Dilemma von nicht geringen Ausmaßen gegenüber.« Er betrachtete die Linie ernsthaften Gesichts. »Sie, Mister Laffler, sind nunmehr zehn lange Jahre hindurch mein Gast gewesen. Unser Freund hier jedoch –«

Costain hob eine beteuernde Hand. »Ich verstehe vollkommen. Ihre Einladung gilt einzig Mister Laffler, und meine Gegenwart wäre ausgesprochen fehl am Platze. Zudem ist es überhaupt so, daß ich heute abend ohnehin eine früher vereinbarte Verabredung einhalten muß und im Grunde längst unterwegs sein sollte. Also sehen Sie, daß eigentlich gar kein Dilemma vorliegt; bestimmt.«

»Nicht doch«, sagte Laffler. »Das kommt gar nicht in Frage. Das wäre aber wirklich entschieden unfair. Wir haben bisher Freud und Leid hier geteilt, Costain; und ich hätte nicht den halben Genuß von dem, was mir bevorsteht, wenn Sie nicht mit dabei wären. Sbirro kann bestimmt von seinen strengen Grundsätzen etwas nachlassen, in diesem einen Fall.«

Sie blickten beide auf Sbirro, der bedauernd die Schultern wölbte.

Costain erhob sich mit einem Ruck. »Ich denke gar nicht daran, hier im Wege rumzusitzen, Laffler, und Ihnen Ihr großes Abenteuer zu vermiesen. Und außerdem«, fügte er neckend hinzu, »stellen Sie sich den wildgewordenen Chef vor, wie er mit dem Hackebeilchen auf Sie lauert. Da bin ich lieber nicht mit von der Partie. Ich verabschiede mich also hiermit«, fuhr er fort, um Laffler über dessen schuldbewußtes Schweigen hinwegzuhelfen, »und überlasse Sie Sbirro. Ich bin überzeugt, er wird sich Mühe geben, daß Sie anständig was zu sehen kriegen.« Er streckte die Hand hin, und Laffler preßte sie schier schmerzhaft hart.

»Sie sind tatsächlich fabelhaft anständig, Costain«, sagte er. »Ich hoffe, Sie werden auch weiterhin regelmäßig her essen kommen, bis wir uns wiedersehen. Allzulange wird es ja sicher nicht dauern.«

Sbirro machte Platz, daß Costain vorbei könnte. »Ich erwarte Sie«, sagte er. »*Au' voir.*«

Im matt erleuchteten Foyer hielt Costain noch einmal kurz inne, um sich den Schal zurechtzulegen und dem Homburg den vorgeschriebenen Winkel zu geben. Als er sich endlich befriedigt vom Spiegel abwandte, sah er, mit einem letzten Blick, daß Laffler und Sbirro bereits vor der Küchentür standen; Sbirro hielt mit einer Hand die Tür einladend weit auf, während die andere, schier zärtlich, auf Lafflers fleischiger Schulter ruhte.

HOCHLEISTUNGSWERKZEUGE GMBH

An sich hätte es unter den vielen Zimmern der Pension, in ihrer schmuddeligen, linoleumbefußbodeten, messingbebettstellten Uniformität, nicht viel zu wählen gegeben; aber an dem Tage, da er das Inserat auf der Seite *Stellenangebote* beantwortete, wurde Mister Crabtree gewahr, daß ein kleiner Vorzug seinem Zimmer doch anhaftete: das gemeinschaftliche Telefon im Flur befand sich genau seiner Tür gegenüber; und wenn er auch nur eines seiner Ohren halbwegs gespitzt hielt, konnte er, einen Herzschlag nachdem das erste schrille Warnklingeln ertönt war, bereits am Apparat sein.

In Anbetracht dessen schloß er seine Bewerbung um Einstellung nicht nur mit seiner Unterschrift, sondern gleichermaßen mit der betreffenden Telefonnummer. Seine Hand zitterte ein wenig, als er solches tat; er kam sich als Beteiligter an einer gröblichen Betrügerei vor, wenn er dergestalt durchblicken ließ, daß dieses Telefon sein persönliches Eigentum sein könnte; aber das Prestige, das auf diese Weise zu gewinnen war, würde andererseits vielleicht die Waagschale zu seinen Gunsten beeinflussen, dachte er. Zu diesem Endzweck brachte er, unter Zittern und Zagen, die bisher unbefleckten Grundsätze eines Menschenlebens zum Opfer.

Das Inserat selbst war ja nicht viel weniger als ein Wunder gewesen. *Männliche Person gesucht*, hatte es dort geheißen, *für harte Arbeit bei mäßiger Bezahlung. Nüchterner, ehrlicher, fleißiger, früherer Angestellter im Alter zwischen 45 und 50 Jahren bevorzugt. Detaillierte Bewerbungen einzusenden an Postfach 111;* und Mister Crabtree, immer wieder ungläubig durch seine Brillengläser visierend, hatte es gelesen, unter Schauern der Verzweiflung bei dem Gedanken an all seine Leidensgenossen. Alter zwischen 45 und 50 Jahren, die gleichfalls harte Arbeit bei mäßiger Bezahlung suchen mochten und die vielleicht das gleiche Inserat schon Minuten, womöglich gar Stunden früher gelesen hatten.

Seine Antwort hätte einem »Bewerbungsschreiben um Einstellung« als Modell dienen können. Sein Alter betrug 48 Jahre, seine Gesundheit war ausgezeichnet. Er war unverheiratet. Er hatte einer einzigen Firma 30 Jahre lang gedient; hatte ihr getreulich und brav gedient; er konnte erstaunliche Zeugnisse hinsichtlich Verläßlichkeit und Pünktlichkeit aufweisen. Unglücklicherweise war jene Firma mit einer anderen und größeren verschmolzen worden; bedauerlicherweise hatten zahlreiche fähige Angestellte entlassen werden müssen. Dienststunden? Unwichtig. Sein einziges Interesse war, gute Arbeit zu leisten, wobei die aufzuwendende Zeit überhaupt keine Rolle spielte. Gehalt? Eine Sache, die er völlig in die Hände seines etwaigen künftigen Brotgebers legte. Sein vormaliges Endgehalt hatte

50 Dollar pro Woche betragen; aber das war selbstverständlich erst nach Jahren bestandener Bewährung der Fall gewesen. Für eine persönliche Vorstellung jederzeit zur Verfügung. Auskünfte konnten erteilen der und der. Die Unterschrift. Und dann eben die Telefonnummer.

All dies war ein dutzendmal entworfen und wieder entworfen worden, ehe Mister Crabtree die befriedigende Gewißheit fühlte, daß jedes erforderliche Wort nunmehr vorhanden war und daß dieses Wort an dem ihm angemessenen Platze stand. Dann hatte er, mit der Kupferstecherschrift, die seine Geschäftsbücher einst zu kleinen Kunstwerken gemacht hatte, den endgültigen Entwurf auf feines, eigens zu diesem Zweck angekauftes Obligationenpapier übertragen und zur Post gegeben.

Dies getan, und wieder allein mit seinen Betrachtungen, ob eine Antwort per Post, per Telefon oder aber überhaupt nicht eintreffen würde, verbrachte Mister Crabtree zwei endlose, herzklopfende Wochen, bis zu dem Moment, wo er einen Anruf entgegennahm und seinen Namen durch die Leitung kommen hörte, als poche das Schicksal an die Pforte. »Jawohl«, rief er schrill, »hier Crabtree! Ich habe mir erlaubt, einen Brief zu schicken!«

»Ruhe, Mister Crabtree, Ruhe«, sagte die Stimme. Es war eine klare, dünne Stimme, die jegliche Silbe sorgsam zu wählen und auszukosten schien, bevor sie sie von sich gab, und sie übte eine sofortige und abkühlende Wirkung auf Mister Crabtree, dessen Hand den Hörer umklammert hielt, wie wenn er vermittels Druck Mitleid herauszupressen vermöchte.

»Ich habe mir Ihre Bewerbung überlegt«, fuhr die Stimme, immer mit der gleichen peinigenden Bedächtigkeit fort, »und bin außerordentlich zufrieden damit. Außerordentlich zufrieden. Aber ehe ich die Angelegenheit als abgemacht betrachten kann, möchte ich erst einmal ganz klar die Bedingungen der Stellung erläutern, die ich eventuell zu vergeben hätte. Sie haben nichts dagegen, wenn ich jetzt gleich darauf eingehe?«

Das Wort *Stellung* schallwellte traumhaft durch Mister Crabtrees Haupt. »Nein«, sagte er, »ich bitte darum.«

»Sehr gut. Als allererstes: würden Sie sich imstande fühlen, ein eigenes Unternehmen zu betreiben?«

»Ein eigenes Unternehmen?«

»Oh, haben Sie keine Angst weder hinsichtlich der Größe des Unternehmens noch der damit verknüpften Verantwortlichkeit. Es handelt sich dabei um vertrauliche Berichte, die regelmäßig erstattet werden müssen. Sie würden Ihr eigenes Büro bekommen, mit Ihrem Namen an der Tür; und hätten folglich, versteht sich, niemanden als direkte Aufsicht über sich. Hierdurch erklärt sich, wieso ein ungewöhnlich verläßlicher Mann erfordert wird.«

»Jawohl«, sagte Mister Crabtree; »was jedoch die erwähnten vertraulichen Beri ...«

»Ihrem Büro würde eine Liste mehrerer bedeutender Unternehmen vorliegen. Außerdem wäre es abonniert auf eine Reihe von Wirtschaftszeitungen, in denen besagte Unternehmen regelmäßig erwähnt zu werden pflegen. Sie müßten sämtliche dieser Notizen, so wie sie erscheinen, schriftlich festhalten, sie am Abend jedes Tages in einem Bericht zusammenfassen und mir diesen Bericht per Post einschicken. Ich möchte betonen, daß hierzu keinerlei theoretische oder gar literarische Behandlung des Gegenstandes erforderlich ist. Genauigkeit, Kürze, Klarheit: das sind die drei Gesichtspunkte, von denen auszugehen wäre. Sie verstehen das, natürlich?«

»Jawohl, vollständig«, bestätigte Mister Crabtree voller Eifer.

»Ausgezeichnet«, sagte die Stimme. »Ihre Dienststunden wären von 9 bis 17 Uhr, 6 Tage in der Woche; mit einer Stunde Mittagspause dazwischen. Ich möchte es nochmals ausdrücklich betonen: ich lege größten Wert auf Pünktlichkeit und Verläßlichkeit, und würde erwarten, daß Sie in allen Dingen so gewissenhaft verführen, wie wenn Sie jeglichen Augenblick des Tages unter meiner persönlichen Aufsicht stünden. Ich hoffe, Sie fühlen sich nicht gekränkt, daß ich das derart herausstelle?«

»Oh, nein, Sir!« beteuerte Mister Crabtree. »Ich ...«

»Lassen Sie mich weitergehen«, sagte die Stimme. »Hier die Adresse, wo Sie heute in einer Woche zu erscheinen haben, und die Nummer Ihres Zimmers« – Mister Crabtree, weder Papier noch Bleistift zur Hand, rammte sich, völlig außer Rand und Band, die Angaben in sein Gedächtnis – »und Sie werden das Büro komplett hergerichtet antreffen. Die Tür wird offen sein, und in einer Schublade des Schreibtisches werden sie zwei Schlüssel finden: einen für die Tür, den andern für den Rollschrank, der im Büro steht. Im Schreibtisch werden Sie die vorhin von mir erwähnte Liste vorfinden sowie die Schreibmaterialien, die Sie zur Zusammenstellung Ihrer Berichte benötigen. Im Rollschrank wird der Stapel Zeitschriften liegen, bei denen Ihre Arbeit einzusetzen hat.«

»Ich bitte um Verzeihung«, sagte Mister Crabtree, »aber die besagten Berichte ...«

»Sollen jedwedes kleinste Detail über die Unternehmen auf Ihrer Liste enthalten, das von Interesse werden könnte, von geschäftlichen Transaktionen an bis hinunter zu den Veränderungen im Personal. Und sie müssen mir täglich per Post zugesandt werden, sobald Sie am Abend das Büro verlassen. Ist das klar?«

»Nur eines noch«, sagte Mister Crabtree. »An wen – wohin adressiere ich meine Sendungen?«

»Eine sinnlose Frage«, sagte die Stimme mit einer Schärfe, daß es Mister Crabtree aufs höchste beunruhigte. »Selbstverständlich an die Postfachnummer, die Ihnen ja bereits geläufig ist.«

»Selbstverständlich«, sagte Mister Crabtree.

»Als nächstes«, sagte die Stimme, und kehrte aufs erfreulichste zu ihrer ursprünglichen bedächtigen Sprechweise zurück, »die Gehaltsfrage. Ich habe ausgiebig darüber nachgedacht; denn, wie Sie einsehen werden, ist ja dabei eine ganze Anzahl von Faktoren zu berücksichtigen. Am Ende habe ich mich dann von dem alten Grundsatz leiten lassen: Ein guter Arbeiter ist seines Lohnes wert – die Redewendung ist Ihnen bekannt?«

»Jawohl«, sagte Mister Crabtree.

»Und«, sagte die Stimme, »einen schlechten Arbeiter kann man ja leicht entbehren. Auf dieser Basis wäre ich bereit, Ihnen 52 Dollar pro Woche zu bieten. Wären Sie damit zufrieden?«

Mister Crabtree starrte wie betäubt das Telefon an; dann gewann er den Gebrauch seiner Stimme wieder. »Sehr«, keuchte er. »Oh, aber im höchsten Grade. Ich muß gestehen, ich hätte niemals . . .«

Die Stimme unterbrach ihn mit Schärfe: »Aber das gilt nur bedingt, verstehen Sie? Sie werden – um mich eines etwas plumpen Ausdrucks zu bedienen – so lange auf Probe angestellt sein, bis Sie sich bewährt haben. Entweder die Stellung wird bis ins letzte ausgefüllt – oder aber die Stellung ist nicht vorhanden.«

Mister Crabtree fühlte, wie ihm bei der grausen Andeutung die Knie weich wurden. »Ich werde mein Bestes tun«, sagte er. »Ich werde ganz gewiß mein Allerbestes geben.«

»Auch«, fuhr die Stimme erbarmungslos fort, »werde ich große Bedeutung der Art und Weise beimessen, wie Sie den streng vertraulichen Charakter Ihrer Tätigkeit wahren. Sie darf mit niemandem besprochen werden, wer es auch immer sei; und da die Unterhaltung Ihres Büros und seiner Materialien hundertprozentig in meiner Hand liegt, wird es für ein Versagen keinerlei anderweitige Entschuldigung geben. Ebenso habe ich eine Versuchung von Ihnen ferngehalten, in Gestalt eines Telefons, das Sie *nicht* auf Ihrem Schreibtisch finden werden. Ich hoffe, mein Abscheu vor der leider üblichen Praktik, wo Angestellte die Zeit in müßigem Geplauder während der Arbeitsstunden vergeuden, scheint Ihnen nicht ungerecht?«

Seit dem Tode einer einzigen Schwester, vor nunmehr 20 Jahren, gab es auf der weiten Welt nicht eine Seele, der es im Traum eingefallen wäre, Mister Crabtree behufs Geplauders irgendwelcher Art anzurufen; dennoch erwiderte er lediglich: »Nein, Sir. Absolut nicht.«

»Also wären Sie mit sämtlichen Bedingungen, wie wir sie eben besprochen haben, einverstanden?«

»Jawohl. Sir«, sagte Mister Crabtree.

»Sonst noch Fragen?«

»Eines noch«, sagte Mister Crabtree. »Mein Gehalt. Wie . . .«

»Am Ende jeder Woche wird es Ihnen zugehen«, sagte die Stimme. »In bar. Noch etwas?«

Nun herrschte zwar in Mister Crabtrees Gemüt ein wahres Verkehrschaos von Fragen; aber es war ihm nicht möglich, sich auf eine bestimmte davon zu konzentrieren. Bevor ihm das gelang, sagte die Stimme bereits ein helles »Alles Gute also«; und gleich darauf erfolgte jenes Knacken, aus dem er erkannte, daß sein Partner aufgelegt habe. Erst als er versuchte, seinerseits das gleiche zu tun, machte er die Entdeckung, daß seine Hand sich derart fest um den Hörer gekrampft hatte, daß es ihn einen Moment der Beängstigung kostete, sie wieder frei zu machen. –

Es muß eingestanden werden, daß Mister Crabtree, als er sich das erste Mal der ihm angegebenen Hausnummer näherte, nicht übermäßig überrascht gewesen sein würde, wenn er dort überhaupt kein Gebäude vorgefunden hätte. Aber hier war das Gebäude, beruhigend riesenhaft, und wimmelnd von Insassen, die sich vor den Fahrstühlen drängten, in den Korridoren über ihn hinweg sahen, und ebenso desinteressiert wie sinnvoll um ihn herum hasteten.

Und ebenso war auch das Büro da; ganz versteckt und für sich am Ende eines entlegenen Korridors, im allerobersten Stockwerk; ein Tatbestand, auf den Mister Crabtrees Aufmerksamkeit hauptsächlich dadurch gelenkt wurde, daß quer über den Korridor eine Treppenstiege hochführte, die an einer offenstehenden Tür endete, durch welche man das flache Grau des Himmels erblicken konnte.

Das eindrucksvollste an dem Büro war das keck auf die Tür schablonierte

CRABTREE WIRTSCHAFTSKORRESPONDENZ

Wenn man die Tür öffnete, trat man in einen unglaublich kleinen und engen Raum, der durch die klotzigen Ausmaße der Möbel, die ihn erfüllten, noch kleiner wirkte. Zur Rechten, gleich wenn man die Tür aufmachte, ragte ein riesiger Schrank. Dicht daran geschoben, aber immer noch so groß, daß er den Rest der Wand auf dieser Seite einnahm, befand sich ein mächtiger altmodischer Schreibtisch mit einem Drehstuhl davor.

Das in der gegenüberliegenden Wand befindliche Fenster paßte vollkommen zu den Möbeln. Es war ein Riesenfenster, endlos breit und hoch, und das Fensterbrett kaum höher als Mister Crabtrees Knie. Im Moment spürte er eine Anwandlung von Schwäche, als er das erste Mal hinausschaute, und den lotrechten taumelerregenden Abgrund erblickte, dessen schreckhafte Wirkung noch dadurch erhöht wurde, daß die Zementklippe des Hochhauses gerade gegenüber völlig fensterlos und blind war.

Ein Blick war genug für ihn: von da an hielt Mister Crabtree den Unterteil des Fensters fest verschlossen, und stellte sich lediglich den oberen Teil nach Belieben ein.

In einer Schreibtischschublade fanden sich die Schlüssel; Federhalter, Tinte, ein Schächtelchen mit Stahlfedern, ein Pack Löschblätter, und ein halbes Dutzend weiterer, mehr dekorativer als nützlicher Utensilien lagen in einer anderen Schublade; eine Anzahl Briefmarken war zur Hand; und endlich, das erbaulichste, ein reichlicher Vorrat an Schreibpapier, auf jeglichem Blatt als Briefkopf CRABTREE WIRTSCHAFTSKORRESPONDENZ sowie die Zimmernummer seines Büroraums und die Adresse des Gebäudes. Im ersten Entzücken über diese Entdeckung warf Mister Crabtree gleich zur Übung ein paar Zeilen aufs Papier, nicht ohne diverse kühne Schnörkel seiner Feder; dann freilich, ein wenig betroffen ob der eigenen Verschwendungssucht, zerriß er das Blatt sorgfältig in kleinste Fetzen und ließ sie in den Papierkorb zu seinen Füßen fallen.

Anschließend galten seine Bemühungen dann einzig noch der zu bewältigenden Aufgabe. Der Rollschrank spie einen entmutigend hohen Stoß von Zeitschriften aus, die nun, Zeile für Zeile, durchgearbeitet werden mußten, und Mister Crabtree gelang es nie, eine Seite fertig zu studieren, ohne das marternde Gefühl, daß er die Erwähnung eines Namens übersehen hätte, der einem auf der maschinengeschriebenen Liste entsprach, die er, wie versprochen, in seinem Schreibtisch ebenfalls vorgefunden hatte. Dann ging er die ganze Seite noch einmal durch, in dem schrecklichen Bewußtsein, daß er jetzt bei der Arbeit trödele; und mit einem wehen Stöhnen, wenn er wieder unten angelangt war, ohne zu finden, was er auch beim ersten Mal nicht zu finden ermangelt hatte.

Zuweilen schien es ihm, als könne es ihm platterdings nie gelingen, den monströsen Stoß Zeitschriften vor ihm zu exzerpieren. Wenn er schon einmal erfreut-tief aufatmete, weil er gut vorangekommen war, schlug ihn doch sogleich wieder das düstere Vorgefühl nieder, daß er nächsten Morgen sicher doch wieder eine neue Postsendung vor seiner Tür vorfinden und folglich frisches Material zu dem Stoß dazukommen würde.

Jedoch hatte dieser deprimierende Rundtrab durchaus auch seine Abwechslungen. Als eine davon erwies sich die Abfassung des täglichen Berichtes, eine Aufgabe, die Mister Crabtree, eigentlich etwas zu seiner Überraschung, allmählich ausgesprochen zu genießen lernte. Die andere war das allwöchentliche prompte Eintreffen des derben Briefumschlages, der sein Gehalt bis auf den letzten Dollar enthielt; obwohl speziell dieses nie ganz den völlig ungetrübten Genuß gewährte, den es eigentlich hätte ergeben müssen.

Mister Crabtree schlitzte zunächst jedesmal das eine Ende des Umschlages sorgfältig auf, entnahm das Geld, zählte es durch, und verstaute es dann fein säuberlich in seiner ältlichen Brieftasche. Dann freilich mußte er immer noch einmal zitternde stöbernde Finger in den Umschlag zwängen, getrieben von dem angstvollen Erinnern an frühere Erfahrungen, und nach jenem Anschreiben tasten, welches ihm mitteilte, daß man seiner Dienste nicht länger bedürfe. Das waren jedesmal böse Sekunden, und hatten unfehlbar als Nachwirkung Übelkeit und Erschütterung im Gefolge, ehe er sich erneut in seine Arbeit zu vergraben vermochte.

Die Arbeit war ihm bald in Fleisch und Blut übergegangen. Längst hatte er aufgehört, sich mit der maschinengeschriebenen Liste zu plagen; jeglicher der darauf befindlichen Namen hatte sich ihm ehern ins Gedächtnis eingeprägt, und es gab unruhige Nächte, wo er sich nur dadurch zum Einschlafen bringen konnte, daß er einige Male in Gedanken die Liste aufsagte. Ein Name speziell hatte ihn zu faszinieren begonnen, einer verdiente besondere Aufmerksamkeit: *Hochleistungswerkzeuge GmbH* standen ganz ohne Frage stürmische Zeiten bevor! Schon waren einschneidende Personalveränderungen vor sich gegangen; man munkelte von einer Zusammenlegung; heftige Marktschwankungen traten auf.
Mit einem gewissen Wohlgefallen machte Mister Crabtree die Entdeckung, daß, wie sich Wochen an Monate reihten, jeder der Namen auf seiner Liste für ihn gleichsam Gesicht und scharfumrissene Persönlichkeit gewann. *Vereinigte* waren stabil wie ein Fels, schier töricht schwerfällig in ihrer erfolgreichen Behaglichkeit; *Universal* war ausgesprochen schrill im Ton, viel zu zappelig in seiner ständigen Erprobung neuer Techniken; und so ging es weiter, die ganze Reihe herunter. Aber *Hochleistungswerkzeuge GmbH* waren und blieben Mister Crabtrees Lieblings-Gedankenspiel; und er hatte sich, mehr als einmal bereits, nervös dabei ertappt, wie er ihnen vielleicht ein Spürchen mehr Aufmerksamkeit widmete, als ihnen zustand. Sobald er sich bei dergleichen ertappte, rief er sich selbst scharf zur Ordnung; Unparteilichkeit mußte gewahrt bleiben, ansonsten ...
Ohne jedwede Vorwarnung geschah es dann. Er kam vom Mittagessen zurück, pünktlich wie immer; öffnete die Tür seines Büros – und wußte, daß er von Angesicht zu Angesicht seinem Brotgeber gegenüberstand.
»Kommen Sie rein, Mister Crabtree«, sagte die klare dünne Stimme, »und machen Sie die Tür zu.«
Mister Crabtree schloß die Tür und stand sprachlos.
»Ich muß ja ein recht einnehmendes Äußeres haben«, sagte der Besucher mit einem deutlichen Unterton von Wohlgefallen, »daß es eine so mächtige Wirkung auf Sie ausübt. Sie wissen selbstverständlich, wer ich bin?«
Für Mister Crabtrees benommenes Gemüt hatten die großen, kugeligen Augen, die unverwandt auf ihn blickten, der weite dehnbare Mund, dazu der Körper, kurz und faßrund, eine erschreckende Ähnlichkeit mit einem Riesenfrosch, der behaglich am Rande eines Teiches hockt; während ihm die unselige Rolle der Fliege zufiel, die jenen dicht umschwebt.
»Ich glaube«, sagte Mister Crabtree bebend, »daß Sie mein Arbeitgeber sind, Mister ... Mister – äh ...«
Ein untersetzter Zeigefinger piekste Mister Crabtree gutgelaunt in die Rippen. »Solange die Rechnungen regelmäßig bezahlt werden,

ist der Name unwichtig, wie, Mister Crabtree? Immerhin mag ich für Sie, der lieben Kürze halber, heißen — nun, sagen wir: George Spelvin. Sind Sie im Lauf Ihrer Lebensreise diesem allgegenwärtigen Herrn Spelvin schon einmal begegnet, Mister Crabtree?«
»Ich fürchte nein«, sagte Mister Crabtree erbärmlich.
»Demnach sind Sie kein Theaterbesucher, und das ist ja wieder nur ein Pluspunkt mehr. Und, wenn ich mir eine Vermutung erlauben darf, Sie gehören auch zu den Leuten nicht, die der Lektüre frönen oder meinethalben auch dem Kino?«
»Ich bemühe mich, mit meiner Tageszeitung auf dem laufenden zu bleiben«, sagte Mister Crabtree bieder. »Sie wissen ja, Mister Spelvin, daß da eine ganze Menge drin zu lesen steht; und es ist nicht immer leicht, in Anbetracht meiner Arbeit hier, Zeit für anderweitige Zerstreuungen zu erübrigen. Das heißt, wenn ein Mann Wert darauf legt, mit seiner Zeitung Schritt zu halten.«
Die Winkel des breiten Mundes hoben sich, und Mister Crabtree hoffte, daß das ein Lächeln bedeuten möge. »Genau das, was ich Sie sagen zu hören erwartet habe. Tatsachen, Mister Crabtree, Tatsachen! Ich wollte einen Mann mit eindeutig ausgeprägtem Interesse für Tatsachen, und sowohl Ihre Worte eben wie auch die Art wie Sie sich bisher Ihrer Arbeit gewidmet haben, sagen mir, daß ich diesen Mann in Ihnen gefunden habe. Ich bin sehr zufrieden, Mister Crabtree.«
Mister Crabtree fühlte das Blut angenehm pochend durch seine Adern rinnen. »Danke sehr. Danke nochmals, Mister Spelvin. Ich weiß wohl, daß ich mir alle Mühe gegeben habe; aber ich wußte nicht, ob auch ... Wollen Sie nicht bitte Platz nehmen?« Mister Crabtree versuchte, mit dem Arm um das Faß vor ihm herumzulangen, um den Stuhl in einladende Position zu schwenken, aber es mißlang ihm. »Das Büro ist ein wenig eng. Aber sehr bequem«, stammelte er hastig hintennach.
»Ich bin überzeugt, es ist angemessen«, sagte Mister Spelvin. Er trat zurück, bis er beinahe an der Fensterscheibe befestigt schien, und wies auf den Stuhl. »Und jetzt möchte ich, daß Sie sich hinsetzen, Mister Crabtree; während ich die Angelegenheit erörtere, derentwegen ich gekommen bin.«
Gänzlich im Banne dieser befehlenden Hand sank Mister Crabtree auf den Stuhl, und schwenkte dann sich und ihn so, bis er genau auf das Fenster gerichtet war und die massige Figur, die als Scherenschnitt davorstand. »Falls es sich um eine Frage bezüglich des heutigen Tagesberichtes handeln sollte«, sagte er, »so habe ich ihn leider noch nicht abschließen können. Es sind da einige Andeutungen hinsichtlich *Hochleistungswerkzeuge* einzuarbeiten ...«
Mister Spelvin tat den Gegenstand mit einer gleichgültigen Handbewegung ab. »Ich bin nicht hier, um das zu erörtern«, sagte er langsam. »Ich bin hier, um Antwort auf ein Problem zu finden,

dem ich mich gegenübersehe. Und ich verlasse mich darauf, Mister Crabtree, daß Sie mir helfen werden, diese Antwort zu finden.«

»Ein Problem?« Mister Crabtree spürte, wie ihm vor lauter Wohlgefühl ganz warm wurde. »Ich will alles tun, was ich kann, um Sie zu unterstützen, Mister Spelvin. Alles, was in meiner Macht steht.«

Die hervortretenden Augen sondierten verdrießlich die seinigen. »Dann sagen Sie mir doch gleich mal das eine, Mister Crabtree: was für Maßnahmen würden Sie treffen, wenn Sie einen Menschen umbringen wollten?«

»Ich?« fragte Mister Crabtree. »Was für Maßnahmen ich ... ich fürchte, ich verstehe nicht ganz, Mister Spelvin.«

»Ich habe gesagt«, und Mister Spelvin wiederholte es, unter nachdrücklicher Betonung jedes einzelnen Wortes: »Was für Maßnahmen würden Sie treffen, wenn Sie einen Menschen umbringen wollten?«

Mister Crabtrees Unterkiefer sank herab. »Aber das könnte ich doch gar nicht. Das wollte ich doch gar nicht. Das – äh«, sagte er, »das wäre ja doch Mord.«

»Genau«, sagte Mister Spelvin.

»Aber Sie scherzen natürlich«, sagte Mister Crabtree, und versuchte zu lachen, ohne seiner wie zusammengeschnürten Kehle jedoch mehr als ein dünnes, atemloses Keuchen abgewinnen zu können. Selbst diese jämmerliche Anstrengung wurde durch den Anblick des steinernen Gesichtes vor ihm im Keime erstickt. »Es tut mir furchtbar leid, Mister Spelvin, furchtbar leid. Sie wissen doch selbst, daß es nicht kaufmännisch üblich ... es ist nicht die Art von Verfahren ...«

»Mister Crabtree. In den wirtschaftlichen Fachveröffentlichungen, die Sie so unverdrossen studieren, würden Sie meinen Namen – meinen wahren Namen – endlos oft wiederholt finden können. Ich habe meine Hand in so manchem Kuchenteig, Mister Crabtree, und hole grundsätzlich die Rosinen heraus. Um aufdringlichere Beiworte zu gebrauchen: ich bin wohlhabend und mächtig, weit über Ihre kühnsten Träume hinaus – einmal vorausgesetzt, daß Sie kühner Träume fähig wären – und man erringt dergleichen Position mitnichten dadurch, daß man seine Zeit mit salzlosen Witzen vergeudet oder die Tage im Umgang mit Mietlingen totschlägt. Meine Zeit ist knapp, Mister Crabtree. Wenn Sie meine Frage nicht zu beantworten vermögen, dann sagen Sie das, und lassen Sie es dabei bewenden!«

»Ich glaube nicht, daß ich es könnte«, sagte Mister Crabtree aufs bemitleidenswürdigste.

»Diese Antwort hätten Sie auch sofort geben«, erwiderte Mister Spelvin, »und mir also meinen Augenblick der Ungehaltenheit ersparen können. Frei heraus: ich habe auch nicht erwartet, daß Sie meine Frage beantworten könnten; und falls Sie es gekonnt hätten, würde das eine sehr enttäuschende Überraschung bedeutet haben. Verstehen Sie, Mister Crabtree, ich beneide, beneide Sie aufs tiefste, die heitere Ruhe eines Daseins, wo dergleichen Probleme niemals auftauchen. Unglücklicherweise befinde ich mich nicht in solcher Lage. An einem Punkt meiner Laufbahn habe ich einmal einen Fehler begangen, den einzigen Fehler, der mir in meinem Aufstieg zur Macht je unterlaufen ist. Er ist seinerzeit zur Kenntnis eines Mannes gelangt, bei dem sich Ruchlosigkeit und Scharfsinn in gefährlichem Ausmaß paaren; und ich habe mich seitdem in der Gewalt dieses Mannes befunden. Er ist, rund heraus gesagt, ein Erpresser; ein ganz gewöhnlicher Erpresser, der es sich jedoch allmählich hat einfallen lassen, einen zu hohen Preis auf seine Ware zu setzen, und der, folglich, nun selbst für sie bezahlen muß.«

»Sie beabsichtigen«, sagte Mister Crabtree heiser, »ihn umzubringen?«

Mister Spelvin hielt ihm sofort eine protestierende Plumphand entgegen. »Wenn sich eine Fliege auf die Fläche dieser meiner Hand gesetzt hätte«, sagte er scharf, »könnte ich es nicht übers Herz bringen, die Finger zusammenzuziehen und sie totzudrücken. Um ganz offen zu sein, Mister Crabtree, ich bin einfach nicht fähig dazu, die geringste gewalttätige Handlung zu begehen; und während das in mancher Hinsicht eine bewundernswerte Charaktereigenschaft sein mag – im Augenblick ist sie nichts als hinderlich; denn der Betreffende soll und muß umgebracht werden.« Mister Spelvin machte eine Pause. »Auch ist dies keine Aufgabe für einen bezahlten Mordbuben. Wenn ich mich eines solchen bediente, würde ich mit hoher Wahrscheinlichkeit nur einen Erpresser gegen den andern eintauschen, und das wäre ja ausgesprochen unpraktisch.« Wieder legte Mister Spelvin eine Pause ein. »Also, Mister Crabtree, Sie sehen es wohl selbst, daß nur eine Schlußfolgerung noch übrigbleibt: die ganze Verantwortlichkeit, meinen Quälgeist zu beseitigen, ruht einzig und allein auf Ihnen.«

»Auf mir!« rief Mister Crabtree. »Aber ich könnte niemals – nein, nein, nie!«

»Ach was«, sagte Mister Spelvin barsch. »Beherrschen Sie sich und werden Sie nicht hysterisch. Bevor Sie die Sache weiter treiben, Mister Crabtree, möchte ich erst ganz klar herausstellen, daß eine Ablehnung meines Auftrages gleichzeitig bedeutete, daß, wenn Sie heute abend dieses Büro verlassen, Sie es auf immer verließen. Ich kann keine Angestellten dulden, die sich über ihre Stellung nicht völlig im klaren sind.«

»Nicht dulden!« sagte Mister Crabtree. »Aber das ist nicht recht; das ist ganz und gar nicht recht, Mister Spelvin. Ich habe schwer gearbeitet.« Seine Brille beschlug. Er fummelte daran herum, putzte sie sorgfältig, und setzte sie sich dann wieder auf die Nase. »Und mir ein solches Geheimnis aufzubürden. Ich sehe es nicht ein; ich sehe es einfach nicht ein. Überhaupt«, sagte er aufgeschreckt, »das ist ein Fall für die Polizei!«

Zu seinem Entsetzen wurde Mister Spelvin beunruhigend rot im Gesicht, und der tonnige Leib schickte sich zu einem konvulsivischen Heiterkeitsausbruch an, der auch sogleich ohrenbetäubend durch den Raum schallte.

»Entschuldigen Sie«, vermochte er endlich luftschnappend herauszubringen. »Entschuldigen Sie, mein Lieber. Ich hatte mir nur den Auftritt illustriert vorgestellt, wie Sie bei den Behörden vorsprechen und die guten Leute von den unglaublichen Ansinnen in Kenntnis setzen, die Ihr Chef Ihnen so zumutet.«

»Bitte, verstehen Sie mich recht«, sagte Mister Crabtree. »Ich will Ihnen keineswegs drohen, Mister Spelvin. Es ist doch nur . . .«

»Mir drohen? – Ach, da sagen Sie mir doch mal, Mister Crabtree: was für eine Verbindung besteht denn, Ihrer Ansicht nach, in den Augen der Welt zwischen uns beiden?«

»Verbindung? Ich arbeite zumindest für Sie, Mister Spelvin. Ich bin Ihr Angestellter hier. Ich . . .«

Mister Spelvin lächelte verbindlich. »Was für eine merkwürdige Einbildung«, sagte er, »wo doch jeder sieht, daß Sie lediglich ein ganz kleiner schäbiger Mann sind, der ein ganz kleines armseliges Unternehmen aufgezogen hat, das für mich unmöglich das geringste Interesse haben kann.«

»Aber Sie haben mich doch selbst eingestellt, Mister Spelvin! Ich habe doch ein Bewerbungsschreiben geschickt!«

»Das haben Sie«, sagte Mister Spelvin, »aber betrüblicherweise war der Posten bereits besetzt, wie ich Ihnen ja auch in einem sehr höflichen Ablehnungsschreiben dargetan habe. Sie sehen mich so ungläubig an, Mister Crabtree; so lassen Sie sich denn sagen, daß sowohl Ihre Bewerbung als auch ein Durchschlag meines Antwortschreibens sorgsam in einem Ordner in meiner Registratur ruhen, falls der Vorgang jemals in Frage gestellt werden sollte.«

»Aber dieses Büro hier! Diese Möbel! Meine Zeitschriftenabonnements!«

»Mister Crabtree, Mister Crabtree«, sagte Mister Spelvin, wobei er schwerfällig mit dem Kopf schüttelte, »haben *Sie* sich jemals über die Quelle Ihres wöchentlichen Einkommens groß Gedanken gemacht? Der Manager dieses Gebäudes hier, die Händler mit Bürobedarf, die diversen Verlage, die Ihnen Ihre Zeitschriften zuschicken – sie alle waren an meiner Identität nicht ein Spürchen mehr interessiert als Sie. Es ist, das gebe ich gern zu, etwas außer der Regel für mich, in einer Transaktion Bargeld ausschließlich auf dem Postwege und an eine Privatadresse zu überweisen; aber machen Sie sich um mich keine Sorgen, Mister Crabtree. Prompte Bezahlung wirkt auf jeden Geschäftsmann wie Opium.«

»Aber meine Berichte!« sagte Mister Crabtree, der allmählich anfing, seine eigene Existenz ernstlich in Zweifel zu ziehen.

»Das allerdings, die Berichte. Tja, meiner Vermutung nach hat jener erfinderische Mister Crabtree, nachdem er meine abschlägige Antwort auf seine Bewerbung erhalten hatte, den Entschluß gefaßt, sich geschäftlich selbständig zu machen. Er muß da eine Art Wirtschaftskorrespondenz aufgezogen haben, die Übersichten versendet, und hat sogar versucht, *mich* zum Kunden zu gewinnen! Ich habe ihn natürlich mit aller Schärfe abgewiesen, das kann ich Ihnen sagen — ich besitze noch seinen ersten Bericht, sowie einen Durchschlag meiner Antwort darauf — aber närrischerweise besteht er hartnäckig auf seinen Bemühungen. Ich sage deshalb närrischerweise, weil seine Berichte für mich absolut wertlos sind; ich habe an keinem der Konzerne, die er untersucht, irgendein Interesse, und wieso er sich einbilden könne, ich hätte es doch, übersteigt meine Begriffe. Ganz offen gesagt: ich halte den Mann für einen Querulanten der übelsten Sorte; aber da ich mit dergleichen Typen schon viel zu tun gehabt habe, übersehe ich ihn einfach achselzuckend, und vernichte seine täglichen Berichte, so wie sie eingehen.«

»Vernichten?« wiederholte Mister Crabtree wie betäubt.

»Sie haben keinen Grund, sich zu beklagen, hoffe ich«, sagte Mister Spelvin mit einiger Ungehaltenheit. »Um einen Mann Ihres Schlages ausfindig zu machen, Mister Crabtree, mußte ich in meinem Inserat als Voraussetzung die Bedingung *schwerer Arbeit* stellen. Indem ich dafür sorge, erfülle ich ja wohl nur meinen Teil des Kontraktes; und ich sehe gar nicht ein, wieso Sie sich auch dafür noch zu interessieren hätten, was in letzter Instanz mit Ihrer Arbeit geschieht.«

»Ein Mann von meinem Schlage«, echote Mister Crabtree hilflos, »und soll einen Mord begehen?«

»Warum denn nicht?« Der weite Mund preßte sich unheilverkündend zusammen. »Lassen Sie sich von mir aufklären, Mister Crabtree. Ich habe einen angenehmen und nutzbringenden Teil meines Lebens damit verbracht, die Gattung Mensch zu beobachten, etwa wie ein Wissenschaftler Insekten in einem Terrarium studiert. Und ich bin dabei zu einem Ergebnis gekommen, Mister Crabtree, einem, wichtig vor allen andern, das nicht wenig zur Erringung meines eigenen Erfolges beigetragen hat. Ich bin zu dem Ergebnis gekommen, daß für die überwiegende Mehrzahl der Angehörigen unserer Gattung das Funktionieren als solches die Hauptsache ist, nicht die Beweggründe; und die Folgen schon gleich gar nicht.«

»Mein Inserat, Mister Crabtree, war darauf abgestellt, sich der Dienste eines solchen zu versichern; eines möglichst vollkommenen Vertreters dieses Typs. Vom Augenblick an, wo Sie jenes Inserat beantworteten, bis zu dem jetzigen, haben Sie alle meine Erwartungen geradezu modellhaft erfüllt; haben untadelig funktioniert, ohne einen Gedanken zu verwenden, weder auf Beweggründe noch auf Folgen.

Nunmehr ist Mord zu einem Bestandteil Ihres Funktionierens gemacht worden. Ich habe Sie mit einer Darlegung der Beweggründe beehrt; die Folgen liegen gleichfalls auf der Hand. Entweder also fahren Sie fort zu funktionieren, wie Sie es immer getan haben; oder aber, um es auf die kürzeste Formel zu bringen, Sie sind Ihrer Stellung quitt.«

»Stellung!« sagte Mister Crabtree verwildert. »Was bedeutet schon Stellung für einen Mann, der im Gefängnis sitzt! Oder einem Mann, der gehängt wird!«

»Oh, nicht doch«, korrigierte Mister Spelvin gemächlich. »Denken Sie etwa, ich wollte Sie in eine Falle locken, in der ich genauso hängenbleiben könnte? Ich fürchte fast, Sie sind ein bißchen dümmlich, mein lieber Mann. Sollten Sie es aber nicht sein, dann werden Sie ja unschwer einsehen, daß wir in bezug auf meine Sicherheit und die Ihre so ziemlich in einem Boot sitzen. Und nicht mehr und nicht minder, als daß Sie diese Firma hier, auch danach, immer und ewig betreiben und Ihrer Arbeit mit unentwegtem Fleiß obliegen, ist der Garant dieser Sicherheit.«

»Das können Sie leicht sagen, wo Sie sich hinter einem angenommenen Namen verbergen«, sagte Mister Crabtree mit hohler Stimme.

»Ich versichere Ihnen, Mister Crabtree, »meine Stellung in der Welt ist von der Art, daß mein Inkognito mit geringer Mühe aufgedeckt werden könnte. Aber ich muß Sie zu gleicher Zeit daran erinnern, daß Sie, sollten Sie meinen Auftrag ausführen, hinterher ein Verbrecher sein werden, und, folglich, sehr verschwiegen.

Auf der anderen Seite: falls Sie meinen Auftrag nicht ausführen sollten – und Sie haben völlig freie Wahl in dieser Beziehung – würde jedwede Anschuldigung, die Sie sich einfallen ließen, gegen mich vorzubringen, nur Ihnen selbst gefährlich werden. Die Welt, Mister Crabtree, weiß nichts von unseren Beziehungen und nichts über meine Affäre mit jenem Herrn, der mich so lange geprellt hat und nun von mir geprellt werden muß. Weder sein Ableben also noch Ihre Beschuldigungen, vermöchten mich jemals irgend zu berühren, Mister Crabtree.

Mein Inkognito zu lüften würde, ich sagte es bereits, nicht schwerhalten. Aber irgendwelchen Gebrauch von meinen Mitteilungen machen zu wollen, Mister Crabtree, könnte Sie lediglich ins Gefängnis führen oder in eine Anstalt für Geistesgestörte.«

Mister Crabtree fühlte, wie seine letzten Kraftreserven ihm gleichsam ausliefen. »Sie haben alles bedacht«, sagte er.

»Alles, Mister Crabtree. Als Sie in meine Entwürfe einbezogen wurden, geschah das nur, um meine Maschinerien in Bewegung zu setzen; aber schon lange davor bin ich eifrig dabei gewesen, jeden einzelnen Schritt des Unternehmens abzumessen, abzuwägen, abzuschätzen. Zum Beispiel der Raum, dieser Ihr Raum hier, ist erst nach einer langen und ermüdenden Suchaktion, als ideal für meine Absichten, gewählt worden. Seine Möbel sind ausgesucht und aufgestellt, nur um diese Absichten zu befördern. Wieso? Lassen Sie sich's erklären. Wenn Sie an Ihrem Schreibtisch sitzen, ist ein Besucher zwangsläufig auf den Platz beschränkt, den ich jetzt hier am Fenster einnehme. Dieser Besucher ist, selbstverständlich, der fragliche Herr. Er wird eintreten und hier stehen, und das Fenster hinter ihm wird *ganz geöffnet* sein. Er wird Sie nach einem Briefumschlag fragen, den ein Freund für ihn dagelassen hat. Diesen Umschlag hier«, sagte Mister Spelvin, und warf dabei einen auf den Schreibtisch. »Sie werden den Umschlag in Ihrem Schreibtisch haben; werden ihn finden und ihn jenem aushändigen. Dann wird er – denn er ist ein Mann von großer Ordnung und Methode, ich habe das sattsam erfahren – er also wird den Umschlag in die innere Brusttasche seines Jacketts verstauen: und genau in dem Augenblick wird ihn ein herzhafter Stoß aus dem Fenster befördern. Der ganze Vorgang müßte eigentlich weniger als eine Minute in Anspruch nehmen. Unmittelbar danach«, sagte Mister Spelvin ruhevoll, »werden Sie das Fenster, von oben bis unten, wieder zumachen und zu Ihrer Arbeit zurückkehren.«

»Aber jemand«, wisperte Mister Crabtree, »die Polizei . . .«

». . . wird«, bestätigte Mister Spelvin, »den Körper eines armen Unglücklichen finden, der die Treppe am Ende des Korridors hier, hinauf aufs Dach gestiegen ist und sich dann von oben heruntergestürzt hat. Und man wird das deshalb schon wissen, weil in dem Briefumschlag, der so sorgsam in seiner Innentasche steckt, sich mitnichten das befindet, was der fragliche Herr dort zu finden erwartet, sondern vielmehr eine sauber mit der Maschine geschriebene Mitteilung, die den betrüblichen Fall sowie die Beweggründe dazu erklärt; auch eine Entschuldigung ob der Ungelegenheiten, die man bereitet – Selbstmörder sind groß in Entschuldigungen, Mister Crabtree – und endlich noch die wirklich ergreifende Bitte um ein rasches und stilles Begräbnis. Und«, schloß Mister Spelvin, indem er sacht die Spitzen seiner Finger gegeneinandersetzte, »ich zweifle nicht, es wird ihm werden.«

»Was aber«, sagte Mister Crabtree, »was, falls irgend etwas schiefginge? Falls der Mann den Brief aufmachte, sobald er ihm übergeben wäre? Oder . . . falls irgend etwas dergleichen geschähe?«

Mister Spelvin zuckte die Achseln. »In solchem Fall würde der fragliche Herr lediglich in aller Ruhe seines Weges gehen und sich bezüglich der Sache direkt an mich wenden. Sie müssen sich klar darüber sein, Mister Crabtree, daß man auf dem Betätigungsfelde meines Freundes kleinere Anschläge dieser Art gelegentlich zu gewärtigen hat; und ob man schon nicht geneigt sein mag, sie sonderlich amüsant zu finden, wird man sich im allgemeinen doch schwerlich zu überstürzten Handlungen hinreißen lassen, die die Gans, welche die goldenen Eier legt, umbringen könnten. Nein, Mister Crabtree, falls eine Möglichkeit, wie Sie andeuteten, eintreten sollte, dann würde das nur bedeuten, daß ich meine Falle anders und eben noch kunstvoller, aufstellen muß.«

Mister Spelvin zog eine schwere Uhr aus der Tasche, studierte ihr Zifferblatt und steckte sie dann wieder sorgfältig an Ort und Stelle. »Meine Zeit wird knapp, Mister Crabtree. Nicht, daß ich Ihre Gesellschaft ermüdend fände; aber mein Mann wird binnen kurzem erscheinen, und bis dahin müssen Sie die Dinge ja völlig in der Hand haben. Alles, was ich von Ihnen verlange, ist also folgendes: wenn er kommt, wird das Fenster hier offenstehen.« Mister Spelvin stieß es energisch auf; einen Augenblick stand er und blickte mit Kennermiene in den Abgrund. »Der Umschlag wird in Ihrem Schreibtisch liegen.« Er zog eine Schublade auf und ließ ihn hineinfallen; dann schob er sie wieder mit fester Hand zu. »Und wenn dann der Augenblick der Entscheidung gekommen ist, steht es Ihnen frei, so oder so zu handeln.«

»Frei?« fragte Mister Crabtree. »Sie sagten doch, er würde nach dem Umschlag fragen!«

»Das ja. Aber, falls Sie ihm bedeuten sollten, daß Sie nichts davon wissen, wird er stillschweigend wieder Abschied nehmen und sich anschließend mit mir in Verbindung setzen. Das freilich würde mir dann gleichzeitig die Mitteilung sein, daß Sie Ihre Stellung bei mir gekündigt haben.«

Mister Spelvin schritt zur Tür, und legte eine Hand auf die Klinke. »Wenn ich jedoch andererseits«, sagte er, »*nicht* weiter von ihm hören sollte; dann würde mir das bestätigen, daß Sie Ihre Probezeit erfolgreich bestanden haben und hinfort als fähiger und getreuer Angestellter zu betrachten sind.«

»Aber die Berichte!« sagte Mister Crabtree. »Sie vernichten sie . . .«

»Natürlich«, sagte Mister Spelvin, ein wenig überrascht. »Aber Sie werden mit Ihrer Arbeit fortfahren und mir die Berichte einschicken, wie Sie es bisher getan haben. Ich versichere Ihnen, es macht mir nicht das geringste aus, daß sie völlig sinnlos sind, Mister Crabtree. Sie sind ein Teil einer Planung; und Ihr Funktionieren innerhalb dieses Planes ist, ich sagte es Ihnen bereits, die beste Gewähr meiner eigenen Sicherheit.«

Die Tür öffnete sich, schloß sich geruhsam, und Mister Crabtree fand sich wieder allein im Zimmer.

Der Schatten des Hochhauses gegenüber lag schwer auf dem Schreibtisch. Mister Crabtree sah auf die Uhr, fand sich, im zunehmenden Dämmern des Raums, unfähig, die Zeiger abzulesen, und erhob sich, um an der Schnur der Lampe über seinem Kopf zu ziehen. Im selben Augenblick hörte er einlaßheischend an die Tür pochen.

»Herein«, sagte Mister Crabtree.

Im Türrahmen standen zwei Gestalten. Die eine war ein kleines flinkes Männchen; die andere ein massiger Polizeibeamter, der imponierend seinen Begleiter überragte. Der kleine Mann trat ins Büro, zog, mit der Geste des Zauberkünstlers, der ein Kaninchen aus seinem Zylinder produziert, eine große Brieftasche heraus, ließ sie aufklappen, um eine schimmernde Erkennungsmarke zu zeigen, schloß sie und schob sie dann wieder in seine Rocktasche zurück.

»Polizei«, sagte der Mann kurz und bündig. »Sharpe mein Name.«

Mister Crabtree nickte höflich. »Ja?« sagte er.

»Hoffe, wir stören nicht zu sehr«, sagte Sharpe knapp. »Lediglich 'n paar Fragen.«

Als ob dies sein Stichwort wäre, trat jetzt auch der athletische Polizist herzu, ein ungemein dienstlich aussehendes Notizbuch sowie ein Bleistiftstümpchen in der Hand, und stellte sich in aktionsbereite Positur. Mister Crabtree lugte über seine Brille hinweg nach diesem Notizbuch, und dann durch sie hindurch nach dem winzigen Herrn Sharpe.

»Nein«, sagte Mister Crabtree, »durchaus nicht.«

»Sie sind Crabtree, ja?« fragte Sharpe, und Mister Crabtree zuckte erst auf, erinnerte sich dann aber des Namens an der Tür.

»Ja«, sagte er.

Sharpes kalte Augen flogen einmal über ihn hin; dann noch ein verächtlicher Blick, der den Raum inventarisierte. »Das ist Ihr Büro hier?«

»Ja«, sagte Mister Crabtree.

»Ganzen Nachmittag hier gewesen?«

»Ab 1 Uhr«, sagte Mister Crabtree. »Ich gehe um 12 essen und komme Punkt 1 Uhr wieder her.«

»Glaub's gern«, sagte Sharpe; dann zeigte er mit dem Kopf über die Schulter nach rückwärts. »Haben Sie Ihre Tür im Lauf dieses Nachmittags mal offenstehen gehabt?«

»Sie ist grundsätzlich geschlossen, während ich arbeite«, sagte Mister Crabtree.

»Folglich wären Sie auch nicht imstande zu sehen, ob jemand die Treppenstiege, im Korridor da, raufgeht.«

»Nein«, erwiderte Mister Crabtree. »Allerdings nicht.«

Sharpe blickte auf den Schreibtisch und rieb sich dann nachdenklich mit dem Daumen das Kinn. »Schätze, Sie sitzen da auch nicht in 'ner Stellung, daß Sie jemals sehen könnten, was draußen vor Ihrem Fenster vor sich geht?«

»In der Tat, nein«, sagte Mister Crabtree. »Während ich arbeite, nicht.«

»Haben Sie aber«, sagte Sharpe, »im Lauf des Nachmittags vielleicht aus Richtung Fenster her was *gehört?* Was Ungewöhnliches, mein' ich.«

»Was Ungewöhnliches?« wiederholte Mister Crabtree verständnislos.
»'n Schrei. Wie wenn jemand geschrieen hätte. Irgend so was?«
Mister Crabtree faltete die Stirn. »Doch, ja«, sagte er, »ja, das könnte sein. Und noch gar nicht mal so lange her. Es hörte sich an, wie wenn jemand sich erschrocken hätte – oder Angst kriegte. Sogar ziemlich laut. Es ist ja immer derart still hier, daß ich es wohl zwangsläufig hören mußte.«
Sharpe warf einen Blick über die Schulter, und nickte kurz dem Polizisten zu, der sein Notizbuch langsam wieder zumachte. »Dadurch schließt sich die Kette ja«, sagte Sharpe. »Ist der Kerl also demnach runtergesprungen; im Augenblick, nachdem 's passiert war, andern Sinnes geworden und ist folglich den ganzen Weg jammernd runtergeflogen. – Na«, sagte er, indem er sich in einem Ausbruch von Vertrauensseligkeit an Mister Crabtree wandte, »schätze, Sie haben 'ne Art Recht darauf, zu erfahren, was hier überhaupt vor sich geht. Vor rund 'ner Stunde also ist 'n gewisser Jemand vom Dach runtergesprungen; genau über Ihrem Kopf hier. Klarer Fall von Selbstmord, Mitteilung in der Tasche, und alles komplett; aber wir tragen eben gern, soviel in unsern Kräften steht, sämtliche Details zusammen.«
»Wissen Sie«, sagte Mister Crabtree, »um wen es sich gehandelt hat?«
Sharpe zuckte nur die Achseln. »Einer mehr eben von denen, die zuviel Sorgen haben. Jung, hübsch, fesch angezogen auch. Das einzige, was über meinen Horizont geht: warum 'n Kerl, der sich so einen Anzug leisten kann, sich eingebildet haben mag, er hätte mehr Sorgen, als er je bewältigen könnte.«
Der Polizist in Uniform mischte sich zum ersten Mal ins Gespräch. »Dieser Brief, den er da hinterlassen hat«, sagte er ehrerbietig, »hörte sich an, als ob er nicht ganz bei Verstand gewesen wäre.«
»Man muß schon ausgesprochen ›nicht ganz bei Verstand‹ sein, um ausgerechnet den Ausweg zu wählen«, sagte Sharpe.
»Man ist ja wohl lange Zeit tot«, gab der Polizist schwerfällig zu.
Sharpe behielt die Türklinke noch einen Moment in der Hand. »Entschuldigen Sie die Störung«, sagte er zu Mister Crabtree; »aber Sie wissen ja, wie's ist. – In einer Art können Sie sich wiederum auch glücklich schätzen – ein paar Mädchen, weiter unten, haben ihn vorbeikommen sehen, und sind auf der Stelle in Ohnmacht gefallen.« Er zwinkerte, als er die Tür hinter sich zuzog.
Mister Crabtree stand und blickte auf die Tür, bis das Geräusch der schweren Fußtritte außer Hörweite war. Dann setzte er sich auf seinem Stuhl zurecht und rückte ihn mit sich dichter an den Schreibtisch. Auf dessen Fläche lagen, in leichter Unordnung ein paar Zeitschriften sowie diverse Blatt Schreibpapier; und er machte aus den Zeitschriften einen säuberlichen Stapel, indem er die Kanten auf-

stieß, so daß sämtliche Ecken haarscharf übereinander lagen. Mister Crabtree ergriff seinen Federhalter und tauchte ihn ins Tintenfaß, während sich die Linke gewohnheitsmäßig auf den Boden legte, ihn vorm Verrutschen sichernd.

Hochleistungswerkzeuge GmbH, schrieb er sorgfältig, *zeigen erhöhte Aktivität . . .*

TOD AM WEIHNACHTSABEND

Als Kind war ich von Boerum-Haus immer tief beeindruckt gewesen. Zu der Zeit war es noch wie neu und in vollem Glanz; ein Riesenberg viktorianischer Schnurrpfeifereien, mit Friesen und bunten Glasfenstern und alles in derart chaotischer Verschwendung zusammengehäuft, daß es Mühe machte, es mit einem Blick zu umfassen. Als ich jetzt, in der Frühdämmerung dieses 24. Dezember, wieder davorstand, vermochte ich mir jene Jugendeindrücke freilich nicht mehr zurückzurufen. Der Glanz war seitdem längst verblichen; ob Holz, Glas oder Metall, alles war in ein trübseliges Grau verschwommen, und die Vorhänge hinter den Fensterscheiben fest zugezogen, so daß das Haus den Passanten ein Dutzend starblinder Augen hinzuhalten schien.

Als ich mit dem Stock energisch an die Haustür klopfte, machte Celia mir auf.

»Rechter Hand ist ein Klingelzug«, sagte sie. Sie trug immer noch das längst unmodern gewordene und bös zerknitterte schwarze Kleid, das sie wohl aus einer Truhe ihrer Mutter gezerrt haben mußte; und war auch mehr denn je das Ebenbild der alten Frau Katrin in ihren letzten Jahren: der knochige Körper, die fest zusammengepreßten Lippen, das farblose Haar, straff genug zurückgekämmt, um auf der Stirn das kleinste Fältchen glattzuziehen. Sie erinnerte mich an eine Stahlfalle, jederzeit bereit zuzuschnappen, sobald jemand ihr unvorsichtigerweise nahekam.

Ich sagte: »Es ist mir bekannt, daß der Klingelzug durchschnitten ist, Celia«, und schritt an ihr vorbei, in den Hausflur. Ohne den Kopf zu wenden, wußte ich, daß sie mir haßvoll hinterherfunkelte; dann schnaufte sie einmal, hart und trocken, und warf die Tür ins Schloß. Sofort waren wir von so dichter Finsternis umgeben, daß der Geruch nach trockenem Moder ringsum mir in der Kehle steckenblieb. Ich tastete nach dem Schalter an der Wand; aber Celia sagte scharf: »Nichts! Das ist nicht die Zeit für Lichterglanz.«

Ich wandte mich zu dem weißlich-verschwommenen Fleck, der ihr Gesicht war, und alles, was ich von ihr erkennen konnte. »Celia«, sagte ich, »verschonen Sie mich mit theatralischen Wendungen.«

»Wir haben einen Todesfall im Haus hier gehabt. Das wissen Sie ganz genau.«

»Und habe guten Grund dazu«, sagte ich; »aber Ihre Vorführung jetzt beeindruckt mich nicht im geringsten.«

»Sie war meines leiblichen Bruders Gattin. Sie ist mir über alles teuer gewesen.«

Ich trat durch die Finsternis einen Schritt auf sie zu und legte ihr leicht meinen Stock auf die Schulter. »Celia«, sagte ich, »nehmen Sie

von mir, als dem Rechtsbeistand Ihrer Familie, ein Wort des Rates an. Die Leichenschau ist vorüber und abgetan; Sie sind von jeglichem Verdacht gereinigt worden. Aber schon damals hat Ihnen kein Mensch auch nur ein Wort von Ihren gefühlvollen Phrasen geglaubt, und kein Mensch wird es je tun. Behalten Sie das immer im Auge, Celia.«
Sie tat einen so jähen Ruck von mir fort, daß der Stock mir fast aus der Hand fiel. »Sind Sie deswegen gekommen, um mir das zu erzählen?« fragte sie.
Ich sagte: »Ich bin gekommen, weil ich weiß, daß Ihr Bruder mich heute wird sprechen wollen. Und, vorausgesetzt, daß Sie mir meine Offenheit nicht übelnehmen: ich schlage vor, Sie bleiben aus der Schußlinie, während ich mich mit ihm unterhalte. Ich möchte keinerlei Szenen.«
»Dann bleiben Sie ihm doch lieber selbst fern!« schrie sie mich an. »Er war ja wohl auch bei der Leichenschau. Er ist Zeuge gewesen, wie man mich von jeglichem Verdacht reinigte. Über eine kleine Weile wird er alles Schlimme vergessen haben, was er eventuell von mir denkt. Da bleiben Sie ihm doch fern; damit er endlich vergessen kann.«
Sie hatte sich in vollste Wut hineingesteigert, und um den Bann zu brechen, setzte ich mich wieder in Bewegung, die finstere Treppe hinauf, eine Hand vorsichtshalber auf dem Geländer. Aber ich hörte sie bereits erpicht hinter mir herkommen, und auf irgend geisterhafte Weise schien es, als rede sie nicht mich an, sondern gäbe den unter unsern Füßen ächzenden Stufen Antwort.
»Wenn er zu mir kommt«, sagte sie, »will ich ihm vergeben. Zuerst war ich noch nicht ganz entschlossen; aber nunmehr bin ich mir klar. Ich habe um Erleuchtung gebetet, und mir ist die Antwort geworden, daß das Leben zum Hassen zu kurz sei. Wenn er also zu mir kommt, bin ich entschlossen, ihm zu vergeben.«
Ich hatte den oberen Treppenabsatz erreicht und wäre um ein Haar hingestürzt! Ich fluchte vor Ärger, während ich mich wieder aufraffte: »Wenn Sie schon kein Licht dulden wollen, Celia, dann sollten Sie aber wenigstens den Weg freihalten. Warum räumen Sie das Zeugs hier nicht weg?«
»Ah«, sagte sie, »das sind sämtliche Habseligkeiten unserer armen Jessie. Charlie regt sich doch immer so auf, wenn er etwas sieht, was ihr gehört hat. Ich war überzeugt, es wäre das Beste, was ich tun könnte – alle ihre Sachen rauszuwerfen!«
Dann trat es wie Beunruhigung in ihre Stimme. »Sie sagen Charlie aber doch nichts davon, nein? Sie sagen ihm bestimmt nichts davon?« sagte sie, und wiederholte es nochmals, und wieder, in immer höherem und schrillerem Ton, je weiter ich mich von ihr entfernte; so daß es sich, als ich Charlies Zimmer betreten und dessen Tür hinter mir zugezogen hatte, beinahe anhörte, als sei draußen ein Fledermausgezirpe zurückgeblieben.

Wie im ganzen übrigen Haus waren auch in Charlies Zimmer die Vorhänge in voller Breite zugezogen. Aber eine einzige Glühbirne im Kronleuchter über uns blendete mich einen verwirrenden Augenblick lang, und ich mußte erst zweimal zwinkern, ehe ich Charlie ausgestreckt auf seinem Bett liegen sah, einen Arm über die Augen geschlagen. Dann stellte er sich langsam auf die Füße und spähte zu mir her.
»Gut«, sagte er endlich, indem er gleichzeitig mit dem Kopf in Richtung Tür nickte: »sie hat Ihnen natürlich kein Licht zum Raufkommen gemacht, oder doch?«
»Nein«, sagte ich: »aber ich kenn den Weg ja.«
»Sie ist wie ein Maulwurf«, sagte er. »Findet ihren Weg im Finstern besser als ich bei Licht. Ist ihr wohl auch angenehmer auf die Art. Könnte ja sonst mal unversehens in 'n Spiegel gucken und doch etwas erschrecken über das, was sie dort sieht.«
»Ja«, sagte ich, »sie scheint's doch sehr schwer zu nehmen.« Er lachte kurz und scharf auf, wie Seelöwengebell. »Das ist, weil ihr immer noch die Angst in den Knochen steckt. Alles, was man zur Zeit aus ihr rauskriegt, ist, wie lieb sie Jessie so gehabt habe, und wie leid es ihr täte. Vielleicht bildet sie sich ein, wenn sie's oft genug wiederholte, würden's ihr die Leute schließlich doch noch glauben. Aber lassen Sie ihr nur ein bißchen Zeit, und sie wird rasch genug wieder die alte Celia sein.«
Ich legte Hut und Stock aufs Bett und meinen Mantel daneben. Dann nahm ich mir eine Zigarre heraus und wartete, bis er sich Streichhölzer erfummelt hatte und mir Feuer gab. Seine Hand zitterte dergestalt, daß er sich für einen Augenblick gewaltsam zusammenreißen mußte und dabei halblaut ärgerlich auf sich selbst fluchte. Dann atmete ich langsam eine Rauchwolke in Richtung Zimmerdecke und wartete.
Charlie war fünf Jahre jünger als Celia; aber wenn ich ihn mir so ansah, konnte ich mir nicht helfen – er wirkte ein Dutzend Jahre älter. Sein Haar war dasselbe, nahezu farblose Blaßblond, so daß es schwer hielt, zu sagen, ob es schon grau wurde oder nicht. Aber die Bartstoppeln auf seinen Wangen waren wie feine Silberspitzen und unter den Augen hatte er dicke, blauschwarze Tränensäcke. Und wo Celia sich auf ein kompromißlos-starres Rückgrat stützen konnte, da war Charlie, ob im Sitzen oder Stehen, in sich zusammengesunken, als wolle er jeden Augenblick vornüber fallen. Im Moment starrte er mich an und zupfte unentschlossen an den schlaffen Schnurrbartspitzen, die ihm über die Mundwinkel herabhingen.
»Sie wissen, weswegen ich Sie gern einmal habe sprechen wollen, ja?« sagte er.
»Ich kann es mir denken«, sagte ich; »möchte es aber doch lieber aus Ihrem eigenen Munde hören.«
»Sie sollen es unverzüglich erfahren«, sagte er. »Es betrifft Celia. Ich will mit meinen Augen sehen, daß sie bekommt, was ihr ge-

bührt. Nicht Kerker. Ich will, daß das Gesetz Hand an sie legt und sie tötet, und dann will ich dabei sein und zusehen.«
Ein großer Aschenkegel fiel zu Boden, und ich scharrte ihn sorgfältig mit der Schuhsohle in den Teppich ein. Ich sagte: »Sie waren persönlich bei der Leichenschau anwesend, Charlie; Sie haben selbst gesehen, was dort geschah. Celia wurde von jeglichem Verdacht freigesprochen; und falls kein zusätzliches Indiz mehr erbracht werden kann, bleibt sie freigesprochen.«
»Indiz! Mein Gott, welcher Mensch braucht denn noch mehr Indizien hier?! Sie haben sich oben an der Treppe auf Teufel komm rauf gezankt. Celia hat Jessie einfach gepackt, sie die Treppe runtergeworfen, bis unten hin, und sie infolgedessen getötet. Das nennt man doch Mord, oder nicht? Genau dasselbe, wie wenn sie eine Schußwaffe verwendet hätte oder Gift oder wessen sie sich sonst eben bedient hätte, wenn die Treppe nicht gerade so günstig gewesen wäre.«
Ich ließ mich müde auf den alten lederbezogenen Armsessel nieder, der dort stand, und studierte die neuerliche Aschenbildung vorn an meiner Zigarre. »Lassen Sie sich von mir den Fall vom juristischen Gesichtspunkt aus zeigen«, sagte ich, und bei der Einförmigkeit meiner Stimme muß es sich angehört haben, wie eine gut eingelernte Formel: »Erstens: es waren keine Zeugen vorhanden.«
»Ich habe Jessie aufkreischen hören und habe sie anschließend fallen hören«, sagte er störrisch; »und als ich hinausgestürzt kam und sie dort liegen fand, hörte ich, wie im selben Moment Celia ihre Tür zuknallte. Sie hat Jessie hinuntergestoßen und ist dann davongehuscht wie eine Ratte, um aus dem Wege zu sein.«
»Aber sie haben nichts *gesehen*. Und da Celia behauptet, sie hätte sich nicht auf dem Schauplatz befunden, gibt es ergo keine Zeugen. Mit anderen Worten: Celias Darstellung hebt Ihre Darstellung auf; und da Sie nun einmal kein Augenzeuge gewesen sind, können Sie füglich keinen Mord aus etwas konstruieren, das theoretisch auch ein Unfall gewesen sein kann.«
Er schüttelte langsam den Kopf.
»Das glauben Sie selbst nicht«, sagte er. »Das glauben Sie ja wohl selbst nicht. Beziehungsweise, wenn Sie es täten, dürften Sie sich umgehend hinausverfügen und brauchten mir nie wieder nahe zu kommen.«
»Was ich glaube, spielt hierbei keine Rolle; ich zeige Ihnen lediglich den juristischen Aspekt des Falles. – Wie stünde es mit der Motivation? Was hätte Celia durch Jessies Tod gewinnen können? Geld oder sonstiger Besitz ist ja keinesfalls mit im Spiele; finanziell ist sie genauso unabhängig wie Sie.«
Charlie ließ sich auf den Rand seines Bettes nieder und lehnte sich, die Hände auf die Knie gestützt, zu mir herüber. »Nein«, flüsterte er, »um Geld oder Besitz ging es nicht.«

Ich breitete hilflos die Arme. »Sehen Sie?«
»Aber Sie wissen, um was es ging«, sagte er: »um mich. – Zuerst war es die alte Dame mit ihren Herzanfällen, jedesmal, sobald ich versuchte, mein eigenes Leben zu leben. Als sie dann starb, und ich dachte, nun wäre ich frei, da kam Celia. Morgens, vom Augenblick an wo ich aufstand, bis abends, wenn ich zu Bett ging, auf Schritt und Tritt war Celia dabei. Sie hat nie einen Mann gehabt oder ein Kind – sie hatte ja mich!«
Ich sagte ruhig: »Sie ist schließlich Ihre Schwester, Charlie. Sie hat Sie lieb«, und sofort lachte er wieder dasselbe unangenehme kurze Lachen.
»Sie liebt mich, wie der Efeu ›seinen‹ Baum liebt. Wenn ich manchmal so zurückdenke, ich werde mir immer noch nicht klar darüber, wie sie das geschafft hat; aber sie hatte eine gewisse Art mich nur anzusehen, und prompt verließ mich jegliche Energie. Und so blieb es auch, bis ich Jessie kennenlernte ... Ich weiß noch den Tag als ich Jessie mit heim brachte und Celia informierte, daß wir verheiratet wären. Sie schluckte es zunächst hinunter; aber in ihren Augen lag ein Blick – derselbe, der darin gelegen haben muß, als sie Jessie die Treppe hinunterstieß.«
Ich sagte, »aber Sie haben anläßlich der Leichenschau doch selbst zugegeben, wie Sie nie gesehen hätten, daß Jessie von Celia irgendwie bedroht oder gar tätlich angegriffen worden wäre.«
»Natürlich hab' ich niemals etwas *gesehen*! Aber wenn Jessie Tag für Tag dann wie gebrochen herumlief und kein Sterbenswörtchen sprach, oder jede Nacht im Bett lag und weinte und mir nicht sagen wollte warum; da wußte ich ganz genau Bescheid, was vor sich ging. Sie wissen ja, wie Jessie war. Kein großes Genie und keine berühmte Schönheit; aber ein goldenes Herz alle 24 Stunden des Tages; und sie war verschossen in mich. Und als sie nach kaum Monatsfrist anfing, all ihren Schwung zu verlieren, da wußte ich wieso. Ich hab' mit ihr gesprochen und ich hab' mit Celia gesprochen, und eine wie die andere hat lediglich mit dem Kopf geschüttelt. Das einzige, was ich tun konnte war, mich im Kreise zu drehen; aber als es dann passiert war, als ich Jessie daliegen sah: überrascht hat es mich nicht. Kann sein, daß das komisch klingt; aber überrascht hat es mich ganz und gar nicht.«
»Ich glaube nicht, daß es auch nur einen überrascht hat, der Celia kennt«, sagte ich; »aber auf alledem können Sie keine Anklage aufbauen.«
Er schlug sich das Knie mit der Faust und wiegte den Oberkörper hin und her. »Was aber kann ich denn unternehmen?« fragte er. »Dazu eben brauche ich Sie – mir zu sagen, was ich unternehmen könnte. Mein ganzes Leben hindurch bin ich nie dazu gelangt, etwas zu unternehmen; nur wegen ihr. Genau das ist es ja auch, worauf sie jetzt wieder baut: daß ich nichts unternehme, und daß sie so davon-

kommt. Nach einer Weile dann wird sich alles wieder beruhigt haben und wir werden wieder genau am Ausgangspunkt angelangt sein.«
Ich mahnte: »Charlie, Sie steigern sich in eine Erregung hinein, die zwecklos ist.«
Er stand auf und starrte erst auf die Tür und dann auf mich. »Aber etwas kann ich unternehmen«, flüsterte er. »Wissen Sie was?«
Er wartete einen Augenblick, ganz voll der genüßlichen Klugheit eines, der ein schwieriges Rätsel aufgegeben hat, von dem er weiß, daß es den Hörer verblüffen wird. Ich erhob mich gleichfalls, trat vor ihn hin und bewegte warnend den Kopf: »Nein«, sagte ich. »Aber an was Sie auch denken mögen jetzt, schlagen Sie es sich aus dem Kopf.«
»Machen Sie mich nur nicht verwirrt«, sagte er. »Sie haben erfahren, daß man als Mörder durchaus davonkommen kann, vorausgesetzt, man ist so klug wie Celia. Sind Sie etwa der Ansicht, ich wäre nicht so klug wie Celia?«
Ich faßte ihn fest bei beiden Schultern. »Um Himmels willen, Charlie«, sagte ich, »fangen Sie nicht an, solches Zeug zu schwatzen.«
Er riß sich los aus meinem Griff und stolperte darob rückwärts gegen die Wand. Seine Augen sprühten Feuer, und hinter den verzogenen Lippen schimmerten die Zähne. »Was soll ich denn machen?!« schrie er. »Alles vergessen, wo Jessie ja doch nun einmal tot und begraben ist? Ruhig hier sitzen bis Celia endlich ihrer Angst vor mir überdrüssig wird und mich auch noch umbringt?«
Mich hatten meine Jahre und Körperfülle in dem kleinen Handgemenge mit ihm doch im Stich gelassen, so daß es mir einen Augenblick an Würde und vor allem an Atem mangelte. »Lassen Sie sich doch nur eines sagen«, begann ich dann. »Sie sind ja seit der Leichenschau nicht mehr außer Hause gewesen. Es wird allmählich Zeit für Sie, auszugehen; und wenn Sie nur durch die Straßen spazierten und sich umsähen.«
»Und mich von jedem, der mir unterwegs begegnete, auslachen ließe, ja?«
»Probieren Sie's erst«, sagte ich, »dann urteilen Sie. Al Sharp sagte mir, daß in seinem Lokal heute abend ein paar von Ihren Freunden zusammenkämen, und daß er sich freuen würde, Sie ebenfalls bei sich zu sehen. Das wäre mein Rat für Sie — wer weiß, was er wert ist.«
»Nichts ist er wert«, sagte Celia. Die Tür hatte sich aufgetan, steif stand sie im Rahmen, die Augen zu engen Schlitzen geworden ob des Lichtes im Zimmer hier. Charlie wandte sich zu ihr; langsam spannten und entspannten sich im Takt seine Backenmuskeln.
»Celia«, sagte er, »ich habe dir befohlen, niemals in dieses Zimmer zu treten!«
In ihrem Gesicht regte sich nichts. »Ich bin ja nicht *darin*. Ich bin nur gekommen, um dir zu sagen, daß dein Abendessen auf dem Tisch steht.«

Er tat einen drohenden Schritt auf sie zu. »Hast du auch lange genug an der Tür gehorcht und jeden Satz mitgekriegt? Oder soll ich dir's nochmal extra wiederholen?«

»Ich habe von einem gottlosen und niedrigen Unterfangen gehört«, sagte sie ruhig; »einer Einladung zu trinken und zu randalieren, während man sich in einem Trauerhause befindet. Ich glaube, ich habe alles Recht, dagegen Einspruch zu erheben.«

Er schaute sie ungläubig an, und mußte nach Worten erst ringen. »Celia«, sagte er, »bitte, sag doch, daß du das nicht im Ernst meinst! Nur der schwärzeste Heuchler unter den Lebenden, oder aber ein Verrückter, vermöchte ja das zu äußern, was du eben geäußert hast, und es im Ernst zu meinen.«

Jetzt flammte sie doch auf. »Verrückt!« rief sie. »Das Wort wagst *du* in den Mund zu nehmen? Du, der sich in sein Zimmer einschließt, endlose Selbstgespräche führt und Gedanken wälzt, weiß der Himmel was?!« Unversehens wandte sie sich an mich: »Sie haben ja eben mit ihm gesprochen. Sie müssen es doch wissen: besteht die Möglichkeit, daß –.«

»Er ist genauso normal wie Sie, Celia«, sagte ich schwer.

»Dann sollte er aber auch wissen, daß man zu einer Zeit wie dieser nicht in Lokale geht. Wie konnten Sie sich unterstehen, ihn dazu aufzufordern?«

Sie schleuderte mir die Frage mit einer so bösartig triumphierender Miene ins Gesicht, daß ich mich gänzlich vergaß: »Wenn Sie nicht gerade dabei wären, Jessies Habseligkeiten hinauszuwerfen, Celia, dann könnte ich Ihre Frage vielleicht ernst nehmen!«

Es war natürlich unbesonnen gewesen, dergleichen zu sagen, und ich bekam auch sofort Grund, es zu bereuen. Ehe ich noch einen Finger regen konnte, war Charlie schon an mir vorbei, hatte Celias Arme gepackt, und hielt sie wie in einem Schraubstock.

»Du hast gewagt, ihr Zimmer zu betreten?« wütete er und schüttelte sie dabei wild. »Heraus mit der Sprache!« Dann, als die sofortige Panik in ihrem Gesicht ihm hinreichend Antwort gab, ließ er ihre Arme los als wären sie aus rotglühendem Eisen; der Kopf sank ihm auf die Brust, er stand und wurde wieder schlaff und krumm.

Celia streckte eine Hand versöhnlich in seine Richtung. »Charlie«, winselte sie, »siehst du's denn nicht ein? Immer ihre Sachen um dich, das reibt dich doch nur auf. Ich wollte dir doch bloß helfen.«

»Wo sind ihre Sachen?«

»Oben auf der Treppe. Charlie. Es ist alles da.«

Er setzte sich, den Korridor hinunter, in Bewegung, und beim Klang seiner sich entfernenden unsicheren Tritte fühlte ich, wie mein Herzschlag langsam wieder zu seinem normalen Tempo zurückkehrte. Celia wandte ihren Blick jetzt voll zu mir, und auf ihrem Gesicht stand ein derartiges Gemisch von Wut und Haß zu lesen, daß ich nur noch das dringende Bedürfnis verspürte, mich so schleunig

wie möglich aus diesem Hause hier zu entfernen. Ich nahm mir meine Sachen vom Bett und wollte an ihr vorbei; aber sie versperrte mir die Tür.
»Sehen Sie jetzt, was Sie angerichtet haben?« wisperte sie heiser. »Jetzt kann ich alles wieder an Ort und Stelle packen. Es erschöpft meine Geduld; aber jetzt muß ich alles, Stück für Stück, wieder zurückräumen – und bloß wegen Ihnen!«
»Halten Sie das gänzlich wie Sie wollen, Celia«, sagte ich kalt.
»Ach Sie«, sagte sie. »Sie alter Trottel. Sie hätten gleich hinter ihr drankommen sollen, als ich –«
Ich legte ihr meinen Stock scharf auf die Schulter und fühlte, wie sie unter der Berührung zusammenzuckte. »Als Ihr Rechtsberater, Celia«, sagte ich, »empfehle ich Ihnen, Ihrer Zunge nur dann freien Lauf zu lassen, wenn Sie schlafen, und für das, was Sie sagen, nicht verantwortlich gemacht werden können.«
Sie erwiderte nichts mehr; aber ich achtete doch lieber darauf, daß sie sicherheitshalber immer vor mir blieb, bis ich wieder draußen auf der Straße stand.

Vom Boerum-Haus bis zu Al Sharp's Lokal war es nur ein paar Minuten zu gehen; und ich schritt rüstig aus und fühlte voll Dankbarkeit die klare frostige Winterluft im Gesicht. Al war noch allein hinter seiner Bar, emsig mit Gläserputzen beschäftigt, und als er mich eintreten sah, begrüßte er mich munter: »Frohe Weihnachten, Herr Anwalt«, sagte er.
»Das gleiche Ihnen«, erwiderte ich und sah ihm zu, wie er eine anheimelnd aussehende Flasche mitsamt einem Paar Gläser auf die Bar stellte.
»Pünktlicher können die Jahreszeiten nicht erscheinen, als Sie«, sagte Al und schenkte zwei Doppelte ein. »Ich hatte Sie schon erwartet, gerade den Moment vorher.«
Wir tranken einander zu, und Al lehnte sich vertraulich über seine Bar: »Kommen Sie geradeswegs von da?«
»Ja«, sagte ich.
»Charlie gesehen?«
»Und Celia auch«, sagte ich.
»Och«, sagte Al, »das ist so außergewöhnlich ja nicht. Sie hab' ich auch schon gesehen, wenn sie vorbeikommt, um irgend Einkäufe zu tätigen. Huscht dahin, den Kopf gesenkt, oben drüber noch'n schwarzen Schal, als wenn sie von jemandem gejagt würde. Ich glaube, das Gefühl hat sie wohl auch.«
»Ich glaube, sie hat es«, sagte ich.
»Aber Charlie; um den geht's doch. Ihn krieg' ich überhaupt nicht mehr zu sehen. Haben Sie ihm ausgerichtet, daß ich ihn irgendwann gern mal wieder sehen würde?«
»Ja«, sagte ich. »Ich hab's ausgerichtet.«

»Und was hat er geantwortet?«
»Nichts. Celia behauptete, er täte Unrecht daran, herzukommen, während er noch Trauer hat.«
Al tat einen leisen ausdrucksvollen Pfiff, und bohrte vielsagend seine Stirn mit dem Zeigefinger. »Erklären Sie mir bloß mal«, sagte er, »meinen Sie, daß es tatsächlich noch zu verantworten ist, wenn man die beiden derart ganz alleine so zusammen läßt? Ich würde ja sagen, wie die Dinge dort liegen, und bei Charlies Einstellung könnte da durchaus nochmal was passieren.«
»Eine Zeitlang sah es heut abend fast so aus«, sagte ich. »Aber das Unwetter verzog sich wieder.«
»Bis zum nächsten Mal«, sagte Al.
»Dann bin ich ja auch wieder dabei«, entgegnete ich.
Al blickte mich an und schüttelte mit dem Kopf. »Nichts ändert sich in diesem Hause«, sagte er. »Nicht das geringste. Deswegen kann man sich alle Antworten im voraus ausrechnen. Deswegen wußt' ich ja auch, daß Sie jetzt, zu dieser Stunde, hier stehen und sich mit mir drüber unterhalten würden.«
Mir war, als spürte ich noch immer den intensiven Modergeruch des Hauses in der Nase, und ich wußte, daß Tage darüber vergehen würden, ehe ich ihn wieder ganz aus den Kleidern los würde.
»Das ist ein Tag, den ich am liebsten ganz aus meinem Kalender ausmerzen möchte«, sagte ich.
»Und die beiden mit ihren Händeln sich alleine überlassen. Recht geschäh's ihnen schon.«
»Die sind nicht allein«, lehnte ich ab. »Jessie ist bei ihnen. Und Jessie wird immer bei ihnen sein, bis das Haus, samt allem, was sich darin befindet, verschwunden sein wird.«
Al furchte die Stirn. »Das ist aber tatsächlich die kurioseste Sache, die sich jemals in unserer Stadt abgespielt hat. Das Haus immer finster, von oben bis unten; sie rennt durch die Straßen, wie jemand, der verfolgt wird; er liegt längelang in seinem Zimmer und starrt die vier Wände an, seit – wie lange ist es jetzt genau her, Herr Anwalt, daß Jessie damals den Fall tat?«
Wenn ich den Blick nur ein wenig zur Seite richtete, konnte ich im Spiegel hinter Al mein eigenes Gesicht sehen: gerötet, vollwangig, ein bißchen ungläubig.
»Zwanzig Jahre«, hörte ich mich selbst sagen. »Genau zwanzig Jahre heut abend.«

DIE GEORDNETE WELT DES MR. APPLEBY

Mister Appleby war ein kleiner, förmlicher Mann, der eine randlose Brille trug, sein bereits grauendes Haar in der Mitte scheitelte und ein gewisses gesetztes Vergnügen darin fand, immer wieder darauf hinzuweisen, daß in einem gebührend organisierten Leben für die Machenschaften des Zufalls kein Platz sei. Als er demnach den Zeitpunkt für gekommen erachtete, sich mit den wirksamsten Methoden zur Beseitigung seiner Gattin zu befassen, wußte er, wo er nachzusehen hatte.

Das Buch, eine Fachveröffentlichung über Gerichtsmedizin, fand er im Regal eines Antiquars, inmitten mehrerer Werke über den gleichen Gegenstand; und da sie, mit einer Ausnahme, sämtlich in einem betrüblich schäbigen und eselsohrigen Zustand waren, der ihn bis in sein tiefstes Inneres kränkte, wählte er eben jenes einzige, das sich noch in leidlich guter Verfassung befand. Die meisten der darin geschilderten Fälle waren, wie er bei näherer Untersuchung entdeckte, gräuliche Studien in Wahnsinn und Wollust und deren Ergebnissen (alles ausgiebig illustriert) – hinreichend, um jeden anständigen Menschen in Staunen zu versetzen, ob der Anzahl der Ungeheuer, die unsere Erde so bewohnen. Ein Fall jedoch schien genau das zu sein, wonach er Ausschau hielt, und ihn machte er zum Gegenstand seiner intensivsten Studien.

Es war der Fall jener Frau X. (das ganze Buch wimmelte von Frauen X. und Herren Y. und Fräulein Z.), als deren Todesursache man zufälliges Ausrutschen auf einem Vorleger in ihrer Wohnung und unglückliches Hinstürzen gemutmaßt hatte. Der Rechtsanwalt jedoch, der die Interessen der allgemeinen beklagten Dahingeschiedenen vertrat, hatte den Gatten des Mordes beschuldigt und war eben bemüht gewesen, vor dem Untersuchungsrichter diese Beschuldigung zu begründen, als der Angeklagte unversehens die ganze Angelegenheit dadurch beilegte, daß er einen Herzschlag erlitt und tot umfiel.

Das alles war nun zwar von mäßigem Interesse für Mister Appleby, dessen Motiv – nämlich der Wunsch, in den unverzüglichen Besitz des Vermögens seiner Gattin zu gelangen – allerdings die frappanteste Ähnlichkeit mit dem Motiv hatte, das man seinerzeit dem Gatten jener Frau X. unterstellen wollte. Weit wichtiger waren ihm die praktischen Details des Falles. Frau X. war eben im Begriff gewesen, ihm ein Glas Wasser zu bringen, hatte ihr Gatte damals ausgesagt, als der Vorleger, wie Vorleger nun sind, ihr urplötzlich unter den Füßen wegrutschte.

Zur Widerlegung hatte der unermüdliche Gegenanwalt eine medizinische Autorität beigebracht, die an Hand von Zeichnungen (sämtlich in sauberen Reproduktionen dem Buche beigegeben) den Nachweis führte, daß es bei Entgegennahme des Wasserglases ein Kinderspiel für den Gatten hätte gewesen sein können, seiner Frau eine Hand unters Kinn, die andere ins Kreuz zu legen, und so, vermittels eines kurzen Ruckes, das gleiche drastische Resultat zu erzielen, wie das Ausrutschen auf einem Vorleger, und zwar ohne den geringsten Anhalt hinsichtlich der Natur seines Verbrechens zu hinterlassen.

Es sei ausdrücklich betont an dieser Stelle, daß Mister Appleby, wenn er diese Zeichnungen und Erläuterungen jetzt so unbarmherzig studierte, mit nichten die Rolle des gierigen Ehemannes spielte, der vor nichts zurückschreckt, um seine Gier zu befriedigen. Gewiß, was er brauchte, war Geld; aber es war Geld für die Erhaltung von etwas, was er als heilige Sache betrachtete. Und zwar war das der Laden, *Appleby, Antiquitäten.*

Der Laden war die Sonne in Mister Applebys Universum. Zwanzig Jahre zuvor hatte er ihn mit dem Bißchen, was sein Vater ihm hinterließ, gekauft; und im besten Falle war es ein kümmerlicher Lebensunterhalt, den er daraus zog. Im schlimmsten Falle – und dieser schlimmste Fall war das übliche – hatte er sich gezwungen gesehen, den dürftigen Vorrat seiner Mutter an gutem Willen und Kapital in Kontribution zu setzen. Da nun seine Mutter nicht zu denjenigen gehörte, die leichten Herzens auch nur einen Pfennig weggeben, bewirkte der Laden im Laufe der Zeit eine Reihe regelrechter Schlachten, aus denen er jedoch immer als Sieger hervorging – weil nämlich, in allerletzter Instanz, der Laden das für Mister Appleby war, was Mister Appleby für seine Mutter war.

Dies unglückliche Dreiecksverhältnis ging schließlich in Scherben durch den Tod seiner Mutter; worauf Mister Appleby prompt die Erfahrung machen mußte, daß jene eine weit größere Rolle bei Inganghaltung seiner geordneten kleinen Welt gespielt hatte, als ihm bisher bewußt geworden war. Und zwar nicht nur hinsichtlich des Geldes, das sie ihm gelegentlich gegeben hatte, sondern auch bezüglich seiner persönlichen Gepflogenheiten.

Zum Beispiel aß er nur behutsam und ganz leichte Kost; und seine Mutter war, was Brotrösten und die Bereitung untadeliger Mahlzeiten anbelangte, eine ausgesprochene Könnerin gewesen. Seine Nerven wurden aufs peinlichste erschüttert, wenn irgendein Gegenstand im Hause sich nicht an dem ihm zugewiesenen Fleck befand; und seine Mutter war die fleischgewordene Garantie dafür gewesen, daß ihm dergleichen erspart blieb. Infolgedessen hinterließ ihr Tod eine beträchtliche und unangenehme Lücke in seinem Dasein, und im Verfolg seiner Studien, diese auszufüllen, wurde er zur Erwägung einer etwaigen Ehe geführt und weiterhin zu einer solchen selbst.

Seine Gattin war eine blasse, schmallippige Frau und seiner Mutter in Aussehen und Gebärden derart ähnlich, daß er zuweilen, wenn sie ins Zimmer trat, ganz verblüfft darob war. Nur in einer Hinsicht ließ sie ihn im Stich: sie vermochte weder die Bedeutung des Ladens zu begreifen noch seine diesbezüglichen Gefühle. Das wurde offenbar, als er zum erstenmal das Thema eines kleinen Darlehens anschnitt, das ihn befähigen sollte, einige geschäftliche Ausgaben zu bestreiten.

Frau Appleby war zwar auf gutem Wege gewesen, das Schicksal der ungepflückt am Strauch verwelkenden Rose zu erleiden, als ihr zukünftiger Gatte sie um ihre Hand bat; aber, um ihr Gerechtigkeit widerfahren zu lassen, nicht bloß die Aussicht, doch noch in den Stand der Ehe zu treten, war es, was sie bewogen hatte. Letztlich — wenngleich sie ob solch ungeschminkter Darlegung ihrer geheimsten Gedanken errötet sein würde — waren es seine großen traurigen Augen hinter den randlosen Brillengläsern gewesen, die den Ausschlag gaben und die unverkennbar verborgene Gefühlstiefen, fein säuberlich in bürgerliche Achtbarkeit verhüllt, versprachen. Als sie dann, sehr bald nach der Hochzeit, einsehen mußte, daß jene verborgenen Tiefen anscheinend etwas zu gut verborgen waren, um von ihr jemals ergründet werden zu können, gab sie sich achselzukkend auch zufrieden und wandte sich mit leidlich guter Manier dem Brotrösten zu und der Bereitung seiner Mahlzeiten. Die Erkenntnis, daß es sich bei dem eindrucksvollen *Appleby, Antiquitäten*, um eine einwandfrei taube Nuß handelte, nahm sie freilich schon weit anders auf.

Sie stellte energisch ein paar Erkundigungen an und verkündete Mister Appleby dann mit einiger Hitze das Resultat: »Antiquitäten?!« sagte sie schrill. »Aber das ganze zusammengeschleppte Zeug ist ja nichts als ein Haufen Schrott und Plunder. Ein Verein von Ladenhütern, wertlose Staubfänger und sonst gar nichts!«

Was sie nicht begriff, war, daß eben diese Gegenstände, die dem grassen kaufmännischen Blick wertlos erscheinen mochten, für Mister Appleby den Urstoff des Lebens selbst darstellten. Der Laden war geradeswegs aus der Manie seiner Kindheit entstanden, alles, was er nur an sich zu bringen vermochte, zu sammeln, zu sortieren, zu etikettieren und zu konservieren. Und der Wert jeglichen Gegenstandes in dem Laden wuchs proportional zu der Länge der Zeit, die er ihn besaß; ob es sich dabei um eine angeschlagene Sèvres-Imitation handelte, einen plump nachgemachten Chippendale oder einen verrosteten Säbel, war dabei ganz einerlei. Und jegliches Stück besaß auch seinen eigenen angestammten Platz, einen unverrückbaren immerwährenden Platz, soweit dies in Mister Applebys Macht stand; und, so kurios es sich anhört, es war die aufrichtige Seelenangst, die er erfuhr, sobald er ein Stück abgeben sollte, die zu den wenigen Verkäufen führte, die er tätigte. Der Kunde, der sich über den Wert noch im Zweifel war, brauchte ja nur einen Schimmer dieser Seelenangst zu erhaschen, um sofort über-

zeugt zu sein, daß er hier im Begriff wäre, ein glänzendes Geschäft zu machen. Es war ein Glück, daß kein Kunde auch nur einen Augenblick lang auf den Gedanken verfiel, es könnte die Vorstellung des leeren Fleckes sein, den der scheidende Gegenstand hinterließ – die von solcher Leere verursachte kurze Unordnung – und nicht die Leidenschaft für den Gegenstand selbst, die Mister Applebys schmales Gesicht zu einer Maske des Schmerzes verzog.
Deshalb also, weil sie nicht begriff, schlug Frau Appleby solch unfreundlichen Kurs ein. »Meine Moneten kannst du mal kriegen, wenn ich tot und beerdigt bin«, sagte sie; »aber auch erst, *wenn* ich tot und beerdigt bin.«
Dergestalt hatte sie sich törichterweise selbst vor Gericht gefordert, war zu leicht befunden worden, und es blieb nur noch übrig, das Urteil zu vollstrecken. Als die Zeit gekommen war, setzte Mister Appleby die Lektionen, die er seinem unschätzbaren Lehrbuch entnommen hatte, in die Tat um und erkannte sie in jeder Kleinigkeit als probat. Es war rasch vorbei, ruhig vorbei, und, abgesehen von einem Wasserspritzer auf seiner Hose, auch sauber vorbei. Der Arzt, der den Totenschein ausstellte, knurrte etwas von unbeschreiblichen Vorlegern, die im Jahre mehr Leben kosteten als betrunkene Autofahrer; der diensttuende Polizist machte sich freundlicherweise erbötig, nach Kräften behilflich zu sein, was die Anstalten zur Beerdigung betraf – das war eigentlich alles, was danach kam.
Und so leicht war es gegangen – wirklich, so ganz undramatisch – daß erst eine volle Woche später, als ein gebührend teilnahmsvoller Anwalt ihm über den Vermögensstand seiner verstorbenen Gattin Bericht ablegte, Mister Appleby schlagartig die ganze großartige neue Welt von Möglichkeiten begriff, die sich da vor ihm aufgetan hatte.

Zuweilen muß der Besonnenheit das Übergewicht vor dem Gefühl zugestanden werden, und wenn Mister Appleby überhaupt etwas war, war er ein besonnener Mann. Sobald die Frage des Nachlasses seiner Gattin ins reine gebracht war, wurde der Laden weit von seiner ursprünglichen Stelle fort, in eine andere Gegend verlegt. Wurde, nach dem unerwarteten Ableben der zweiten Frau Appleby, neuerlich verlegt; und, nach Beseitigung der im Laufe der Zeiten sechsten Frau Appleby, waren diese Umzüge zum selbstverständlich-festen Bestandteil eines einträglichen Schemas geworden.
Ihrer äußerlichen Ähnlichkeit halber – waren sie doch alle blasse, schmalgesichtige Frauen gewesen, mit zusammengepreßten Lippen; Künstlerinnen in bezug auf Kochen und Brotrösten und unerbittlich, was Pünktlichkeit und Ordnung anbelangt – neigte Mister Appleby unwillkürlich dazu, seiner verstorbenen Gattinnen ziemlich verschwommen, gewissermaßen *en masse* zu gedenken. Nur hinsichtlich einer Eigenschaft hielt er sie auseinander: der Stellenzahl, die

das jeweilige Bankkonto betragen hatte. Aus diesem Grunde gedachte er der ersten beiden Frauen Appleby als Vierer, der dritten als einer Drei (eine unangenehme Überraschung) und der letzten drei als Fünfer. Der Gesamtbetrag würde, nach dem Maßstab jedes anderen, ein ganz hübsches Sümmchen bedeutet haben; da aber jegliche der nach und nach anfallenden Portionen sogleich von dem unersättlichen *Appleby, Antiquitäten* verschlungen worden war — in ähnlicher Weise, wie eine hungrige Eidechse eine Fliege schnappt —, fand sich Mister Appleby, unmittelbar nach Beerdigung der sechsten Frau Appleby, in größeren und dringenderen finanziellen Schwierigkeiten denn je. So verzweifelt waren seine Umstände, daß, ob er gleich von einer neuen Fünf träumte, er doch, und zwar auf der Stelle, auch mit einer Vier abgeschlossen hätte. In so günstigem Augenblick geschah es, daß Martha Sturgis in sein Leben trat; und nach 15 Minuten Unterhaltung mit ihr verscheuchte er alle Gedanken an Vierer oder Fünfer aus seinem Gedächtnis.
Martha Sturgis war, wie es schien, eine Sechs!
Nun war es freilich nicht nur hinsichtlich des Umfangs ihres Vermögens, daß sie das Schema durchbrach, wie es sich an den Frauen von Mister Applebys früheren Erfahrungen herausgebildet hatte. Ungleich all ihnen war Martha Sturgis eine große, ziemlich aus der Form gegangene Frau, die nach Persönlichkeit, Kleidung und Benehmen, fast (und Mister Appleby schauderte ein wenig vor dem bloßen Wort) schlampig genannt werden konnte.
Die entfernte Möglichkeit bestand zwar, daß sie — entsprechend gefirnißt, aufgeschirrt, frisiert und angezogen — in etwas einigermaßen Repräsentables umgewandelt hätte werden können; aber allen Anzeichen nach war Martha Sturgis eher die Frau, die es absichtlich fertig bekam, all dergleichen Konventionen ein Schnippchen zu schlagen. Das Haar saß ihr wie nachlässig auf den Kopf gestülpt und war noch dazu aufs schockierendste Orangerot gefärbt; ihre pickligen Züge waren unbekümmert gepudert und ihr Make-up denkbar unvorteilhaft; ihre Kleidung, unverkennbar nur vom Standpunkt der Bequemlichkeit ausgewählt, war gleichzeitig von augenschmerzender Grellheit; und ihr Schuhwerk legte Zeugnis von langem und genüßlichem Getragensein ab, ohne daß jedoch seiner Erhaltung die entsprechend gleiche Sorgfalt gewidmet worden wäre.
Von all dem und seiner Wirkung auf den Beschauer schien Martha Sturgis total ahnungslos. Sie schritt mit einer Energie durch *Appleby, Antiquitäten*, daß das, was an beweglichen Gegenständen vorhanden war, sich klirrend zu regen begann; sie rauchte ununterbrochen, ja zündete sich eine Zigarette an der anderen an, ob auch Mister Appleby die Luft vor seinem Gesicht noch so sehr fächelte und andeutungsweise hustete; und sie redete pausenlos, laut und mit einer tiefen heiseren Stimme, die gar seltsamlich in einem Laden widerhallte, der doch die höheren, dünneren Töne so gewohnt war.

Während der ersten 14 Minuten ihrer Bekanntschaft war die einzige ihrer offen zur Schau getragenen Eigenschaften, die Mister Appleby vermochte, wenigstens ein Spürchen von seiner instinktiven Ablehnung nachzulassen, die Sorgfalt, mit der sie jeglichen Gegenstand taxierte. Sie untersuchte jeden, nahm ihn quasi einzeln ins Kreuzverhör und schätzte ihn ab, bevor sie mit unverhohlener Mißbilligung zum nächsten überging; und er wich ihr nicht von der Seite, obwohl mit der steigenden Zuversicht, daß er sie noch würde aus dem Laden hinausmanövrieren können, ehe seine Schätze oder seine Geduld ernstlich Schaden nähmen. Aber da, in der 15. Minute, fiel das Wort.

»Ich hab' zwar 'ne halbe Million Dollar auf der Bank«, merkte Martha Sturgis mit verächtlicher Heiterkeit an, »aber darauf war ich doch nicht gefaßt, daß ich jemals auch nur 5 Cents davon für solches Zeugs ausgeben würde.«

Mister Applebys Hand hatte sich gerade wieder vor seinem Gesicht befunden, zwecks Vorbereitung, etwas von dem Tabaksrauch, der ihn umwallte, beiseite zu fächeln. In der kurzen Zeitspanne, die diese Hand benötigte, um kraftlos an seiner Seite hinabzusinken, befaßte sich sein Geist mit einer erstaunlichen Anzahl von Problemen. Eines davon war etwa der wichtigste Finger ihrer linken Hand – er war ohne Ring; andere Probleme waren mehr mathematischer Natur, größtenteils Wechsel von kurzer Laufzeit, Wechsel von langer Laufzeit, Schuldzinsen und Amortisationen betreffend. Zur Zeit, als die Hand wieder an seiner Seite herabhing, waren diese Probleme, was Mister Appleby anbelangt, auf dem besten Wege, ihrer Lösung entgegenzugehen.

Und es sei vermerkt, daß der Affäre insofern eine zusätzliche Würze beigemengt war, eben weil es sich bei Martha Sturgis um ein derart liederliches und auffälliges Geschöpf handelte. Nachdem sie das Wort ausgesprochen hatte, würde ein anderer Mann sie vielleicht mit anderen Augen angesehen haben; etwa durch jene Art Schleier, den ein weiser Fotograf über die Linse seiner Kamera wirft, wenn ihm obliegt, das Porträt eines wohlhabenden, aber wenig einnehmenden Kunden zu gestalten. Mister Appleby dagegen, solcher Selbsttäuschung unfähig, wappnete sich lieber mit dem Gleichnis eines Mannes, der die beschwerliche Last auf seinem Rücken um des Vergnügens willen erträgt, die ihm das Ablegen derselben bereiten wird. Nicht nur also würde der Schlußakt einer Ehe mit Martha Sturgis bedeutsame mathematische Probleme lösen; sondern es würde gleichzeitig ein Akt sein, den er con amore zu Ende spielen könnte, als ein Mann, der die Welt von einem widrigen Gegenstande befreit.

Deshalb richtete er seine Augen, schwermütiger und leuchtender denn je, auf sie und sagte: »Es ist sehr betrüblich, Frau-ä . . .«

Sie nannte ihm ihren Namen, mit nachdrücklicher Betonung des *Fräulein* davor, und Mister Appleby lächelte entschuldigend.

»Natürlich. – Wie ich bereits sagte: es ist sehr betrüblich, daß ein Mensch mit Bildung und Geschmack –« (das *wie Sie* schwang unausgesprochen, köstlich-äolsharfig in der Luft) »– niemals die Freude geschmeckt haben sollte, die der Besitz von Kunstwerken mit sich bringt. Aber, wie wir ja alle gelernt haben, zum Anfangen ist es nie zu spät, nicht wahr?«

Martha Sturgis sah ihn scharf an und lachte dann von Herzen – ein wahres Geblöke von Gelächter, das sein Trommelfell aufs schmerzlichste erdolchte. Einen Augenblick lang wunderte Mister Appleby (ein im allgemeinen wenig humorvoller Mann) sich dunkel, ob er etwa unbewußt etwas so außerordentlich Epigrammatisches geäußert hätte, daß es zwangsläufig diese alarmierende Wirkung hervorrufen mußte.

»Mein lieber Mann«, sagte Martha Sturgis, »falls Sie den Eindruck haben sollten, daß ich hergekommen bin, um den Anfang zu machen, mein Leben inmitten des Wirrwarrs Ihrer Mißgeburten hier zu verbringen, dann lassen Sie sich den Zahn ziehen. Ich bin lediglich deswegen hier, um ein Geschenk für eine Freundin zu kaufen, eine aufreizende und abgründig scheußliche Person, die zusätzlich noch nach Natur und Sinnesart einer Stange aus rostfreiem Stahl gleicht. Mir fällt keine bessere Art ein, ihr meine Gefühle ihr gegenüber kundzutun, als ihr irgendwas aus Ihrem Laden zu verehren; ich möchte sagen, es kommt fast alles hier in Frage. Wenn irgend zu machen, sähe ich außerdem noch gern die Ablieferung dergestalt eingerichtet, daß ich anwesend bin, wenn sie das Päckchen in Empfang nimmt.«

Mister Appleby schwankte unter dieser Attacke, sammelte sich jedoch tapfer wieder. »Unter solchen Umständen«, sagte er ebenso kopfschüttelnd wie fest, »ist das unmöglich. Ganz und gar unmöglich.«

»Unsinn«, sagte Martha Sturgis. »Wenn Sie sich keinen Rat damit wissen, nehm' ich die Regelung der Ablieferung selbst in die Hand. Das sollten Sie aber doch wirklich verstehen, daß solche Unternehmungen nicht den rechten Spaß bereiten, wenn Sie nicht dabei sein und die Wirkung gleichzeitig beobachten können.«

Mister Appleby hielt seinen Unwillen mit Macht zurück. »Ich meinte mitnichten den Modus der Ablieferung«, sagte er. »Was ich klarzumachen mich bemühe, ist, daß ich nichts aus meinem Laden zu solchem Ende, in solcher Geisteshaltung, erstanden werden lassen kann. Und zwar um keinen Preis, den Sie auch nennen möchten.«

Martha Sturgis massiver Unterkiefer klappte auf. »Was war das, was Sie da gesagt haben?« fragte sie verblüfft.

Es war ein gefahrvoller Moment, und Mister Appleby wußte das. Seine nächsten Worte konnten neuerlich einen jener schrecklichen Lachkrämpfe bei ihr bewirken, die seine totale Verheerung bedeuteten; oder schlimmer noch, konnten sie für immer gradeswegs aus dem

Laden treiben; konnten allerdings auch, jetzt und hier, den Ausschlag zu seinen Gunsten bringen. Aber es war ein Moment, dem ins Auge gesehen werden mußte; und, so dachte Mister Appleby verzweifelt, was Martha Sturgis auch immer sein mochte, sie war schließlich eine Frau.

Er holte tief Luft. »Es ist einer der Geschäftsgrundsätze in meinem Laden hier«, sagte er dann ruhig, »nie etwas zu verkaufen, es sei denn, der betreffende Kunde wisse den Gegenstand, den er zu erstehen wünscht, voll zu würdigen und gebe also eine gewisse Bürgschaft dafür, daß jenem die Sorge und pflegliche Behandlung zuteil wird, die er verdient. Das ist stets einer der Geschäftsgrundsätze gewesen und wird es, solange ich hier bin, unveränderlich sein. Jede andere Einstellung als diese würde ich als Entweihung betrachten.«

Mit angehaltenem Atem beobachtete er Martha Sturgis. Nicht weit von ihr stand ein Stuhl, und sie sank schwer darauf nieder, so daß ihre weitgespreizten Schenkel ihr die Röcke breit strammzogen und die obszönen Schuhe sich erbarmungslos präsentierten. Sie zündete sich eine weitere Zigarette an, betrachtete ihn dabei durch die Streichholzflamme hindurch aus eng gewordenen Augenschlitzen und fächelte dann die Luft ein wenig, um die Rauchwolke zu zerteilen.

»Wissen Sie«, sagte sie, »das ist aber äußerst int'ressant. Darüber würd' ich doch gerne noch'n bißchen mehr von Ihnen hören.«

Dem Unerfahrenen mag das Problem, einem völlig Fremden Informationen persönlichster Art zu entlocken, von bestürzender Schwierigkeit erscheinen; für Mister Appleby, dessen Interesse so oft von dergleichen Informationen entscheidend abhängig gewesen waren, war es überhaupt kein Problem. In kürzester Zeit hatte er sich vergewissert, daß Martha Sturgis' runde Schätzung ihres Vermögens völlig korrekt war; daß sie anscheinend ganz allein in der Welt stand, ohne Verwandte oder intime Freunde; und — daß sie dem Gedanken einer Heirat nicht abgeneigt war.

Speziell dies letztere holte er aus ihr im Verlauf ihrer nunmehr regelmäßigen Besuche seines Ladens heraus, während sie bequem auf einem Stuhl herumgrätschelte und endlose Unterhaltungen mit ihm führte. Ein beträchtlicher Teil dieser Unterhaltungen betraf ihren Vater, mit dem Mister Appleby anscheinend die tollste Ähnlichkeit besaß.

»Sogar angezogen ging er wie Sie«, sagte Martha Sturgis in tiefem Sinnen. »Immer adrett, wie aus dem Ei gepellt, und nicht etwa bloß, was ihn selbst anbelangte. Jeden Tag unternahm er eine Inspektionstour durchs ganze Haus — marschierte durch sämtliche Räume und vergewisserte sich, daß jeder Gegenstand sich dort befand, wo er zu sein hatte. Und hat's durchgehalten bis zum Ende. Ich weiß noch, wie er, eine Stunde bevor er starb, rumlief und die Bilder an der Wand grade rückte.«

Mister Appleby, der indessen mit einiger Gereiztheit immer wieder nach einem Bilde hinübervisiert hatte, das doch wohl leicht schief an der Wand seines Ladens hing, riß sich, widerstrebend, von dem Anblick los.
»Und Sie sind bis an sein Ende um ihn gewesen?« fragte er teilnehmend.
»Das kann man wohl sagen.«
»Na aber«, sagte Mister Appleby aufmunternd, »für so ein Opfer hat man ja schließlich dann auch mal eine Belohnung verdient, wie? Besonders – ich hoffe, ich trete Ihnen damit nicht zu nahe, Fräulein Sturgis – wenn man in Betracht zieht, daß eine Frau wie Sie ja zweifellos und jederzeit die Wartung eines greisen Vaters hätte aufgeben und heiraten können. Ist das nicht so?«
Martha Sturgis seufzte. »Vielleicht ist es so; und vielleicht ist es auch nicht so. Ich will gar nicht leugnen, daß ich natürlich meine Träume gehabt habe. Aber dabei ist es auch geblieben, und wird, nehme ich an, immer dabei bleiben.«
»Warum das?« fragte Mister Appleby ermutigend.
»Weil«, erklärte Martha Sturgis düster, »ich noch nie dem Mann begegnet bin, der meinen Träumen entsprochen hätte. Ich bin kein einfältiges Schulmädchen, Mister Appleby; ich brauch' nicht erst lange mich und mein Bankkonto zu vergleichen, um zu wissen, warum ein Mann sich mir gegebenenfalls widmen würde; und, ganz frei heraus gesagt, seine Beweggründe wären mir schließlich auch egal. Aber ein bescheidener, anständiger Mann müßte es sein; gewillt, jeglichen Augenblick seines künftigen Lebens mich zu umsorgen und auf Händen zu tragen; und überdem müßte dieser Mann so beschaffen sein, daß das Bild meines Vaters in ihm wieder lebendige Gestalt gewänne.«
Mister Appleby ließ seine Hand leicht auf ihrer Schulter ruhen.
»Fräulein Sturgis«, sagte er ernst. »Sie können solch einem Mann doch immer noch begegnen.«
Sie schaute zu ihm auf, mit einem Gesicht, dessen Züge ihre Erregung noch gröber und noch weniger anziehend machte. »Meinen Sie, Mister Appleby?« fragte sie. »Glauben Sie das tatsächlich?«
Und Glaube strahlte aus Mister Applebys Augen, während er auf sie herniederlächelte. »Vielleicht ist er Ihnen bereits näher, als Sie sich vorzustellen wagen«, sagte er mit Wärme.
Erfahrung hatte Mister Appleby gelehrt, daß, wenn das Eis erst einmal gebrochen ist, das beste, was man tun kann, darin besteht, noch einmal tief Luft zu holen und sich dann kopfüber hineinzustürzen. Dementsprechend ließ er nur ganz wenige Tage noch verstreichen, bevor er seinen Antrag machte.
»Fräulein Sturgis«, hob er an, »für jeden einsamen Mann kommt einmal die Stunde, wo er seine Einsamkeit nicht länger zu ertragen vermag. Und wenn er zu dieser Stunde dann das Glück hat, der

einen Frau zu begegnen, der er rückhaltlos all seine Achtung, all seine zarteren Gefühle schenken möchte – wahrlich, ein solcher Mann ist glücklich zu nennen. Fräulein Sturgis: ich bin in der Lage dieses Mannes.«

»Aber, Mister Appleby!« sagte Martha Sturgis, nicht ohne ein wenig zu erröten. »Das ist wirklich sehr sehr nett von Ihnen, aber ...«

Bei ihrem ausgesprochen unentschlossenen Ton sank ihm das Herz. »Warten Sie!« unterbrach er sie voller Hast. »Falls Sie irgendwelche Zweifel hegen sollten, Fräulein Sturgis, sprechen Sie sie bitte jetzt frei und offen aus, so daß ich sie notfalls beantworten kann. In Anbetracht meiner dargelegten seelischen Verfassung wäre das ja ein Gebot der Fairness, wie?«

»Ja, das ist wohl richtig«, sagte Martha Sturgis. »Sehen Sie, Mister Appleby, ich würde lieber überhaupt nicht heiraten, als mich in die Gefahr zu begeben, dann einen zu erwischen, der nicht gewillt wäre, mir haarklein das zu geben, was ich mir von einer Ehe erwarte: absolute, unumschränkte Hingebung für den Rest meiner Tage.«

»Fräulein Sturgis«, sagte Mister Appleby feierlich, »ich bin bereit, Ihnen nicht weniger als das zu geben.«

»Das sprechen Männer immer so leichthin aus«, seufzte sie. »Aber – nun, ich will es mir überlegen; bestimmt, Mister Appleby.«

Die traurige Aussicht, unbestimmte Zeiten hindurch zu warten, bis eine Frau von derart unordentlichen Gepflogenheiten sich zu einer Entscheidung aufraffte, wurde nicht eben dadurch erleichtert, daß Mister Appleby wenige Tage darauf unerwartet ein Schreiben empfing, in dem Gainsborough, Gainsborough & Golding, Rechtsanwälte und Notare, ihn ebenso höflich wie dringend zu einem Besuch in ihren Büroräumen aufforderten. Mit seiner Gläubigerschar auf den Fersen, die immer enger aufschloß, wie ein Rudel Wölfe, konnte Mister Appleby nur auf das Schlimmste gefaßt sein und war folglich desto angenehmer überrascht, als sich bei seiner Ankunft bei Gainsborough, Gainsborough & Golding herausstellte, daß diese mitnichten seine Gläubiger, sondern vielmehr Martha Sturgis selbst repräsentierten.

Der ältere Gainsborough, unverkennbar der eigentliche leitende Geist der Firma, war ein kurzer, unsagbar fetter Herr, mit wabbelnden Hängebacken, vor denen sein steifer Kragen fast gänzlich unsichtbar war, und großen fischigen Sehorganen, aus denen er Mister Appleby trübe anbrillte. Der jüngere Gainsborough war eine Dublette seines Bruders, die Backen noch nicht ganz so pompös, während es sich bei Golding um einen teilnahmslosen jungen Mann mit allerdings sehr scharfgeschnittenem Gesicht handelte.

»Wir haben hier«, sagte der ältere Gainsborough, die glasigen Augen auf Mister Appleby richtend, »eine etwas delikate Angelegenheit. Fräulein Sturgis, eine unserer geschätzten Klientinnen –« der jüngere Gainsborough nickte an dieser Stelle – »hat uns davon gesprochen, mit Ihnen, Sir, gegebenenfalls die Ehe einzugehen.«

Mister Appleby, der steif auf seinem Stuhle gesessen hatte, verspürte eine angenehm prickelnde Erregung. »Ja?« sagte er.
»Und«, fuhr der ältere Gainsborough fort, »während Fräulein Sturgis völlig einzuräumen gewillt ist, daß in den Augen jeglichen Bewerbers der eigentlich anziehende Gegenstand ihr Vermögen sein könnte –« er hob die plumpe Hand, um Mister Applebys entrüsteten Protest sogleich im Keime zu ersticken – »so wäre sie doch gleichzeitig gewillt, über diesen strittigen Punkt hinwegzusehen –«
»Ihn zu ignorieren, außer acht zu lassen«, sagte der jüngere Gainsborough ernst.
»– falls der betreffende Bewerber bereit sein sollte, all ihre anderweitigen Erwartungen von einer Ehe zu erfüllen.«
»Das bin ich«, sagte Mister Appleby voller Inbrunst.
»Mister Appleby«, fragte der ältere Gainsborough ohne Übergang, »waren Sie früher schon einmal verheiratet?«
Mister Appleby überlegte in aller Schnelle. Ableugnen würde aus jeder zufälligen Äußerung über seine Vergangenheit eine tödliche Falle machen können, während ein Eingeständnis andererseits die Sicherstellung hiergegen bedeutete, und zwar eine durchaus ehrbare.
»Jawohl«, sagte er.
»Geschieden?«
»Um Gottes willen, nein!« entfuhr es Mister Appleby mit ungekünsteltem Abscheu.
Die Gainsboroughs sahen einander beifällig an. »Gut«, sagte der ältere, »sehr gut. Vielleicht ist Ihnen meine Frage zudringlich erschienen, Mister Appleby, aber in diesen Tagen sittlicher Verwilderung . . .«
»Ich lege in dieser Beziehung Wert auf die Feststellung«, sagte Mister Appleby standhaft, »daß ich von sittlicher Verwilderung so weit entfernt bin, wie ein Mensch nur immer sein kann. Tabak, alkoholische Getränke und auch-ä –«
»Lose Mädchen«, ergänzte der jüngere Gainsborough knapp.
»Jawohl«, sagte Mister Appleby errötend, »– sind unbekannte Dinge für mich.«
Der ältere Gainsborough nickte. »Auf jeden Fall«, sagte er, »möchte Fräulein Sturgis keine übereilte Entscheidung treffen. Immerhin wird sie binnen Monatsfrist die Antwort für Sie bereit haben. Während dieser Zeit nun – falls Sie den Rat eines alten Mannes nicht übelnehmen – würde ich vorschlagen, daß Sie sie aufs unverdrossenste umwerben. Sie ist schließlich eine Frau, Mister Appleby, und ich könnte mir vorstellen, daß alle Frauen sich so ziemlich gleichen.«
»Ich könnte es mir vorstellen«, bestätigte Mister Appleby. »Hingebung«, sagte der jüngere Gainsborough. »Beständigkeit. Das ist die Losung jetzt.«
Was man von ihm verlangte, bedeutete also mit dürren Worten (wie sich Mister Appleby in einem seiner stillen Augenblicke überlegte),

seinen Laden und die geordnete Welt, die dieser repräsentierte, zu vernachlässigen und an dessen Stelle die wenig reizvolle Gestalt Martha Sturgis' zu setzen. Gewiß, es handelte sich dabei um eine vorübergehende Maßnahme; um eine, die reichen Lohn eintragen würde, wenn Martha Sturgis ihm erst einmal offiziell angetraut und den Weg der früheren Frauen Appleby gegangen sein würde; aber sie wurde ihm durch den zwangsläufig vertrauten Umgang mit dieser Frau in keiner Hinsicht erleichtert. Es trat unvermeidlich der Fall ein, daß Mister Appleby, der die ganze Transaktion ja nicht nur vom Gesichtspunkt des künftigen Bräutigams, sondern auch, sozusagen, von dem des künftigen Witwers aus betrachtete, immer wieder die Zähne zusammenbeißen mußte, ob der unbewußten Ironie, die sich bei so vielen ihrer endlos-langweiligen Diskussionen über Heirat und Ehe ergab.

»So wie ich die Sache ansehe«, erklärte Martha Sturgis einmal, »wird sich ein Mann, der sich erst einmal von einer Frau scheiden läßt, notfalls auch von allen anderen Frauen scheiden lassen, die er jemals heiraten sollte. Sehen Sie sich doch die ganzen zerrütteten Ehen heutzutage an, und ich möchte wetten, daß in praktisch jedem Fall ein Ehemann dahinter steckt, der von einer zur andern läuft und niemals das findet, was er sich einbildet. – Der Mann, den *ich* einmal heiraten sollte«, setzte sie mit Nachdruck hinzu, »muß gewillt sein, endgültig zur Ruhe zu kommen und fürderhin auch ruhig zu bleiben.«

»Aber selbstverständlich«, sagte Mister Appleby.

»Ich hab' gehört«, informierte Martha Sturgis ihn im Laufe eines anderen und besonders angreifenden Tête-à-tête, »daß eine glückliche und zufriedene Ehe die Lebensdauer einer Frau verlängern soll. Das wäre ja ein wunderbarer Grund zu heiraten, meinen Sie nicht?«

»Aber selbstverständlich«, sagte Mister Appleby. –

Es schien ihm, daß während jenes Prüfungsmonats sein Anteil an der Unterhaltung sich so ziemlich auf diese eine Wendung »aber selbstverständlich« beschränkte, bestenfalls mit verschiedener Betonung ausgesprochen; aber richtig mußte seine Taktik wohl gewesen sein, da ihm nach Ablauf des Monats die Erlaubnis wurde, anstatt dieser Formel ein »Ja« auszusprechen, anläßlich einer Trauzeremonie, bei der Gainsborough, Gainsborough & Golding ihre einzigen Gäste waren.

Unmittelbar danach wurde Mister Appleby (zu seinem Mißbehagen) mitsamt Braut ins Atelier eines Fotografen geschleppt, wo unter Aufsicht des hartnäckigen Golding unzählige Aufnahmen von ihnen gemacht wurden; wonach dann endlich Mister Appleby (zu seinem Entzücken) mit seiner Gattin gewisse Dokumente tauschte, in denen sie einander zum Universalerben all ihrer Besitztümer, liegenden Gründe, beweglichen Habseligkeiten, *undsoweiter undsoweiter*, einsetzten.

Wenn Mister Appleby während solcher Festlichkeiten gelegentlich etwas zerstreut gewirkt hatte, so war der Grund dafür lediglich der, daß er im Geiste bereits säuberlich das Programm der bevorstehenden Ereignisse entwarf. Jener Vorleger (derselbe, der schon anläßlich sechs voraufgegangener Episoden so gute Dienste geleistet hatte) mußte ausgelegt werden; und dann würde der Moment kommen, wo er um ein Glas Wasser bitten würde, wo er eine Hand auf ihre Schulter legen würde, und mit der anderen ... Der betreffende Moment konnte natürlich nicht stattfinden, ehe nicht eine angemessene Zeit verstrichen war; andererseits konnte er, angesichts des Druckes, den des Ladens gierige Gläubiger ausübten, wiederum auch nicht allzuweit hinausgeschoben werden. Während er dem Federhalter zuschaute, wie er in der Hand seiner Gattin deren Testament unterzeichnete, gelangte er zu dem Resultat, daß dieser Zeitpunkt eigentlich in einigen wenigen Wochen gekommen sein müßte. Sobald er einmal im Besitz des Testamentes war, würde es ja keinen Sinn weiter haben, noch lange darüber hinaus zu warten.

Bevor jedoch die erste jener Wochen noch um war, wußte Mister Appleby, daß selbst dieser Voranschlag einer drastischen Revision zu unterwerfen sei. Es gab überhaupt keinen Zweifel darüber: er war platterdings nicht imstande, es auf längere Zeit mit seiner Angetrauten aufzunehmen.

Um nur eines zu erwähnen: ihr Heim (nunmehr auch das seine), ein Labyrinth aus Braunstein gewölbt, von ihrer Mutter ererbt, war ein Alpdruck an Unordnung. In jeglichem Raum hatte sich ein unglaublicher Wust von Gegenständen angehäuft; vielleicht auf Grund der Maxime, daß alles, was man gelegentlich beiseite geworfen oder fallen gelassen hatte, des Aufhebens nicht wert sei, da es das nächste Mal ja doch wieder fallen gelassen würde. Und der Inhalt überquellender Schränke und Schubladen wurde rücksichtslos umgetauscht, verlegt, oder auch zum allgemeinen Tohuwabohu hinzugeworfen; und über allem lag eine dünne Staubschicht. Auf Mister Applebys empfindliches Nervensystem hatte dergleichen den Effekt, wie wenn ein Fingernagel schrillend über eine endlose Wandtafel gezogen wird.

Die einzige häusliche Aufgabe, der, wie sich herausstellte, Frau Appleby oblag, war gerade die, von der ihr Gatte inbrünstig wünschte, sie möge sie sich sparen. Kochen war anscheinend ihre Leidenschaft; und während der Mahlzeiten pflegte sie ohne Ende zwischen Küche und Eßzimmer hin und her zu schlürfen, mit Gerichten beladen, von deren Möglichkeit Mister Appleby bisher nichts gewußt hatte.

Schon beim ersten schwächlichen Protest seinerseits hatte seine Gattin sich die Mühe genommen, ihm in unmißverständlichen Ausdrücken zu bedeuten, daß sie, was ihre Kochkunst anbelange, ausgesprochen empfindlich gegen kritische Bemerkungen sei, wozu auch die stumme Kritik eines nur halb geleerten Tellers gehöre; worauf Mister Appleby, der sich ohne Hoffnung durch rare Fleischsorten, fette Soßen und schwerste Backwerke hindurcharbeiten mußte, zu all seinen anderweitigen Sorgen auch noch unaufhörliche Verdauungsbeschwerden zu erdulden hatte. Und seine Qualen wurden dadurch nicht erleichtert, daß seine Frau beharrlich darauf bestand, daß er sich ob ihrer Kunstfertigkeit als starker Esser erweise. Sie schob ihm Teller auf Teller, hochbeladen mit Unverdaulichkeiten, unter die zitternden Nasenflügel; und Mister Appleby – ungefähr mit dem Gefühl eines Märtyrers, der der Löwenschar gegenübertritt – füllte mit den Portionen einen Verdauungstrakt, der nach einfacher Kost, gehörig gekocht oder geröstet, förmlich schrie.

Sie wurde zu einem seiner liebsten Wachträume, die Ausmalung der Szene, wenn er von der Beerdigung heimkehren würde, zu einem Abendbrot, das aus heißem Tee und Toast bestehen würde und, vielleicht, auch noch aus einem weichgekochten Ei. Aber selbst dies Gedankenspiel und dessen Fortsetzung – nämlich wie er sich anschickte, Ordnung im Hause zu schaffen – war nicht hinreichend, ihn jeden Tag aufzuheitern, wenn er aufwachte und sich vorstellte, was heute so wieder vor ihm lag.

Jeder Tag fand seine Gattin dringlicher bezüglich Aufmerksamkeiten, die er ihr erweisen sollte. Und an jenem Tag, da sie ihn unverhohlen tadelte, daß er dem Laden mehr solcher Aufmerksamkeiten widme denn ihr, wußte Mister Appleby, daß die Zeit gekommen sei, den Schlußakt vorzubereiten. Noch am selben Abend brachte er den Vorleger mit nach Hause und placierte ihn sorgfältig zwischen Eßzimmer und dem Korridor, der zur Küche hin führte. Martha Appleby sah ihm zu, ohne sonderliche Begeisterung zu zeigen.

»Du, das Dings sieht aber ausgesprochen schäbig aus«, sagte sie. »Was soll'nn das sein, Äppel? Was Antikes oder so?«

Sie hatte sich neuerdings angewöhnt, ihn bei diesem grauslichen Namen zu rufen, und schien voll heiterer Ahnungslosigkeit ganz zu übersehen, wie er jedesmal dabei zusammenzuckte. Auch jetzt zuckte er wieder zusammen.

»Etwas Antikes nicht direkt«, gestand Mister Appleby zu, »aber mir dennoch aus vielen Gründen teuer. Das Stück hat großen Erinnerungswert für mich.«

Frau Appleby lächelte ihm zärtlich zu: »Und du hast's für mich mitgebracht, ja?«

»Jawohl«, sagte Mister Appleby. »Für dich.«

»Du bist'n lieber Kerl«, sagte Frau Appleby. »Tatsächlich.« Als er ihr so nachsah, wie sie auf unordentlichen Füßen über den Vorleger weg zum Telefon hinlatschte, das sich auf einem kleinen Tischchen am andern Ende des Korridors befand, spielte Mister Appleby mit der Idee, ob er – da sie jeglichen Abend, ungefähr um dieselbe Zeit immer, das Telefon zu benützen pflegte – den Unfall etwa auf diese Zeit festsetzen könne? Die Vorteile lagen auf der Hand: da besagte Anrufe das einzige zu sein schienen, was sie mit einer gewissen Regelmäßigkeit innehielt, würde sie den Vorleger zu einer bestimmten Zeit passieren und er könnte sich schon bereitstellen, um die Angelegenheit zum Abschluß zu bringen. Immerhin, dachte Mister Appleby, während er seine Brille putzte, würde sich unter diesen neuen Umständen dann wiederum das Problem erheben, wie er sich ihr am besten nähern könnte. Nein, die bewährten und erprobten Methoden waren schon die besten; dennoch, falls man den Telefonanruf und jenes Glas Wasser synchronisieren könnte ...

»Einen Penny für das, was du jetzt gerade denkst, Äppel«, sagte Frau Appleby heiter. Sie hatte den Hörer aufgelegt und den Korridor durchquert, so daß sie just breit auf dem Vorleger stand. Mister Appleby setzte seine Brille wieder auf und sah sie durch die Gläser hindurch scharf an.

»Ich möchte«, sagte er streitsüchtig, »du redetest mich nicht immer mit diesem scheußlichen Namen an. Du weißt genau, daß er mich anwidert.«

»Unsinn«, erwiderte ihm die Gattin kurz. »Ich find' ihn fesch.«

»Ich nicht.«

»Mir gefällt er jedenfalls«, sagte Frau Appleby mit der Miene eines, der eine Sache ein für allemal abgetan hat. »Zumindest«, und sie machte ein Schmollmündchen, »ist es wohl schwerlich gerade das gewesen, woran du dachtest, bevor ich dich ansprach, oder?«

Mister Appleby mußte auf einmal denken, daß dieses dicke, ungepflegte Frauenzimmer, wenn sie ihr Schnutchen machte, an nichts so sehr erinnerte wie an eine Wachspuppe, die Zeit und anhaltender Gebrauch arg mitgenommen haben. Aber er schob den Einfall beiseite, um eine passende Antwort zu formulieren.

»Zufälligerweise traf es sich so«, sagte er, »daß ich vielmehr des schmählichen Zustandes meiner Gewandung gedachte. Muß ich dich nochmals daran erinnern, daß praktisch an jeglichem meiner Bekleidungsstücke Knöpfe fehlen?«

Frau Appleby gähnte ausgiebig. »Früher oder später mach' ich mich mal dran.«

»Morgen etwa?«

»Das bezweifle ich«, sagte Frau Appleby. Sie wandte sich der Treppe zu. »Komm schlafen, Äppel. Ich bin todmüde.« Mister Appleby folgte ihr, tief in Gedanken. Morgen, er wußte es, würde er einen seiner Anzüge zum Schneider schaffen müssen, wenn er etwas Ordentliches haben wollte, das er zur Beerdigung anziehen könnte.

Er hatte den betreffenden Anzug mit nach Hause gebracht und ihn säuberlich weggehängt; er hatte sein Abendbrot verzehrt; er hatte im Wohnzimmer gesessen und der heiseren Stimme seiner Gattin zugehorcht, wie sie scheinbar endlos stundenlang so dahinzuplätschern schien, obgleich der Uhrzeiger noch nicht einmal ganz auf 21 wies.

Jetzt sah er, in steigender Erregung, wie sie sich langsam von ihrem Stuhl lüftete und das Zimmer in Richtung Korridor durchquerte. Als sie nach dem Telefon langte, räusperte Mister Appley sich scharf die Stimme frei. »Wenn's dir nichts ausmacht«, sagte er, »Hätte ich ganz gern ein Glas Wasser.«
Frau Appleby drehte sich um und sah ihn an. »'n Glas Wasser?«
»Wenn's dir nichts ausmacht«, sagte Mister Appleby, und sah ihr zu, wie sie erst zögerte, dann den Hörer hinlegte und sich der Küchentür zuwandte. Dann vernahm man aus der Küche ein Geräusch, wie wenn ein Glas ausgespült wird; und dann kam Frau Appleby auf ihn zu und hielt es ihm hin. Er legte ihr anerkennend eine Hand auf die volle Schulter und hob schon die andere, wie um ihr eine unordentliche Haarsträhne aus dem Gesicht zu streichen. »Ist es bei all den andern auch so vor sich gegangen?« sagte Frau Appleby ruhig.
Mister Appleby fühlte, wie sein Arm mitten in der Luft erstarrte und Eiseskälte aus ihm herabrann bis ins innerste Mark. »Andere?« brachte er noch fertig zu sagen. »Was für andere?«
Seine Gattin lächelte ihm grimmig zu, und er sah, daß das Glas Wasser in ihrer Hand vollständig ruhig war. »Sechs andere«, sagte sie. »Das heißt, meiner Rechnung nach sechs. Oder wie? Waren's etwa noch mehr?«
»Nein«, sagte er, und riß sich dann mit Gewalt zusammen.
»Ich versteh' nicht, wovon du redest!«
»Liebster Äppel. Du hast doch bestimmt sechs Gattinnen nicht so ohne weiteres vergessen können. Es sei denn, daß ich allmählich so viel Bedeutung für dich gewonnen hätte, daß du einfach keinen Gedanken mehr für die anderen übrig hast – das wär' natürlich dann 'ne ganz herzige Sache, wie?«
»Ich *war* früher bereits verheiratet«, sagte Mister Appleby laut. »Ich habe das selbst unmißverständlich betont. Aber dieses Gerede jetzt von *sechs* Frauen ...!«
»Aber selbstverständlich bist du früher verheiratet gewesen, Äppel. Und es war auch kinderleicht, rauszufinden mit wem – und genauso kinderleicht war es, rauszufinden mit wem vorher noch – und mit allen andern. Oder wer deine Mutter gewesen ist, wo du zur Schule gegangen bist oder wo du geboren wurdest. Du siehst, Äppel: Mister Gainsborough ist tatsächlich 'n sehr tüchtiger Mann.«
»Demnach ist es also Gainsborough gewesen, der dich zu all dem angestiftet hat!«
»Aber nicht im geringsten, du armes dummes Würstchen«, erwiderte seine Gattin verächtlich. »Während der ganzen Zeit, wo du deine Pländchen schmiedetest, hab' ich sie im selben Tempo wieder entschmiedet. Von dem Augenblick an, wo ich dich das erstemal sah, hab' ich dich sofort als das erkannt, was du bist. Überrascht dich das?«

Mister Appleby versuchte den Schock des Mannes zu überwinden, der einen Zweig aufheben wollte und plötzlich eine Giftschlange in seiner Hand sieht. »Wie hast du das wissen können?« keuchte er.

»Weil du das genaue Ebenbild meines Vaters warst. Weil du bis auf die geringste Kleinigkeit – die Art, wie du dich anziehst; deine unerträgliche Ordentlichkeit; deine pedantische Eingebildetheit; die kleinen moralischen Lektiönchen, die du so gern erteilst – haargenau das bist, was er war. Und mein ganzes Leben lang hab' ich ihn gehaßt für das, was er war, und was er meiner Mutter dadurch angetan hat. Er hat sie geheiratet um ihres Geldes willen, hat ihr jeglichen ihrer Tage zum Alptraum gemacht, und hat sie, ob dessen, was von ihrem Vermögen schließlich noch übrig war, am Ende umgebracht.«

»Umgebracht?« fragte Mister Appleby wie betäubt.

»Oh, komm doch«, sagte seine Gattin scharf. »Denkst du etwa, du wärst der einzige Mann, der jemals dazu fähig gewesen ist? Jawohl, umgebracht hat er sie – ermordet, wenn du den Ausdruck vorziehst – indem er sie um ein Glas Wasser bat, und ihr dann, als sie es ihm hingab, das Genick gebrochen hat. Eine Methode, ganz seltsam ähnlich der deinigen, nicht wahr?«

Noch weigerte sich Mister Appleby, in dessen Geist die unglaubliche Erklärung bereits Gestalt zu gewinnen begann, sie zu akzeptieren. »Was ist mit ihm geworden?« wollte er wissen. »Sag', was ist aus ihm geworden! Hat man ihn gefaßt?«

»Nein, gefaßt hat man ihn nie. Es gab zwar keine Zeugen für seine Tat, aber Mister Gainsborough war bereits der Anwalt meiner Mutter gewesen und ihr guter Freund dazu. Er schöpfte Verdacht und verlangte eine Untersuchung. Brachte auch bei dieser Untersuchung einen Arzt bei, der darlegte, wie mein Vater sie sehr wohl töten und dabei gleichzeitig den Anschein hätte erwecken können, als sei sie auf dem Vorleger ausgerutscht. Aber bevor noch irgendein Urteil gefällt werden konnte, erlitt mein Vater einen Herzanfall und starb.«

»Das war der Fall – der Fall, von dem ich las!« ächzte Mister Appleby, und wurde dann still vor dem sardonischen Lächeln seiner Gattin.

»Nachdem er abgeschrammt war«, fuhr sie unerbittlich fort, »schwor ich mir, eines Tages einen Mann, genau wie ihn selbst, aufzutreiben; und diesem Mann dann das Leben zu bereiten, das mein Vater verdient gehabt hätte. Ich würde ja die geringste seiner Gepflogenheiten kennen, und seine Geschmäcker bis ins kleinste, und nicht eine davon sollte jemals befriedigt werden. Ich würde ja wissen, daß er mich lediglich um meines Geldes willen geheiratet hätte, und er würde keinen Heller davon zu sehen bekommen, bevor ich nicht tot und unter der Erde wäre. Und das würde eine lange, lange Zeit dauern; denn er würde sein Leben damit verbringen, dafür zu sorgen, daß ich meinerseits mein Leben gemächlich zu Ende lebte, bis zum allerletzten Atemzug.«

Mister Appleby nahm jetzt seinen Verstand wieder zusammen und gewahrte, daß sie trotz ihrer Aufregung noch in derselben Stellung verharrte. »Wie wolltest du ihn dazu zwingen können?« erkundigte er sich sanft und kam einen Zollbreit näher.

»Das klingt merkwürdig, was Äppel?« bemerkte sie. »Aber schwerlich so merkwürdig wie jener Umstand, daß deine sechs Frauen sämtlich daran starben, weil sie auf einem Vorleger ausrutschten – so einem, wie der hier – während sie dir ein Glas Wasser brachten – so eins, wie das hier. So merkwürdig ist das, daß Mister Gainsborough zu der Bemerkung veranlaßt wurde, wie allzuhäufig wiederkehrende Zufälle einen Mann schließlich auch mit Sicherheit an den Galgen bringen. Zumal falls Grund vorliegen sollte, sie im Laufe eines Verfahrens wegen Mordes an den Tag zu bringen.«

Mister Appleby empfand plötzlich seinen Kragen als unerträglich beengend. »Das beantwortet meine Fragen noch nicht«, sagte er verschlagen. »Wieso wolltest du sicher sein, daß ich mein Leben der Aufgabe widmen müßte, das deinige möglichst zu verlängern?«

»Ein Mann, der eine Frau hat, in deren Macht es steht, ihn jederzeit hängen zu lassen, sollte das aber doch ganz klar einsehen.«

»Nein«, sagte Mister Appleby in ersticktem Ton, »ich sehe lediglich das eine ein, daß ein solcher Mann gezwungen wäre, sich seiner Gattin so schnell wie möglich zu entledigen.«

»Aha, aber hier ist eben der Punkt, wo die Maßnahmen einsetzen.«

»Maßnahmen? Was für Maßnahmen?« heischte Mister Appleby.

»Ich will sie dir von Herzen gern erklären«, sagte seine Frau. »Ich sehe sogar ein, daß der Zeitpunkt gekommen ist, wo es unumgänglich nötig wird, das zu tun. Aber ich finde es unbequem, dabei hier so stehen zu bleiben.«

»Mach dir da nichts draus«, sagte Mister Appleby ungeduldig, und seine Frau zuckte die Achseln.

»Von mir aus«, sagte sie kalt. »Mister Gainsborough also ist inzwischen im Besitz sämtlicher Urkunden über deine Heiraten – die Art, wie jene früheren Sterbefälle sich zutrugen, die Art, wie du jedesmal die Vermächtnisse genau im richtigen Moment in die Finger bekamst, um die Schulden deines Ladens begleichen zu können.«

»Weiterhin besitzt er ein Schreiben von mir, in welchem steht, daß im Falle meines Ablebens sofortige Untersuchung einzuleiten ist und alle erforderlichen Maßnahmen zu treffen sind. Mister Gainsborough ist wirklich sehr tüchtig: die Fingerabdrücke und Aufnahmen ...«

»Fingerabdrücke und Aufnahmen?!« rief Mister Appleby.

»Aber sicher. Nach meines Vaters Tode stellte sich heraus, daß er schon alle Vorbereitungen für eine etwaige schnelle Auslandsreise getroffen hatte. Mister Gainsborough hat mir versichert, daß du –

falls du dergleichen Ideen etwa auch hegen solltest – sie getrost fallen lassen dürftest. Ganz gleich, wo du dich aufhieltest, hat er gesagt, es würde eine Kleinigkeit sein, dich wieder zurück zu holen.«

»Was verlangst du von mir?« fragte Mister Appleby stumpf. »Du erwartest ja bestimmt nicht, daß ich nun bei dir bleibe, und –«

»Aber doch, ja, genau. Und da wir nun einmal bis zu dem Punkt gelangt sind, kann ich dich ja auch gleich davon informieren: ich erwarte, daß du deinen unnützen Laden sofort und ein für allemal aufgibst und es dir zur Pflicht machst, den ganzen Tag bei mir zu Hause zu verbringen.«

»Den Laden aufgeben!« rief er aus.

»Äppel, du mußt immer im Auge behalten, daß ich in dem erwähnten Brief, wo ich im Fall meines Todes eine umfassende Untersuchung angeordnet habe, keine bestimmte Todesart angab. Ich mache mich gefaßt auf ein langes genüßliches Leben, immer mit dir an meiner Seite; und vielleicht – aber merke wohl, ich sage nur *vielleicht* – könnte ich mich eines schönen Tages ja veranlaßt sehen, jenen Brief und das gesamte Beweismaterial in deine Hände zu legen. Da siehst du doch nun ein, wie sehr es in deinem Interesse liegen wird, aufs sorglichste über mich zu wachen.«

Jäh und heftig begann ein Schrillen – das Telefon; und Frau Appleby nickte ihm zu. »Fast ebenso sorglich«, sagte sie sanft, »wie Mister Gainsborough selbst: wenn ich ihn nicht allabendlich um 21 Uhr anrufe und ihm bestätige, daß ich wohlauf und glücklich bin, wird er auf der Stelle die folgenschwersten Konsequenzen daraus ziehen.«

»Moment«, sagte Mister Appleby. Er nahm den Hörer auf, und die Stimme im Apparat war nicht zu verkennen.

»Hallo«, hörte man den älteren Gainsborough. »Hallo, Frau Appleby?«

Mister Appleby versuchte einen schlauen Schachzug. »Nein«, sagte er. »Ich fürchte, sie kann im Augenblick nicht mit Ihnen sprechen. Was gibt es denn?«

Die Stimme in seinem Ohr wurde sogleich und unüberhörbar kalt und drohend. »Hier ist Gainsborough, Mister Appleby, und ich möchte unverzüglich Ihre Frau sprechen. Ich lasse Ihnen 10 Sekunden Zeit, sie an den Apparat zu holen. Haben Sie verstanden, Mister Appleby?«

Mister Appleby wandte sich in stumpfer Verdrossenheit seiner Frau zu und hielt ihr den Hörer hin. »'n Anruf für dich«, sagte er; und sah auf einmal, vor Schreck versteinert, als sie sich umdrehte, das Wasserglas wegzusetzen, den Vorleger unter ihren Füßen leicht verrutschen. Ihre Arme dreschflegelten durch die Luft, als sie das Gleichgewicht zu bewahren suchte, das Glas zerschellte vor seinen Füßen und bespritzte ihm die säuberliche Hose, während ihr Gesicht sich

in lautlosem Kreischen verzerrte. Dann schlug ihr Leib schwer auf den Fußboden auf und blieb reglos dort liegen, in jener Stellung, mit der er so vertraut war.
Er starrte auf sie und nahm nur mit halbem Bewußtsein die Stimme zur Kenntnis, die fern und blechern aus dem Hörer in seiner Hand drang.
»Die 10 Sekunden sind abgelaufen, Mister Appleby«, sagte sie schrill. »Haben Sie verstanden?: *Ihre Zeit ist abgelaufen!*«

DAS HUNEKER-GAMBIT

Als George Huneker an diesem Abend aus dem Büro nach Hause kam, war er ganz unverkennbar von einer seltsamen Erregung durchglüht. Seine für gewöhnlich blassen Wangen waren gerötet, seine Augen hinter den randlosen Brillengläsern leuchteten, und anstatt seine Gummi-Überschuhe sorgfältig auszuziehen und säuberlich auf das Stück Matte abzustellen, das speziell zu diesem Behuf in der Korridorecke lag, riß er sie sich mit unbekümmerter Hast von den Füßen und warf sie beiseite. Dann, immer noch in Hut und Mantel, streifte er die diversen Hüllen von dem Päckchen, das er mitgebracht hatte, und zum Vorschein kam ein kleines flaches Lederetui. Als er den Deckel aufklappte, sah Louise, daß es mit abgetragenem grünem Samt gefüttert war, in dem, schwarz und weiß, streng geformte Gestalten ruhten – ein Satz Schachfiguren.

»Sind sie nicht schön?« sagte George. Liebevoll fuhr er mit der Fingerspitze über eine der Figuren. »Guck dir mal die Arbeit hier an: kein Firlefanz zum In-den-Glasschrank-Stellen, weißt du, sondern alles sauber und ordentlich einsatzbereit, genau wie es sein soll. Alles echt Elfenbein und Ebenholz, und alles Handarbeit, jedes einzelne Stück.«

Louises Augen verengten sich. »Und darf man wissen, wieviel du für das Zeugs ausgegeben hast?«

»Ich nichts«, sagte George. »Das heißt, gekauft hab' ich sie nicht. Mister Oelrichs hat sie mir geschenkt.«

»Oelrichs?« sagte Louise. »Meinst du diesen alten Kauz, den du damals mit zum Abendbrot gebracht hast? Der bloß immer dagesessen und uns beobachtet hat, wie die Katze den Kanarienvogel; und der kein Wort reden konnte, es sei denn, man hätte es ihm einzeln mit Gewalt rausgezogen?«

»Ach, Louise.«

»Komm' mir nicht mit ›Ach, Louise‹, du! Ich hab' dir wohl schon beizeiten ausgiebig genug klargemacht, was ich von ihm denke. Und, darf ich fragen, wieso dein feiner Mister Oelrichs plötzlich beschlossen hat, dir das Dings hier zu verehren?«

»Naja«, sagte George verlegen, »weißt du, er ist doch die ganze letzte Zeit ziemlich schwer krank gewesen, und wo er bloß noch die paar Monate bis zur Pensionierung brauchte, hab' ich den größten Teil seiner Arbeit halt mit übernommen. Heute war nun sein letzter Tag, und da hat er mir das hier als eine Art Dank zum Geschenk gemacht. Hat auch dazu gesagt, es wären zwar seine Lieblingsfiguren, aber er wollte mir das Beste geben, was in seiner Macht stünde, und das wäre eben das hier.«

»Wie großzügig von Mister Oelrichs«, bemerkte Louise frostig. »Ob er wohl jemals daran gedacht hat, daß, wenn er dich schon für deine Zeit und Mühe abfinden wollte, etwas Praktisches weit mehr am Platze gewesen wäre?«

»Aber, ich hab' ihm doch lediglich einen Gefallen getan, Louise. Selbst gesetzt den Fall, er hätte mir Geld oder dergleichen angeboten, ich hätt' es doch nie genommen.«

»Albern genug wärst du dazu«, Louise rümpfte die Nase. »Na schön; zieh' jetzt deine Sachen aus, häng' sie ordentlich weg, und mach' dich zum Abendbrot bereit. Es wird grade soweit sein.«

Sie begab sich in die Küche, und George zockelte besänftigend hinter ihr drein. »Weißt du, Louise, Mister Oelrichs hat da was geäußert, das war doch sehr int'ressant.«

»Davon bin ich überzeugt.«

»Ja, er hat gesagt, es gäbe gewisse Menschen auf der Welt, die Schach *brauchten* – die, wenn sie es wirklich gut spielen lernten, auch selbst einsehen würden, wie sehr sie es brauchten. Und da hab' ich bei mir so gedacht: es gäb' ja eigentlich keinen Grund, warum du und ich nicht ...«

Sie fuhr herum und funkelte ihn, die Hände in die Hüften gestemmt, an. »Willst du damit andeuten, daß, wenn ich abgearbeitet bin, wenn ich den Haushalt in Ordnung gebracht hab', und Einkaufen war, und dir dein warmes Essen gekocht hab', und genäht und gestopft: daß ich mich dann anschließend hinsetzen soll und lernen, mit dir Spielchen zu spielen? Für einen Mann, der auf die Fünfzig zugeht, George Huneker, hast du manchmal kuriose Einfälle.«

Während er sich im Korridor den Mantel auszog, ging ihm resigniert durch den Sinn, wie klein die Chance wäre, daß er einmal längere Zeit nicht an sein Alter zu denken brauchte; zumindest solange Louise ihn immerfort derart liebevoll daran erinnerte, war die Gefahr nicht übermäßig. Das erstemal hatte er ein paar Monate nach seiner Hochzeit davon zu hören bekommen, als er »auf die Dreißig zuging« und man ihm die Gelegenheit angeboten hatte, sich geschäftlich selbständig zu machen. Seitdem hatte er sich die Wendung jedes Jahr anhören müssen, sobald sich Gelegenheit dazu ergab; nur daß er, wie er Louise mehr und mehr kennen lernte, nicht mehr so oft in die Falle ging.

Das einzige Üble war, daß Louise es immer irgendwie fertig brachte, ihm einen Schritt voraus zu sein; und während er im Lauf der Zeit einsehen lernte, daß ihr gewisse Dinge eben wider die Natur gingen und sie zum Beispiel strikt ablehnte, daß er eine gute sichere Stelle mit einer anderen vertauschte; oder daß sie sich ein Baby anschafften, wenn die Zeiten schlecht waren (und nach Louises Ansicht waren sie das immer); oder daß sie das Haus schlankweg kauften, wo doch die Miete so niedrig war; überraschte es ihn dennoch immer wieder von neuem, daß sie Dinge derart erbittert bekämpfte, wie etwa den bloßen Vorschlag, einmal ein paar Gäste ins Haus einzu-

laden oder ein Buch zu lesen, das ihm Spaß gemacht hatte, oder ein Symphoniekonzert im Radio einzustellen oder, wie jetzt eben wieder, Schach spielen zu lernen.
Gesellschaft, so bedeutete sie ihm, verursachte Umstände und Ausgaben; bei kleinem Druck taten ihr die Augen weh; Symphoniekonzerte machten ihr rasende Kopfschmerzen; und Schach, so schien es, war etwas, wofür sie unmöglich die Zeit erübrigen konnte. Ehe sie verheiratet waren, dachte George betrübt, war das alles irgendwie anders gewesen. Damals waren sie ständig inmitten einer Schar seiner Freunde gewesen; und wenn die Unterhaltung sich um Bücher oder Musik oder dergleichen gedreht hatte, war sie dem Gespräch mit klugem und lebhaftem Interesse gefolgt. Jetzt wollte sie, Abend für Abend, bloß noch mit dem Strickzeug dasitzen und dabei dem Gedalbere und Gejohle der Komiker im Radio zuhören.
Ein Grund für all das konnte natürlich sein, daß sie tatsächlich gesundheitlich nicht auf der Höhe war. Sie laborierte an einem ganzen Schwarm von Leiden und Schmerzen, deren Beschreibung ihr zu Zeiten so ausführlich und eindringlich gelang, daß George vor Mitgefühl selbst überall Stiche verspürte. Ihre Hausapotheke war vollgepfropft mit Arzneien; ihrer beider Kost zu einer Folge fader und geschmackloser Diätkochereien zusammengeschrumpft; und selten erschien der Monat, an dessen Ende Louise nicht eine stattliche Doktorrechnung zusammengehabt hätte, für Behandlung von etwas, das George allmählich mit dem unklaren Begriff »Frauenleiden« zu bezeichnen sich gewöhnte.

Dennoch wäre George der erste gewesen, hervorzuheben, daß Louise trotz all ihrer Handikaps ihm eine so gute Frau gewesen war, wie ein Mann nur immer verlangen kann. Sein Gehalt all die Jahre hindurch war schwerlich pompös zu nennen gewesen; aber sie hatte es fertiggebracht, einen Pfennig auf den andern zu legen, so daß sie jetzt 15 000 Dollar auf ihrem Bankkonto stehen hatten. Ein Umstand übrigens, der nur ihnen beiden bekannt war; denn Louise machte ein System daraus, im Gespräch mit jedermann ihre relative Armut zu erwähnen; und während George jedesmal ein Gefühl der Peinlichkeit empfand, sobald sie das tat, wies Louise darauf hin, daß der beste Weg, sein Geld zu behalten, der wäre, die ganze Welt darüber in Unwissenheit zu lassen, daß man welches besäße; wie auch, daß sie – nach dem Grundsatz, daß ein Pfennig gespart, ein Pfennig verdient bedeute – in ihrer Art ebensoviel zu ihrem Einkommen beitrage, wie George auf die seine. Was, obwohl es Georges Gefühlsdilemma nicht nennenswert minderte, doch wiederum dazu beitrug, dieses mit erhöhtem Respekt für Louisens Weisheit und Tüchtigkeit zu überfirnissen.
Hierzu nun zusätzlich noch das Wissen genommen, daß seine Wohnung stets sauber wie geleckt war, seine Kleidung sorgsam in Ord-

nung gehalten und wahrhaft fanatisch auf seine Gesundheit geachtet wurde, und man wird leicht begreifen, wieso George lieber bei den Lichtseiten seiner Lage verweilte, als sich wegen einer Belanglosigkeit wie der, ob seine Frau nun seine Schachpartnerin machen wollte oder nicht, mit ihr groß zu verzanken. Obwohl das freilich, wie George, hätte man ihn gestellt und nicht locker gelassen, vielleicht doch selbst zugegeben haben würde, eine Art Opfer bedeutete; denn in denkbar kürzester Zeit, nachdem er die Schachfiguren geschenkt bekommen hatte, fand er sich schon als leidenschaftlicher Anhänger des Spieles. Und Schach – wie ihm zuweilen durch den Sinn ging, wenn er abends über seinem Brett grübelte, während das Radio ihm die Ohren volldröhnte und die Stricknadeln seiner Frau zufrieden dazu klipperten – Schach war doch wohl ein Spiel, dessen Reiz durch die Anwesenheit eines wirklichen Gegners beträchtlich erhöht worden wäre. Er stellte solche Betrachtungen nicht etwa ironischerweise an; Ironie lag nicht in Georges Wesen.

Als Mister Oelrichs ihm die Figuren schenkte, hatte er hinzugesetzt, er würde für Unterricht im Spiel jederzeit gern zur Verfügung stehen. Aber da Louise bereits angedeutet hatte, wie jener Herr in ihrer Wohnung schwerlich ein gern gesehener Gast sein würde; da sie weiterhin und oft genug, auch in starken Ausdrücken, über Männer abgeurteilt hatte, die abends Heim und Herd verlassen, um sich grundlos herumzutreiben, erachtete George es für nutzlos, den Gegenstand erneut zu erörtern. Statt dessen wandte er sich einer kleinen Broschüre zu, mit dem nett-passenden Titel *»Darf ich Sie zu einer Partie Schach einladen?«*; wurde von solcher Einladung verführt, sich mit noch anderen und schwierigeren Broschüren zu befassen; und dies bildete dann den Übergang in einen ganzen weltweiten Kosmos von Schachliteratur, dessen Größe und Kompliziertheit einen trunken machen konnte.

Er aß Schach, trank Schach und schlief Schach. Er studierte die Großmeister und die toten Meister, bis er selbst ihre kleineren Triumphe nach Kapitel- und Verszahl zitieren konnte. Er erlernte die Eröffnungen, das Mittelspiel und die Endspiele. Er lernte den rücksichtslosen Figurenabtausch verachten, der letztlich zu nichts führt, und dafür das Positionsspiel bevorzugen, bei dem raffinierteste Strategie die eine Seite zu einer unerbittlichen Zange umschafft, die den Gegner unvermeidbar erdrückt und vernichtet. Immerfort gaukelte es wie seltsame Namen am Horizont: Aljechin, Capablance, Lasker, Nimzowitsch, und er verfolgte sie, trunken vor Entdeckerfreude, durch die ebenhölzernen und elfenbeinernen Labyrinthe ihres Universums.

Aber bei und in alledem fehlte eben immer das eine: ein Gegner; ein Gegenspieler aus Fleisch und Blut, an dem er sich versuchen könnte. Es war etwas, ja, dachte er zuweilen niedergeschlagen, neben dem Ellenbogen ein Buch liegen zu haben, während man einen

Zug überlegt; aber den gleichen Zug zu durchdenken, während auf der anderen Seite des Brettes ein richtiger Mann wartet, der ihn sofort zu seinem Vorteil auszunützen und einen damit zu vernichten gedenkt – das wäre doch noch etwas ganz anderes! Es wurde allmählich zu einem wahren Heißhunger in ihm, dieser Wunsch: einen Zug zu machen und langsam über den Tisch her die Hand kommen zu sehen, die darauf antwortet. Es wurde eine ganz kuriose Besessenheit, so daß manchmal, zu Zeiten, wenn an der Wand Louises Schatten sich unversehens regte oder im Kamin ein Holzblock knisternd seine Lage veränderte, George zuweilen freudig aufschaute, halb und halb darauf gefaßt, den Mann sich gegenüber, auf dem leeren Stuhl, sitzen zu sehen.

Nach einiger Zeit war er so weit, daß er sich den Mann ganz deutlich vorstellen konnte: ein ruhiger, zur Betrachtsamkeit neigender Mann, und ihm, um ehrlich zu sein, sehr ähnlich; mit ergrauendem Haar und randloser Brille, die dazu tendierte, ein bißchen nach vorn zu rutschen, wenn er sich übers Brett beugte. Ein Mann, der gerade um den Schatten einer Nuance besser spielen würde als er selbst; nicht etwa so stark, daß er einfach nicht geschlagen werden könnte; aber doch immer so gut, daß George gezwungen wäre, sein Letztes herzugeben, wenn er gelegentlich einen Sieg erringen wollte.

Und noch etwas außerdem erhoffte er sich von dem Mann, etwas, das für einen Pedanten bezüglich Schachritual vielleicht um ein Spürchen zu voreingenommen war: der Mann müßte grundsätzlich immer die weißen Figuren übernehmen wollen. Weiß war es ja, das den ersten Zug hatte, das den Angriff übernahm, bis dann, gegebenenfalls, das Blatt sich wendete. Was George anbelangt, so zog er bei weitem die schwarzen Figuren vor; zog es vor, die Attacken und Vorstöße des Weißen zu parieren, während er indessen langsam und zähe einen festen Schutzwall gegen die steigende Bedrohung errichtete. *Das* war der rechte Weg um spielen zu lernen, redete George sich ein: wenn ein Spieler erst einmal die Kunst beherrschte, eine undurchdringliche Verteidigung aufzubauen, dann gab es ja auch wohl im Angriff nichts, was er nicht vermocht hätte.

Immerhin, um die eigene Verteidigung zu erproben, bedurfte es eben wiederum einer Hand, die zunächst den Angriff entfesselte; und endlich fiel George eine Lösung ein, die, wie er mit verschämtem Stolz dachte, eigentlich recht sinnreich war. Er stellte erst die Figuren auf, setzte sich hinter die Schwarzen, griff dann hinüber und tat den Eröffnungszug für Weiß. Hierauf erwiderte er mit einer schwarzen Figur; danach zog er wiederum für Weiß, und so fort, bis eine Entscheidung erzielt war.

Aber es dauerte nicht lange, und die Nachteile solchen Verfahrens wurden aufs niederschlagendste offenbar: da er von Natur aus die schwarzen Steine bevorzugte und da er weiterhin die Schachpläne beider Seiten vom ersten Keime an kannte, gewann Schwarz Spiel auf Spiel mit geradezu lächerlicher Leichtigkeit. Und nach dem zwanzigsten Fiasko dieser Art sank George verzweiflungsvoll auf seinen Stuhl zurück. Wenn es gelänge, die eine Partei gänzlich aus seinem Bewußtsein zu verdrängen, während er für die andere überlegte und zog – ja, dann würde es überhaupt kein Problem mehr geben! Was freilich, wie er trübe einsah, ungefähr ebenso realisierbar war wie jener alte Kalauer, der ihm irgendwo einmal im Laufe seiner Lektüre aufgestoßen war, daß bei einer in der Mitte durchgeschnittenen Schlange die beiden getrennten Hälften einander sogleich anfallen und wütend bekämpfen würden, bis beide tot auf dem Platze blieben.

Er baute die Figuren wieder auf nach diesen verdrießlichen Erwägungen, ging dann um den Tisch herum und ließ sich auf dem Stuhl von Weiß nieder. Also, gesetz den Fall, er führte die weißen Steine, was würde er jetzt machen? Eine Partie hängt ja nicht nur von der eigenen Geschicklichkeit ab, sagte er sich, sondern ebenso von der Kenntnis des Gegners. Und wiederum nicht nur von der Spieltechnik dieses Gegners, sondern ebensosehr von dessen Charakter, dessen Persönlichkeit, dessen ganzem Wesen. George blickte feierlich über den Tisch hinüber, auf den nun leeren Stuhl von Schwarz, und verarbeitete diese Erkenntnis. Dann tat er langsam, mit Besonnenheit, den Eröffnungszug.

Dies vollbracht, lief er flink um den Tisch und setzte sich auf die Seite von Schwarz. Hier, empfand er sofort, fiel ihm die Prozedur weit leichter, und fast mechanisch erwiderte er den Zug von Weiß. Voll von einer tiefen, innerlichen Erregung verließ er seinen Platz und begab sich wieder auf die andere Seite des Brettes, wobei er sich bereits nach Kräften bemühte, Schwarz und dessen Pläne vollständig in seinem Gedächtnis zu verkapseln.

»Um Himmels willen, George, was *treibst* du denn da?«

George fuhr auf und blickte benommen um sich. Louise schaute ihm mit zusammengepreßten Lippen zu, das Strickzeug war ihr in den Schoß gesunken, und von ihrer Haltung ging eine derartige Mißbilligung aus, daß der Raum selbst die Stirn tadelnd über ihn zu runzeln schien. Schon öffnete er den Mund zu einer Erklärung, besann sich jedoch hastig eines Besseren.

»Ach, nichts«, sagte er, »wirklich, gar nichts.«

»Gar nichts!« rügte Louise sauertöpfisch. »Bei der Art wie du rumtrampelst, möchte einer denken, du könntest keine bequeme Sitzgelegenheit mehr in deiner Wohnung auftreiben. Du weißt genau, daß ich ...«

Aber ihre Stimme wurde leiser, der Blick wie verglast, ihr Körper richtete sich auf und wurde steif vor allumfassender Neugier – der Komiker im Radio hatte die ihm gewordene Verhöhnung seinerseits mit einer anscheinend so vernichtenden Riposte beantwortet, daß den Zuhörern im Senderaum nichts weiter übrigblieb, als hilflos vor Lachen zu brüllen. Selbst Louises Mundwinkel gingen, wenn auch nur ganz leicht, nach oben, als sie wieder nach ihrem Strickzeug langte, und George ergriff dankbar die Gelegenheit, um auf den Stuhl hinter Schwarz zu sinken.

Er war nahe daran gewesen, eine große Entdeckung zu machen, das wußte er; nun aber präzise: worin hatte diese bestanden? War es der rein physische Platzwechsel gewesen, der ihm ermöglicht hatte, sich selbst in die Gestalten zweier Spieler zu zerlegen, von denen der eine andersgeartet und streng verschieden vom andern war? Wenn das der Fall sein sollte, tscha dann, das wußte George genau, dann war er am Ende seines Witzes; denn das würde ihm ja nie gelingen, all dies ständige Aufstehen und Um-den-Tisch-Spazieren Louise befriedigend zu erklären.

Aber angenommen, man würde das Brett nach jedem Zuge einfach herumdrehen? Oder sogar, und George spürte, wie eine Welle von Erregung in ihm hochstieg: da es sich bei Schach unleugbar um eine reine Angelegenheit des Geistes handelte – wenn einer das Spiel intensiv genug beherrschte, hatte er ja keinerlei Brett mehr dazu nötig! – bestand das Geheimnis nicht einfach in dem Verfahren, *sich selbst in den anderen Spieler zu verwandeln,* sobald jener am Zuge war?

Eben war Weiß wieder am Zuge, und George machte sich sogleich mit Eifer an die neue Aufgabe. Er führte also jetzt die weißen Figuren; er mußte tun, was Weiß tun würde – mehr noch, er mußte die genaue Denkweise von Weiß nachvollziehen – aber je mehr er sich mühte, je angestrengter sich konzentrierte, desto utopischer schien sein Ziel zu werden. Immer und immer wieder, im Augenblick, wo er schon die weiße Hand ausstrecken wollte, kam der Gedanke, was Schwarz wohl zu tun beabsichtigte, was Schwarz garantiert jetzt machen würde, wie ein Tröpfchen Quecksilber durch seinen Geist geschlüpft, und er wand sich innerlich, im toll machenden Bewußtsein seiner Niederlage.

Jetzt wurde also das nun seine Besessenheit, und Abend auf Abend plagte er sich damit. Er nahm ab, sein Gesicht bekam Sorgenfalten, so daß Louise während der Mahlzeiten ihm ständig auf den Hacken war und ihn mit aller Macht für ihre völlig uninteressanten Kochrezepte zu interessieren versuchte. Auch das Interesse an seinem Beruf schwand dahin, daß er nur noch mechanisch das Allernötigste tat, und sein Vorgesetzter, der sich zunächst auf mildes Erstaunen und leichte Gereiztheit beschränkt hatte, unheilverkündend den Kopf zu schütteln begann.

Aber mit jeglichem Spiel, mit jeglichem Zug, mit jeglicher Anstrengung, die er machte, spürte George voller Frohlocken, wie er seinem Ziel näher kam. Einmal würde der Augenblick erscheinen, sagte er sich mit wütender Zuversicht, wo er, übers Brett hinweg, die

Gegenseite völlig objektiv und desinteressiert würde anschauen können und nicht mehr von deren Absichten und Plänen wissen, wie wenn ein Spieler aus Fleisch und Blut dort gesessen hätte; und wenn dieser Tag dann gekommen wäre, würde er eine triumphale Leistung vollbracht haben, deren kein anderer Spieler vor ihm sich je hatte rühmen können!

Er war derart selbstsicher geworden, derart überzeugt davon, daß, sobald er einen Zug tat, nach dem nächsten Zuge der Triumph eintreten würde, daß, als er endlich kam, seine erste Empfindung nur die eines dankbaren Behagens war und einer umfassenden Entspannung all seiner Nerven. Etwa ähnlich dem Gefühl, dachte er ergötzt, das ein Mann nach vollbrachtem schwerem Tagewerk erfährt, wenn er abends dann ins Bett fällt. Sogar haargenau dieses Gefühl, tatsächlich.

Infolge einer geringfügigen Achtlosigkeit am Brett war seine schwarze Stellung gefährlich exponiert geworden; dann aber, in einer Anstrengung, sie wieder zu festigen, hatte er mit dem Königsläufer einen starken Verteidigungszug getan, der Weiß teuer zu stehen kommen konnte. Als er jetzt aufblickte, um eine mögliche Erwiderung des Weißen zu studieren, sah er, übers Brett hinweg, auf dem Stuhl gegenüber, Weiß sitzen, die Fingerspitzen sacht gegeneinandergestellt, auf den Lippen ein ironisches Lächeln. »Gut«, sagte Weiß verbindlich. »Sogar erstaunlich gut für Sie, George.«

Woraufhin Georges Gefühl der Befriedigung zerging, wie eine Seifenblase, an die ein gleichgültiger Finger geschnipst hat. Es war mitnichten nur der liebenswürdige Spott jener Bemerkung, der ihn reizte; gleichermaßen verstörend war der Umstand, daß Weiß dem Mann, auf den sich George gefaßt gemacht hatte, gänzlich unähnlich war. Das hatte er nicht erwartet, daß Weiß ihm gleichen würde wie ein Zwilling dem anderen; aber hier war die Ähnlichkeit, Zug für Zug, dergestalt ausgeprägt, daß Weiß das Bild hätte sein können, das ihm jeden Morgen aus seinem Rasierspiegel heraus anstarrte. Ein Bild jedoch, und hierin George völlig ungleich, das von einer Macht und Arroganz beseelt schien, die schlechthin überwältigend waren. Das war, wie George mit einem Anflug von Neid erkannte, kein Mann, der gekrümmt über einem Schreibpult hockt und langweilige Zahlenkolonnen zusammenzählt; vielmehr einer, der bei einer Aufsichtsratstagung oben am Tisch präsidiert und mit Elan und Glanz weitreichende Entscheidungen trifft. Ein Mann, der ein klein wenig ans Morgen denkt; aber weit mehr an das Heute und all die guten Dinge, die es bietet. Und einer, der auch jederzeit den Preis dieser guten Dinge in der Tasche hat.

All das ergab sich unschwer aus dem makellosen Schnitt des Anzuges, den Weiß trug; aus der Anmut und Kraft seiner mageren, untadelig manikürten Hände; aus dem gnadenlosen, aber heiteren Glanz seiner Augen, die Georges Blick zurückgaben. Und beim Blick in diese Augen jetzt war es, daß George sich dabei ertappte, wie ein Gedanke in ihm Gestalt gewinnen wollte, der aber außerhalb der Grenzen seiner Fassungskraft zu bleiben schien. Er sah sein eigenes Bild so deutlich in jenen Augen gespiegelt — vielleicht war es gar kein Bild. Vielleicht ...

Er wurde seinen Gedankengängen dadurch entrissen, daß Weiß eine Figur bewegte. »Sie sind am Zuge«, sagte Weiß lässig, »daß heißt, falls Sie die Partie noch fortsetzen wollen.«

George sah aufs Brett und fand seine Stellung durchaus noch gesichert. »Warum sollte ich die Partie nicht fortsetzen wollen? Unsere Stellungen ...«

»... sind im Moment noch gleich«, fiel Weiß ihm prompt ins Wort. »Was Sie in Betracht zu ziehen vergessen, ist die große Linie: Ich spiele, um zu gewinnen; Sie spielen nur, um nicht zu verlieren.«

»Das scheint aber ziemlich genau dasselbe zu sein«, wandte George ein.

»Ist es jedoch nicht«, erwiderte Weiß, »und der Beweis dafür möge in dem Umstand liegen, daß ich diese Partie gewinnen werde, wie übrigens auch jede andere Partie, die wir je zusammen spielen sollten.«

Die Unverfrorenheit dieser Bemerkung brachte George außer Fassung. »Maroczy war ein Meister, der sich zum großen Teil auf Verteidigungsstrategie verlassen hat«, protestierte er, »und wenn Sie mit seinen Partien vertraut sind ...«

»Ich bin mit Géza Maroczys Partien genauso vertraut wie Sie«, bemerkte Weiß, »und stehe nicht an, zu behaupten, daß ich, hätten wir uns jemals gegenüber gesessen, ihn genausogut geschlagen haben würde, und zwar ebenfalls in jeder Partie.«

George bekam etwas Farbe: »Sie halten erstaunlich viel von sich selbst, ja?« sagte er, und war überrascht, als Weiß, anstatt dies übel zu nehmen, ihn mit einem Blick unendlichen Mitleids musterte.

»Nein«, sagte Weiß schließlich, »wer etwas von mir hält, das sind Sie«, und dann, als sei es ihm eben gelungen, eine raffiniert beköderte Falle als solche zu erkennen und zu umgehen, schüttelte er den Kopf und verzog die Lippen zu einer leicht sardonischen Grimasse. »Sie sind am Zuge«, sagte er.

Mit einer gewaltsamen Anstrengung schob George die unklaren Gedanken an mögliche Ungelegenheiten, die sich in seinem Gemüt zusammenballen wollten, beiseite und tat seinen Zug. Es bedurfte nur weniger anschließender noch, und er erkannte klar, daß er hoffnungslos und schändlich geschlagen war. Er wurde in der zweiten Partie geschlagen; und nach dieser in einer weiteren; und dann, im vierten Spiel, machte er eine verzweifelte Bemühung, seine Taktik zu ändern. Nach seinem elften Zuge sah er die Gelegenheit, einen vernichtenden Angriff einzuleiten, zögerte, nahm Abstand davon, und verlor prompt wieder. Woraufhin George sich verbissen daranmachte, die Figuren in ihr Etui zurück zu tun.

»Werden Sie morgen wiederkommen?« fragte er, gründlich verstimmt ob des unverkennbar amüsierten Weißen.
»Falls ich nicht verhindert sein sollte.«
George wurde plötzlich kalt vor Angst. »Was könnte Sie denn verhindern?« vermochte er herauszubringen.
Weiß griff sich die weiße Dame und drehte sie langsam zwischen den Fingern. »Louise vielleicht. Was, wenn ihr plötzlich der Einfall käme, Sie dürften sich nicht länger auf solche Weise belustigen?«
»Aber warum? Warum sollte sie das? Sie hat es doch bis jetzt nie beanstandet.«
»Louise, mein Lieber, ist ein im höchsten Grade stupides und zänkisches Weib . . .«
»Also, das geht jetzt entschieden zu weit!« sagte George, der sich bis ins Herz getroffen fühlte.
»Und«, fuhr Weiß fort, als wenn er überhaupt nicht unterbrochen worden wäre, »Herr im Hause ist ja sie. Solche Leute lieben es ab und zu, scheinbar ohne jeden Grund, sich diese ihre Herrschaft zu bestätigen. Präziser: solche Anlässe sind ein fetter Bissen für ihre Eitelkeit – so notwendig für sie wie die Luft, die sie atmen.«
George raffte alles zusammen, was ihm an Mut und Entrüstung zu Gebote stand. »Wenn Sie tatsächlich dieser Ansicht sein sollten«, sagte er tapfer, »dann glaube ich nicht, daß Sie das Recht haben, dies Haus jemals wieder zu betreten.«
Er hatte kaum ausgesprochen, als Louise sich in ihrem Armsessel regte und sich an ihn wandte: »George«, sagte sie knapp, »das ist nun wirklich genug gespielt für heut abend. Weißt du denn nichts Besseres mit deiner Zeit anzufangen?«
»Ich bin gerade eben beim Wegräumen«, antwortete George hastig; aber während er nach der Schachfigur griff, die sein Gegner immer noch zwischen den Fingern hielt, sah er, wie Weiß Louise mit einem Blick musterte, der ihn erbeben ließ. Dann wandte Weiß sich ihm zu, und seine Augen waren wie Scheibchen aus Schwarzglas, gleich denen, durch die man das sonst unerträgliche Licht von Schweißbrennern betrachten kann.
»Ja«, sagte Weiß langsam. »Ob dessen, was sie ist, und dessen, was sie Ihnen angetan hat, hasse ich sie, mit einem verzehrenden Haß. Wünschen Sie, nun Sie das wissen, immer noch, daß ich wiederkomme?«
George sah, daß der Blick, der jetzt auf ihm ruhte, nicht unfreundlich war, und auch die Schachfigur, die Weiß ihm in die Hand gab, fühlte sich warm und beruhigend an. Er zögerte; er räusperte sich umständlich. »Sehen wir uns morgen also«, sagte er endlich.
Die Lippen von Weiß verzogen sich zu der schon gewohnten sardonischen Grimasse. »Morgen, übermorgen, wenn immer Sie mich brauchen«, sagte er. »Aber es wird stets das gleiche sein. Schlagen werden Sie mich niemals.«

Die Zeit bewies, daß Weiß sich nicht unterschätzt hatte. Und auch »die Zeit« als solche war, wie George immer mehr einsah, etwas, das sich weit besser durch eine unendliche Reihe von Schachpartien unterteilen ließ, beziehungsweise durch die einzelnen Züge innerhalb einer solchen, als durch irgendwelche anderen Einrichtungen, wie etwa Kalender oder Uhren. Das war eine ausgesprochen nette Entdeckung; und noch weit netter war die andere Einsicht: daß die Welt um ihn, wenn er sie fest ins Auge faßte, mit nichts so treffend mehr zu vergleichen war, wie mit Gegenständen, die man durch das umgekehrte Ende eines Feldstechers betrachtet. Alle diese Leute, die sich da herumpufften und aufhetzten und verlästerten und endlose Erklärungen und Entschuldigungen haben wollten, waren wohl noch genauso scharf und klar wie früher zu sehen, aber hübsch perspektivisch verkleinert, so daß keinerlei Zweifel bestand: wie nahe sie auch herankommen mochten, direkt berühren konnten sie einen nicht mehr.

Mit einer einzigen Ausnahme: Louise. Allabendlich schrumpfte die Welt zu dem Lichtkreis um das Schachbrett herum ein, und im Stuhl auf der anderen Seite drüben räkelte sich die Gestalt von Weiß. Aber in einer Ecke des Zimmers saß immerfort Louise über ihrem Strickzeug, und die Luft um sie war förmlich geladen mit steigendem Ärger, der dann und wann schon bis zu George heranspülte, in Gestalt streitsüchtiger Klagen und Zumutungen, vor denen es kein Entkommen gab.

»Wie *kannst* du bloß jede Minute mit diesem idiotischen Spiel vertrödeln!« wollte sie wissen. »Fällt dir denn gar nichts ein, worüber du dich mit mir unterhalten könntest?« Und, um ehrlich zu sein, ihm fiel nichts ein; jedenfalls nicht mehr als seit den allerersten Jahren ihrer Heirat, wo ihm zu verstehen gegeben worden war, daß er weder Stimme noch Einfluß auf die Führung seines Haushalts habe, daß sie kein Interesse daran hätte, etwas über die Menschen zu hören, mit denen er im Büro zusammenarbeitete, und daß er am besten jedwede Betrachtung für sich behielte, die er über Gegenstände und Themen anstellte, die, wie sie sich immer ausdrückte, »für die Vornehmen« waren.

»Und wie instinktiv richtig sie da handelt«, hatte Weiß sich einmal die Mühe genommen, ihm ironisch auseinanderzusetzen. »Wenn *Sie* Ihr Heim eingerichtet hätten, würde es ja ohne Krimskrams und harmonisch anzuschauen sein, und Louise würde sich unbehaglich darin vorkommen und völlig fehl am Platze. Und wenn sie mit den Leuten im Büro näher bekannt würde, mit denen Sie sich gut verstehen, dann müßte sie sich ja auch mit ihnen anfreunden, sie unterhalten und deren Urteil die eigene himmelschreiende Unwissenheit zur Schau stellen. Nein, unter solchen Umständen ist es weit besser, daß sie sich in ihr eigenes Vakuum verkapselt, weit weg von allen unfreundlichen Zensuren.«

Wie immer brachte die Manier des Weißen George zu ärgerlichem Aufbrausen. »So aus dem Handgelenk alle möglichen Kombinationen anstellen, ist kein großes Kunststück«, platzte er heraus. »Sagen Sie doch mal, wieso kommen Sie eigentlich dazu, soviel von Louise zu wissen?«

Weiß sah ihn aus umflorten Augen an. »Ich weiß lediglich das, was Sie auch wissen«, sagte er. »Nicht mehr und nicht weniger.«

Dergleichen Exkurse verletzten und verbitterten George grundsätzlich; aber um des Spieles willen erduldete er sie. Wenn Louise sich ruhig verhielt, schrumpfte die ganze Welt in Unwirklichkeit ein. Wirklich war dann allein noch das Schachbrett mit der darüber schwebenden Hand von Weiß, die den Angriff aufbaute und alles vor sich niederwarf, mit einer derart brillanten Rücksichtslosigkeit, daß George nur immer wieder bewundernd und verzagend dasitzen konnte.

Wenn Weiß tatsächlich überhaupt etwas wie eine Schwäche haben sollte, überlegte George trübe, dann sicherlich nicht in seinem Spiel, sondern höchstens in seiner unangenehm geschickten Art, wie er jegliche Partie zum Anlaß zu einem kleinen Diskurs über die Kunst des Schachspiels nahm, einem Diskurs, der grundsätzlich mit einigen ausgesprochen perversen und unverschämten Bemerkungen über Georges persönliche Angelegenheiten abschloß.

»Sie wissen ja wohl, daß die Art, wie ein Mann Schach spielt, decouvrierend für das ganze Wesen dieses Mannes ist«, bemerkte Weiß einmal. »Und wo Sie das wissen, scheint es Ihnen da nicht ganz bezeichnend, daß Sie sich immer entschließen, auf Verteidigung zu spielen – und immer verlieren?«

Schon derlei war ja schlimm genug; aber am wildesten wurde Weiß bei den Anlässen, wo Louise sich störend in die Partie mischte – George irgendeine Beschäftigung aufgab oder auch ganz offen verlangte, er solle das Brett wegräumen. Dann preßten sich die Kinnbacken von Weiß aufeinander, und aus seinen Augen flammte jener schreckliche Haß, der ständig in ihm zu schwelen schien, wenn er das Weib nur ansah.

Einmal, als Louise so weit gegangen war, sich tatsächlich eine Figur vom Brett zu schnappen und sie zurück ins Etui zu hauen, kam Weiß so rasch und drohend auf die Füße, daß George aufsprang, um eine unbesonnene Tat zu verhindern. Louise funkelte ihn dafür auch an:

»Du brauchst gar nicht so zu hopsen«, schnauzte sie. »Ich hab' nichts kaputt gemacht. Aber eins kann ich dir sagen, George Huneker: wenn du mit dem Unsinn nicht bald aufhörst, ist es passiert. Ich hack' jedes einzelne von den Dingern kurz und klein, wenn dadurch erreicht wird, daß du dich wieder wie'n menschliches Wesen benimmst!«

»Antworten Sie doch!« sagte Weiß. »Los Mensch; warum geben Sie ihr nicht die entsprechende Antwort?!« Und dergestalt zwischen zwei

Feuern geraten, fiel George nichts weiter ein, als dazustehen und hilflos mit dem Kopf zu wackeln.
Dieser Vorfall wurde jedoch der Anlaß, daß sich in Weiß' Benehmen eine neue Wendung abzeichnete: in jedem Wort und jedem Satz lag es nunmehr, nur schlecht verhohlen, wie finstere böse Anspielungen.
»Wenn sie selbst spielen könnte«, sagte er, »würde sie vielleicht Verständnis dafür aufbringen, so daß Sie nichts mehr zu fürchten hätten.«
»Die Lage ist aber doch so«, entgegnete George verteidigend, »daß Louise zu viel zu tun hat, um Schach spielen zu können.«
Weiß drehte sich auf seinem Stuhl herum, um zu ihr hinüberzusehen, und wandte sich dann wieder mit grimmigem Lächeln zurück »Sie strickt. Und, wie mir scheint, strickt sie ständig. Wollen Sie das etwa ›viel zu tun haben‹ nennen?«
»Sie nicht?«
»Nein«, sagte Weiß, »ich nicht, Penelope hat ihre besten Jahre am Webstuhl verbracht, um zudringliche Freier fernzuhalten, bis ihr Gatte heimkehren würde. Louise verbringt ihre besten Jahre mit Stricken, um das Leben fernzuhalten, bis der Tod kommt. Sie hat keine Freude an ihrer Tätigkeit, das sieht man beim oberflächlichsten Blick. Aber mit jeglicher Masche, die über das Ende ihrer Nadeln wandert, kommt ihr der Tod um ein Augenblickchen näher; und obgleich ihr das nicht zum Bewußtsein kommt, freut sie sich darüber.«
»Und das wollen Sie alles aus dem simplen Umstand herauslesen, daß sie nicht Schach spielen will?« rief George ungläubig.
»Nicht allein Schach«, sagte Weiß. »Leben.«
»Und was meinen Sie speziell mit dem Wort *Leben*, in der Art, wie Sie es gebrauchen?«
»Vielerlei«, sagte Weiß. »Den Hunger nach Wissen; den Drang zu schaffen; die Fähigkeit Großes zu empfinden. Oh, vielerlei.«
»Vielerlei, das kann man wohl sagen«, spottete George. »Große Worte sind das, weiter nichts.« Aber Weiß verzog nur die Lippen zu der bekannten sardonischen Grimasse und sagte: »Sehr groß, ja. Bei weitem *zu* groß für Louise, wie ich fürchte.« Und dann, indem er eine Figur zog, zwang er George, seine Aufmerksamkeit wieder dem Brett zuzuwenden.

Es war beinahe, wie wenn Weiß Georges schwache Stelle entdeckt hätte und nun ein sadistisches Vergnügen daran fände, sie immer und immer wieder schmerzhaft zu sondieren. Und er spielte seine Unterhaltungsgambite auf dieselbe Art, wie seine Schachpartien: grausam, ohne jeden Fehler, immer unausweichlich vorwärts auf sein Ziel los, mit einer Art blitzender Kühnheit. Es gab Zeiten, wo George, hilflos und krumm, sich ernstlich vornahm, ihn zu ersuchen,

das Thema Louise ein für allemal fallen zu lassen; aber letztlich konnte er sich doch nie dazu aufraffen. Es war, als warne George immer eine ganz ferne innere Stimme, daß diese eingelegten Unterhaltungen genauso zum Wesen von Weiß gehörten, wie seine schachlichen Fähigkeiten, und daß, wenn George ihn überhaupt haben wolle, er ihn schon akzeptieren müsse, wie er sei.
Und George wollte ihn, er brauchte ihn unbedingt; vor allem an einem Abend wie jenem schrecklichen, als er nach Hause kam und Louise informieren mußte, daß er für eine Weile nicht mehr ins Büro gehen würde. Man hatte ihn nicht etwa entlassen, das natürlich nicht; aber davon war die Rede gewesen, daß er einmal ausspannen solle, bis er sich wieder in Form fühle. Obwohl, beeilte er sich hastig zu ergänzen, als er voll Schreck Louises Gesicht lang und blaß werden sah, er sich im Leben nicht so wohl gefühlt hätte.
Im Verlauf der sich anschließenden Szene, während Louise vor ihm stand und ihm mit Hitze Dinge über ihn zu hören gab, daß ihm ganz schlecht und elend dabei wurde, war es ihm doch auch wieder, als klängen ihm gleichzeitig die Worte von Weiß im Ohr, ein bitterer Redestrom. Erst als Louise erschöpft in ihrem Armstuhl saß, den leeren Blick auf die Wand gegenüber gerichtet, im Schoß das Strickzeug als einzigen Trost, und er seinerseits am Tisch saß und die Figuren aufstellte, erst da fühlte er, wie die brackwässerige Flut seiner Pein langsam verebbte.
»Und dennoch gibt es ja eine Lösung für all das«, sagte Weiß sanft, und richtete den Blick zu Louise hinüber. »Eine erstaunlich einfache Lösung, wenn man sich's so recht überlegt.«
George fühlte, wie es ihm kalt über den Rücken lief. »Ich verzichte auf nähere Einzelheiten«, sagte er rauh.
»Ist Ihnen eigentlich schon mal aufgefallen, George«, fuhr Weiß beharrlich fort, »daß dieser vulgäre Schinken von einem Bild an der Wand dort, in seinem ungeheuerlich verschrobenen Rahmen, das Louise so sehr bewundert, einer Piccoloflöte zu vergleichen wäre, die versucht, ein ganzes Orchester zu übertönen, das mit höchster Lautstärke spielt?«
George wies auf das Schachbrett: »Sie haben den ersten Zug«, sagte er.
»Ach, die Partie«, sagte Weiß, »die Partie kann warten, George. Im Augenblick würde ich mir viel lieber vorstellen, was dieser Raum – oder richtiger: diese ganze hübsche Behausung hier – doch so sein könnte, wenn sie Ihnen gehörte, George. Ihnen allein.«
»Ich würde weit lieber mit dem Spiel anfangen«, sagte George beschwörend.
»Auch etwas anderes noch, George«, sagte Weiß langsam, und als er sich vornüber beugte, sah George wiederum sein eigenes Spiegelbild sich seltsam aus diesen Augen anstarren, »auch etwas anderes, sehr Feines, wäre noch zu bedenken. Wenn Sie ganz allein in diesem Raum, in diesem Hause, wären – tcha, dann wäre niemand mehr

da, der Sie kommandieren würde, wann Sie mit Schachspielen aufzuhören haben. Dann könnten Sie morgens, mittags und abends spielen; und, wenn Sie Lust dazu hätten, gleich weiter durch, bis zum nächsten Morgen!«
»Und das wäre noch längst nicht alles, George. Sie könnten das Bild dort aus dem Fenster schmeißen und dafür etwas Anständiges an die Wand hängen: ein paar gute Grafiken, meinethalben – nichts Ausgefallenes, wohlgemerkt – aber einige wenige gute Sachen, die Sie jeden Tag, wenn Sie den Raum das erstemal betreten und sie erblicken, sofort ein bißchen aufpulvern.«
»Oder Schallplatten! Ich hab' gehört, die machen die tollsten Sachen heutzutage mit Tonaufnahmen, George. Stellen Sie sich mal ein ganzes Zimmer voll damit vor: Oper, Symphonie, Konzert, Quartett – Sie brauchten nur zu wählen und sich's dann nach Herzenslust vorspielen zu lassen!«
Der Anblick seines Bildes in diesen Augen, die immer näher kamen, der frohlockende Fluß der Rede, auch die grausige Bedeutung dieser Rede, machten Georges Kopf schwindeln. Er preßte die Hände auf die Ohren und schüttelte den Kopf in rasender Abwehr.
»Sie sind verrückt!« schrie er. »Aufhören!« Und da mußte er zu seinem Schrecken die Entdeckung machen, daß er, selbst wenn er sich die Ohren mit den Händen fest zuhielt, die Stimme von Weiß ebenso klar und deutlich vernahm wie zuvor.
»Ist es etwa die Einsamkeit, vor der Sie Angst hätten, George? Aber das ist töricht. Es gibt so viele Leute, die froh wären, Ihre Freunde zu heißen, sich mit Ihnen zu unterhalten, beziehungsweise, was mehr ist, Ihnen zuzuhören. Es gibt einige, die Sie sogar lieben würden, wenn Sie nur wollten.«
»Einsamkeit?« sagte George ungläubig. »Bilden Sie sich ein, ich hätte vor der Einsamkeit Angst?«
»Ja, wovor denn dann?«
»Sie wissen genauso gut wie ich«, sagte George mit zitternder Stimme, »wozu Sie mich zu bewegen versuchen wollen. Wie können Sie von mir erwarten – von einem anständigen Menschen überhaupt erwarten – derart grausam zu sein!«
Weiß wies ihm nur verächtlich die Zähne. »Können Sie mir etwas Grausameres nennen, als ein schwaches und dämliches Weib, dessen einziger Ehrgeiz im Leben war, sich einen Mann zu heiraten, der ihr unendlich überlegen ist; und diesen Mann dann auf ihr Niveau herabzuzwingen, bloß damit ihre eigene Schwäche und Dämlichkeit zeitlebens verborgen bleibe?«
»Sie haben kein Recht, in dieser Weise über Louise herzuziehen!«
»Wenn jemand das Recht hat, dann bin ich es«, sagte Weiß grimmig, und George spürte irgendwo, tief im Herzen, daß dies die schreckliche Wahrheit sei. In steigender Panik hielt er sich an der Tischkante fest.

»Ich will es nicht tun!« sagte er verstört. »Niemals werd' ich es tun, verstehen Sie?«
»Aber es wird getan werden!« sagte Weiß, und seine Stimme war so schrecklich in ihrer nackten Entschlossenheit, daß George aufblickte und Louise mit ihren harten kleinen Schritten auf den Tisch zukommen sah. Sie blieb davor stehen, wütend arbeitete es um ihren Mund, und dann vernahm er, durch den Wirrwarr seiner Gedanken, ihre Stimme, die immerfort dieselben Worte wiederholte. »Du Trottel!« sagte sie wild. »Das ist nur dieses Schach! Jetzt hab' ich aber genug davon!« Und plötzlich fegte ihre Hand über das Brett und warf sämtliche Figuren herunter.
»Nicht!« schrie George, weniger ob Louisens Gebärde, sondern mehr ob des Anblicks von Weiß, der vor ihr stand, in der erhobenen Hand den schweren Schürhaken. »Nicht!« schrie George noch einmal und schnellte hoch, um das Niederfallen des Schürhakens zu hemmen; aber schon, während er dies noch tat, wußte er, daß es bereits zu spät war.

Louise wäre vielleicht bestürzt gewesen, ob der unordentlichen Art, wie ihre irdischen Reste in den Leichenbehälter der Mordkommission gestopft wurden; zumindest hätte sie bestimmt laut aufgeschrien (wäre sie noch in der Lage dazu gewesen), ob der unschönen Schramme im gebohnten Holz, die jener Behälter verursachte, als man ihn über den Fußboden hinschleifte und dann zur Haustür hinaustrug. Inspektor Lund jedoch schloß lediglich die Tür lässig hinter dem kleinen Geleit und begab sich dann wieder zurück ins Wohnzimmer.
Augenscheinlich hatte der Leutnant das Verhör des kleinen stillen Mannes auf dem Stuhl neben dem Schachtisch beendet und ebenso augenscheinlich war der Leutnant nicht ganz zufrieden. Er ging unruhig mitten im Zimmer auf und ab und studierte dabei mit gerunzelter Stirn seine Notizen, während der kleine Mann ihm, schweigend und regungslos, zusah.
»Na?« fragte Inspektor Lund.
»Tcha«, sagte der Leutnant, »eigentlich bloß eine Sache noch, die sich nicht ganz ins Bild einfügen will. Soweit ich den Fall überschaue, hätten wir also einen Mann hier, der ein geregeltes Leben führt, sein ordentliches Auskommen hat – und dem sich ganz unversehens herausstellt, daß er auch noch ein anderes Ich besitzt, eine andere Persönlichkeit. Der ungefähr wie ein Mann ist, den man in zwei Teile gespalten hat.«
»Schizoid«, bemerkte Inspektor Lund. »Das ist doch so ungewöhnlich nicht.«
»Vielleicht nicht«, sagte der Leutnant. »Jedenfalls erweist sich dieses andere Ich als gar nicht gut und hat im Endeffekt diesen Totschlag zu verantworten.«

»Also scheint aber doch durchaus eins ins andere zu greifen«, sagte Inspektor Lund. »Wo soll der Haken denn liegen?«
»In diesem einen eben«, bestätigte der Leutnant: »In der Frage der Identität.« Mit gerunzelter Stirn besah er sein Notizbuch und wandte sich dann an den kleinen Mann auf dem Stuhl neben dem Schachtisch. »Wie sagten Sie, daß Ihr Name wäre?« fragte er eindringlich.
Die Lippen des kleinen Mannes verzogen sich leicht zu einer sardonischen Grimasse des Tadels. »Das habe ich Ihnen jetzt aber doch schon so oft gesagt, Leutnant, daß Sie es schwerlich schon wieder vergessen haben können.« Der kleine Mann lächelte verbindlich: »Mein Name ist Weiß.«

In Arthurs Augen waren sie scheinbar alle nach derselben Schablone ausgeschnitten. Sie waren durchweg groß und gut gebaut. Ihre hübsch sonnengebräunten Gesichter hatten regelmäßige Züge, über denen die bürstenkurze Haarkappe saß. Ihre Anzüge waren ebenso teuer wie solide; ihre Manieren untadelig. Sie kamen aus namhaften Familien und von namhaften Schulen und betrachteten dergleichen mit Beiläufigkeit. Unter all dem Immenvolk, das den Bienenstock der City durchschwärmte – die gotischen Gebäudemassen, angenehm durchduftet von einem Rüchlein wie nach Wertpapieren mit Goldschnitt; die gläsernen Zinnen und Gipfel, futuristischen Aquarien gleich – unter all diesen waren sie mitnichten die Aufdringlichsten; aber übersehen wurden sie nie.

In ihre Berufe brachten sie als Befähigungsnachweis die Namen ihrer Familie und ihrer Schule mit, und die Fähigkeit, höflich und eifrig dreinzuschauen, wenn ein Vorgesetzter sie anredete. Im Grunde behandelten sie ihre Berufe ebenso beiläufig wie jegliches andere auch; denn sie waren mit Geld gepolstert. Und ob all dessen haßte Arthur sie und würde seine Seele verkauft haben, einer von ihnen zu sein.

Was das Äußere anbelangt, hätte er für einen passieren können. Er war ein hochgewachsener, auffällig gut aussehender junger Mann – wenn er vorbeiging, konnten wenige Frauen sich beherrschen und ihm diesen gewissen klein-schnellen Seitenblick nicht schenken, der besagt, daß man Interesse hätte, ob man schon gleich vergeben sein mag – und besaß eine sachliche Haltung, die größtenteils das Ergebnis schlauer Beobachtung und großer Selbstbeherrschung war. Aber er stammte eben aus keiner namhaften Familie und kam von keiner namhaften Schule, und Geld besaß er, abgesehen von seinem bescheidenen Monatsgehalt, auch nicht. Seine Eltern waren tot (ihre Hinterlassenschaft hatte kaum ausgereicht, die Beerdigungskosten zu bestreiten); er hatte von der höheren Schule ohne Abschlußzeugnis abgehen und anfangen müssen zu arbeiten; er hatte unruhig immer wieder die Stellung gewechselt, bis er neuerdings, bei Horton & Sohn, in einen gewissen Hafen eingelaufen war; und er hätte jeglichen Augenblick, sobald man ihn gefragt hätte, sein Vermögen bis auf den letzten Pfennig auswendig angeben können: die Summe aus Bankkonto, Brieftascheninhalt und losem Kleingeld. Es lag auf der Hand, daß er sich jene Beiläufigkeit, wie sie einem feinen jungen Mann so wohl anstand, nicht leisten konnte.

In diesem Ausdruck, *feiner junger Mann*, kristallisierte sich allmählich sein Haß auf den betreffenden Typ. Eines Morgens hatte er vor Mister Hortons Tür gestanden, als gerade die zwei Söhne eines Kunden herausgeleitet wurden. Für den Bruchteil einer Sekunde glitten ihre Blicke über Arthur, erkannten unverzüglich, daß er nicht zu ihnen gehörte und wurden prompt leer und gleichgültig. Kein Wort war gefallen, keine Geste weiter; aber binnen diesem einen Moment war er fein säuberlich auf den ihm gebührenden Platz verwiesen und eben stehengelassen worden, während er innerlich vor Haß und Wut kochte. Und das schlimmste daran war noch, daß er nicht irgendwie zurückschlagen konnte; es gab einfach keine Möglichkeit, an sie heranzukommen. Ihr Heim, ihr Klub, ihr Leben, nichts davon war zu erreichen.

Als die Fahrstuhltür sich hinter ihnen schloß, schien Mister Horton Arthur überhaupt erst zu gewahren. »Feine junge Leute«, bemerkte er, beinahe sehnsüchtig, indem er zur Fahrstuhltür hinzeigte, und der Ausdruck hatte Wurzel geschlagen. Hatte nicht nur Wurzel geschlagen, sondern war auf der Stelle ins Kraut geschossen, infolge von Mister Hortons Tonfall dabei, der für Arthurs entzündetes Gemüt zusätzlich zu besagen schien: *Die gehören zu meiner Welt; was Sie nicht tun.*

Und, um es noch schlimmer zu machen, Ann war natürlich auch noch da. Ann Horton.

Es gehört zu den traditionellen Rechten eines jeden unternehmenden jungen Mannes, der Romantik mit dem gleichen Eifer obzuliegen wie dem Geschäft und den höchsten Grad des Erfolges auf beiden Gebieten dadurch zu kombinieren, daß er die Tochter seines Chefs zu heiraten gedenkt. Und wenn diese Tochter zusätzlich noch so hübsch und begehrenswert war wie Ann Horton – auch, um sich des bewundernden Ausdrucks derjenigen zu bedienen, die sie näher kannten, so unverwöhnt – desto besser.

Aber Arthur war sich instinktiv auch dessen bewußt, daß es verschiedene Grade der Unverwöhntheit gibt. Wenn man zum Beispiel ein Mädchen, das sich verzweifelt nach einer 40-Fuß-Luxus-Segeljacht sehnt, sich jedoch schließlich auch mit einem Rennboot von 20 Fuß begnügt, unverwöhnt nennen will, dann war Ann Horton wohl als unverwöhnt zu bezeichnen. Es genügt eben nicht ganz, sich einer solchen zu nähern und nichts mitzubringen als eine flammende Leidenschaft und die Bereitwilligkeit, Drachen zu erschlagen. Es ist gleichermaßen erforderlich, in goldener Rüstung angeritten zu kommen, auf einem feurigen Vollbluthengst, in der Tasche zwei Parkettplätze, erste Reihe, für das beste Operettentheater der Stadt. Und zwar, falls dem Bewerber daran liegt, seinen Wunsch unmißverständlich auszudrücken, nicht etwa nur selten und in großen Abständen, sondern regelmäßig und häufig.

Über dies und noch mehr pflegte Arthur allnächtlich zu brüten, wenn er in Frau Marshs Logierhaus auf seinem Bett lag. Verrückte Gedanken waren es, die sich ständig wirbelnd im Kreise herumdrehten, wie jene apokryphe Schlange, die sich in den eigenen Schwanz beißt und anschließend selbst auffrißt. Ann Horton hatte ihn mehr als einmal auf die Art angeschaut, wie alle Frauen taten. Gesetzt den Fall, er könnte sich einmal mit ihr treffen und vermöchte ihr einmal das Porträt von sich zu suggerieren, das nötig war – ob eine Heirat dann gänzlich außer Frage wäre? Aber sich mit ihr, auf ihrem gesellschaftlichen Niveau zu treffen, erforderte Geld; und ironischerweise war seine einzige Chance, je zu Geld zu gelangen, daß er sie heiratete! Heiliger Gott, dachte er, wenn er das jemals schaffen könnte, würde er genug Geld haben, um es jedem feinen jungen Mann, den er jemals gehaßt hatte, ins Gesicht zu schleudern.

So nahmen seine Gedankenspiele langsam neue Gestalt an, und, ohne daß er sich dessen ganz bewußt gewesen wäre, wurde Ann Horton ihm zum Mittel, nicht mehr zum Zweck. Der Zweck würde die Glorie sein, die sich auf jene herabsenkt, die sich, ohne ihr Geld zählen zu müssen, von allem das Beste leisten können. *Von allem das Beste*, sagte Arthur dann wohl träumerisch vor sich hin, und seine Augen sahen die Abbilder vieler schöner Kostspieligkeiten, die wie Wolken über seine Zimmerdecke dahinzogen.

Charlie Prinz war ein junger Mann, der unverkennbar von allem das Beste gekannt hatte. Sein erster Auftritt in Arthurs Dasein geschah während einer Mittagsstunde, als Arthur nach dem Essen bei seiner Tasse Kaffee saß, den Blick auf einem Firmenprospekt von Horton & Sohn, der auf dem Tisch vor ihm lag; mit den Gedanken neben Ann Horton, in einem 20-Fuß-Rennboot.

»Entschuldigung, daß ich Sie so ohne weiteres frage«, sagte Charlie Prinz, »aber arbeiten Sie etwa bei dem alten Horton?« Die Stimme war genau die Stimme von einem, der aus einer Familie stammt und von einer Schule kommt; selbst daß jener das Wort »alt« gebrauchte, gehörte zu den legitimen Bestandteilen, denn dies Wort war gerade modern bei *ihnen* und konnte allem und jedem beigefügt werden, ganz gleich wie alt er-sie-es auch war. Arthur ließ seinen Blick von den Schuhen an aufwärts gleiten, über Anzug, Oberhemd, Krawatte, Hut (wobei er sie im Geist mechanisch mit den entsprechend teuren Firmenschildchen versah: *Oliver Moore, Brooks, Sulka, Bronzini, Cavanaugh*), beim Gesicht blieb er jedoch plötzlich haften. Sicher, es war sonnengebräunt, hatte regelmäßige Züge und darüber die unvermeidliche bürstenkurze Haarkappe; aber es war auch noch etwas anderes darin. Gewisse kleine Fältchen um die Augenwinkel; eine Art, die Lippen zu verziehen ...

»Ganz recht«, sagte Arthur, sehr auf seiner Hut, »ich bin angestellt bei Horton.«

»Wär' es Ihnen recht, wenn ich bei Ihnen Platz nähme? Charlie Prinz mein Name.«

Es stellte sich heraus, daß Charlie Prinz den Prospekt auf dem Tisch gesehen, selbst einmal bei Horton gearbeitet und der Versuchung nicht widerstanden hatte, nachzufragen, wie es dem alten Verein so erginge.

»Alles in Ordnung, soviel ich weiß«, sagte Arthur und merkte dann an: »Ich kann mich aber nicht erinnern, daß ich Sie jemals dort gesehen hätte.«
»Oh, das wird vor Ihrer Zeit gewesen sein, nehme ich an; und ich bin mir sicher, im Büro würde eine Unterhaltung über mich schwerlich gefördert werden — ich bin nämlich eine Art Flecken auf seinem Wappenschild gewesen, wissen Sie. Ich hab' meinen Abgang sozusagen unter dunklen Umständen genommen; Sie verstehen, was ich meine.«
»Oh«, sagte Arthur und fühlte sofort einen bitteren Neid auf jeden, der es sich leisten konnte, träge zu sein oder sogar unbotmäßig, und dann eine Firma wie Horton so beiläufig zu verlassen.
Charlie Prinz las, wie es den Anschein hatte, seine Gedanken genau: »Nein«, sagte er, »damit, daß ich nicht fähig gewesen wäre, mein Pensum runterzureißen, hat das nicht das geringste zu tun, wenn es das ist, was Sie meinen sollten. 'ne kleine Unehrlichkeit, aufrichtig gesagt. 'n paar Schecks, die ich gefälscht hatte — solche und ähnliche Sachen.«
Arthur klappte der Unterkiefer herab.
»Ich weiß«, bemerkte Charlie Prinz fröhlich. »Sie stellen sich vor, daß, wenn einer bei dergleichen Affären erwischt wird, er dann ganz Tränen und Reue sein müßte, nur noch in Sack und Asche gehen, oder so? Das bin ich aber nicht. Das heißt, natürlich, ich war schon ganz Reue, als mich dieser idiotische naseweise Buchhalter dabei ertappte; aber deswegen können Sie mir ja wohl keine Schuld geben.«
»Aber warum haben Sie es überhaupt getan?«
Charlie Prinz runzelte die Stirn. »Ich sehe ja sicher nicht wie einer von diesen dummen Psychopathen aus, die lediglich deshalb stehlen, um das erregende Gefühl dabei auszukosten, ja? Also wegen Geld, selbstverständlich. Es war immer des Geldes wegen.«
»Immer?«
»Oh, ich hab' auch noch bei anderen Firmen außer Horton gearbeitet und jedesmal meinen Abgang unter dunklen Umständen nehmen müssen. Tatsächlich, erst bei Horton dann hab' ich *die* bedeutsamste Lektion meines Lebens gelernt.« Er beugte sich vorwärts und unterstrich das folgende, indem er mit dem Zeigefinger auf die Tischplatte tippte: »Die Unterschrift von jemand nachzu*malen* — das ist der eigentliche Blödsinn. Absoluter Blödsinn. Wenn Sie einen Namen fälschen wollen, müssen Sie anfangen, ihn aus freier Hand zu üben, und eben unermüdlich weiter üben, bis Sie ihn jederzeit ruck-zuck aus dem Handgelenk hinlegen können. Das ist die einzig mögliche Methode.«
»Aber Sie sind dort doch trotzdem gefaßt worden.«
»Das war reine Unachtsamkeit. Ich hab' die Schecks zwar einkassiert, mir aber nicht die Mühe gemacht, sie auch in die Bücher einzutragen. Und wozu ein Buchhalter fähig ist, wenn seine Bücher nicht stimmen, ist Ihnen ja wohl bekannt.«

Arthur war wider Willen fasziniert; fühlte sich aber auch gleichzeitig unfähig, die Frage, die er gern gestellt hätte, so in Worte zu fassen, daß sie noch in den Grenzen der Höflichkeit blieb. »Ja, und was geschah dann? Hat man Sie – waren Sie . . .?«

»Sie meinen verhaftet, ins Gefängnis gesteckt und solche Sachen?« Charlie Prinz sah Arthur mitleidig an. »Natürlich nicht. Sie wissen doch, wie diese großen Firmen bezüglich öffentlicher Skandale sind; und nachdem mein Vater die Summe wieder ersetzt hatte, war der Fall soweit erledigt.«

»Und Ihnen ist nichts, gar nichts passiert?« sagte Arthur, von heiliger Scheu ergriffen.

»Naja«, gab Charlie Prinz zu, »etwas mußte natürlich schon geschehen; zumal nach dieser letzten Gastvorstellung dann, ob der mein Herr Vater aufbrauste wie ein alter Dampfkessel. Aber allzu schlimm wurde es wiederum auch nicht. Gerade eben, daß man mich zu einer Art ›Deportierter am Ort‹ machte.«

»Wozu?« fragte Arthur verständnislos.

»Zu einer Art ›Deportierter am Ort‹. Sie wissen doch, wie diese alten englischen Familien die Schwarzen Schafe unter ihren Sprößlingen nach Australien oder sonst wohin verschifften, bloß damit sie vom Schauplatz verschwänden; dann wurde ihnen ein gewisses Kostgeld ausgesetzt und sie informiert, es würde ihnen solange regelmäßig zugehen, wie das Herzblättchen außer Sichtweite bliebe. Naja, so ist es auch mir ergangen. Zuerst hatte mein alter Herr vor, mich ohne jeden Pfennig in Kälte und Dunkelheit hinauszustoßen; aber die Frauen in meiner Familie besitzen weiche Herzen, und so ließ er sich schließlich doch eines Besseren belehren. Ich sollte einen monatlichen Betrag ausgesetzt bekommen – ungefähr die Hälfte dessen, was ich zum Leben brauche, wie sich herausstellte –, mußte mich aber für den Rest meiner Tage verpflichten, einen großen Bogen um meine Familie zu machen und den Kreis, in dem sie verkehrt. Und ich kann Ihnen sagen, dieser Kreis hat'n ganz schönen Umfang.«

»Demnach dürften Sie sich dann aber jetzt eigentlich nicht hier in New York aufhalten, wie?«

»Ich sagte doch schon, ich sei ein Deportierter *am Ort.* Das bedeutet, ich kann mich aufhalten, wo ich will; vorausgesetzt, daß weder ein Mitglied meiner Familie noch einer ihrer drei Millionen Bekannten mich je hört oder sieht. Solange das der Fall bleibt, habe ich dem Anwalt unserer Familie lediglich einen Zettel mit meiner Anschrift zukommen zu lassen und empfange am ersten jedes Monats das mir Ausgesetzte.«

»Hm«, sagte Arthur, »wenn ich mir das alles so überlege, würde ich aber doch sagen, Ihr Vater hat sich sehr anständig benommen.«

Charlie Prinz seufzte. »Um die Wahrheit zu sagen, so übel ist der alte Herr gar nicht. Nur eben, daß er mit dieser krankhaften Sehnsucht nach einem Sohn gestraft ist, der eine Art von pedantischem jungem Heiligen ist – was ich nun mal leider nicht bin. Sie verstehen, was ich meine. So diese Art junger Musterknabe: außen blank, innen blank, und nirgends ein Stäubchen. Wenn ich mich als so einer erwiesen hätte, dann wäre alles glänzend gegangen. Aber es war eben nicht der Fall. Und deswegen sitz' ich jetzt da, ein wahrer Ismael, 14 Tage, ehe der nächste Betrag fällig ist; aus meinem Hotelzimmer hat man mich ausgesperrt ...«

Arthur fühlte eine unerklärliche Erregung in sich immer höher steigen. »Ausgesperrt?«

»Das passiert Ihnen eben, wenn Sie ihre Rechnung nicht bezahlen können. Es gibt da irgend so'n Gesetz oder 'n Paragraphen. Aber was es auch immer sei, verdammt verständnislos ist es auf jeden Fall; und worauf ich von Anfang an hinaus wollte, ist die Frage: ob *Sie* sich jetzt, im Austausch für meine Lebensgeschichte, wenn auch nicht viel dran ist, entschließen könnten, mir ein kleines Darlehen anzuvertrauen. Zu klein nun allerdings auch wieder nicht, 'ne Art mittelgroßes Darlehen. Ich verpflichte mich, es kommenden Monatsersten zurückzuzahlen, und mit angemessenen Zinsen.« Charlie Prinz' Stimme hatte nunmehr einen ausgesprochen flehentlichen Klang angenommen. »Ich will gern zugeben, daß ich meine unehrlichen Seiten habe; aber mit einer Schuld bin ich in meinem ganzen Leben noch nicht durchgegangen. In Wirklichkeit ist es vielmehr so«, erläuterte er, »daß der einzige Grund, warum ich überhaupt in Schwierigkeiten geraten bin, immer der war, daß ich es mit dem Schuldenzahlen so ängstlich hatte.«

Arthur blickte auf Charlie Prinz' vollkommene Kleidung; er sah Charlie Prinz' ungezwungene Haltung; Charlie Prinz' wohlmodulierte Stimme klang ihm angenehm in den Ohren nach; und plötzlich hatte jenes Gefühl der Erregung in ihm Gestalt gewonnen.

»Hören Sie«, sagte er, »wo wohnen Sie im Augenblick?«

»Nirgends, natürlich; das heißt, solange man mich aussperrt. Aber ich melde mich bei Ihnen hier am Monatsersten auf die Minute pünktlich. Ich schwöre Ihnen, Sie brauchen sich keinerlei Sorgen darüber zu machen, ob Sie Ihr Geld auch wiederbekämen. Die Art, wie ich mit Ihnen über alles gesprochen habe, müßte Ihnen doch beweisen, daß ich mich völlig auf derselben Stufe stehend mit Ihnen betrachte.«

»Das meinte ich jetzt nicht«, sagte Arthur. »Ich meinte: würden Sie ein Zimmer mit mir teilen wollen? Wenn ich Ihnen genügend Geld liehe, Ihre Hotelrechnung zu begleichen und Ihre Sachen dort rauszuholen, würden Sie dann mit zu mir ziehen? Ich habe ein hübsches Zimmer; das Haus ist zwar alt, aber sehr gut in Schuß. Frau Marsh – so heißt die Wirtin – ist eine von der redseligen Sorte und macht viel Wesens von allem; aber man sieht auch, daß sie eine von der Sorte ist, die ein Haus sauber und in Ordnung hält. Und sehr billig ist es überdem noch; Sie würden sich 'ne Menge Geld sparen.«

Er brach ab, denn er erkannte rechtzeitig, daß er dabei war, ins Fahrwasser des Verkäufers zu geraten, der eine Ware über Gebühr anpreist, und daß Charlie Prinz ihn amüsiert und betroffen zu mustern im Begriff stand.

»Was ist denn los?« sagte Charlie Prinz. »Sind Sie etwa auch pleite?«

»Nein, mit Geld hat es nichts zu schaffen. Das Geld hätte ich Ihnen zu leihen, bestimmt.«

»Warum sind Sie aber dann so scharf darauf, Ihr Zimmer zu teilen? Und ausgerechnet mit mir noch?«

Arthur nahm sein Herz in beide Hände. »Also gut, ich will's Ihnen sagen. Sie besitzen etwas, das ich brauche.«

Charlie Prinz machte große Augen. »Ich? Wirklich?«

»Hören Sie zu«, sagte Arthur. »Ich habe nie in meinem Leben all die Dinge gehabt, die Sie hatten — und das sieht man mir an. Irgendwie sieht man mir das an. Ich weiß das genau; denn, zum Beispiel. Sie würden ja mit keinem der feinen jungen Leute, wie Ihr Vater sie so gern hat, in der Art sprechen, wie Sie es jetzt mit mir getan haben. Aber das soll mir weiter nichts ausmachen. Woran mir jedoch liegt, ist, genau herauszubekommen, was Sie so gemacht hat; was sie alle so gemacht hat. Es ist eine Art von Politur, die eine gute alte Familie und Reichtum einem gewissermaßen äußerlich so auftragen, daß sie niemals mehr runtergeht. Und das ist es, was ich brauche.«

Charlie Prinz blickte ihn voller Verwunderung an. »Und Sie meinen, daß, wenn wir uns ein Zimmer zusammen teilten, etwas von dieser geheimnisvollen Politur, von diesem gewissen Etwas auf Sie abfärben würde?«

»Das lassen Sie meine Sorge sein«, sagte Arthur. Er zog sein Scheckbuch heraus und den Füllfederhalter und legte beides vor sich auf den Tisch. »Na?« sagte er.

Charlie Prinz besah sich gedankenvoll das Scheckbuch. »Ich muß sagen, ich habe keinen Schimmer davon, was ich jetzt hier verkaufe«, sagte er, »aber irgendein Verkauf ist es.«

Wie es sich herausstellte, gaben die beiden ausgezeichnete Zimmerkameraden ab. Es gibt ja keine größere Verträglichkeit und Eintracht, als die zwischen einem guten Erzähler und einem guten Zuhörer; und da Charlie Prinz nichts lieber tat, als aus einem scheinbar bodenlosen Brunnen unaufhörlich liebenswürdig Anekdoten und Erinnerungen heraufzupumpen, und Arthur einen beinahe fieberhaft interessierten Lauscher abgab, verlief das Leben im Vorderzimmer des 2. Stocks von Frau Marsh' Logierhaus geradezu idyllisch.

Natürlich gab es einige kleine Haare in der Suppe. Zu Zeiten hätte Charlie Prinz Grund zu Betrachtungen haben können, wie, daß er in Arthur vielleicht einen *zu* guten Zuhörer gefunden habe, in Anbetracht von Arthurs schier unersättlicher Gier nach Einzelheiten.

Es kann ja den routiniertesten *raconteur*, der sich gerade zu der Geschichte einer einstigen Segelbootsfahrt anschickt, völlig aus dem Text bringen, wenn er erst noch die Dimensionen der Jacht beschreiben muß, ihren genauen Bau, wie sie bedient wird und dann noch anschließend eine Vorlesung über die vergleichsweisen Vorzüge der verschiedenen kleineren Bootstypen zu halten hat, ehe er endlich die eigentliche Geschichte entscheidend vorantreiben kann. Oder wie erschwert wird der volle Nachgenuß der Erinnerung an die entzükkende kleine Episode mit einer jungen Dame in einem gewissen Restaurant, wenn gleichzeitig von einem verlangt wird, Fußnoten über Dinge zu liefern, wie etwa, was man zum *maitre d'hôtel* sagt, mit welchen Worten man bestellt, wie man Trinkgelder gibt, sich zu jeglichem Anlaß kleidet und so weiter, *ad infinitum*.

Auch das hätte Charlie Prinz, der an sich über eine beträchtliche Beobachtungsgabe verfügte, bekümmern können, wenn er verfolgt hätte, wie Arthur, einen feinen Zug nach dem andern, ihm immer ähnlicher wurde. Ob Stimmenklang, ob Wortschatz und dessen Anwendung, die Art zu sitzen, zu stehen, zu gehen, die Handbewegungen, die feinsten Schattierungen des Gesichtsausdrucks, die Arthur sich nach und nach aneignete – alles summierte sich zu dem recht unbequemen Gesamtresultat, daß Charlie Prinz sich allmählich in einem lebenden Spiegel besehen konnte.

Für Arthur seinerseits war das einzige, was ihn an dem Verhältnis wahrhaft schockierte, die Entdeckung, wie kindisch dieser Charlie Prinz und seine kleine Welt im Grunde waren. Nach allem, was er so entnehmen konnte, resümierte Arthur finster, vollzogen Charlie Prinz und seinesgleichen noch den Übergang vom Kind zum Jüngling – und dann war aber auch Schluß. Physisch wuchsen sie vielleicht noch und wurden länger und pompöser; aber geistig und charakterlich hatten sie längst das erreicht, was aus ihnen überhaupt werden konnte. Wohl eigneten sie sich noch gewisse Schlagworte und Maniriertheiten von Erwachsenen an; aber was dahintersteckte ...? (Natürlich dachte Arthur nicht entfernt daran, dergleichen jemals laut werden zu lassen.)

Seine Gefühle hinsichtlich des Gegenstandes wurden noch verstärkt durch die Angelegenheit mit der »ausgesetzten Summe« dieses Charlie Prinz. An jedem Monatsersten pflegte Frau Marsh lächelnd ins Zimmer zu treten, in der Hand einen an Charlie Prinz adressierten Briefumschlag. Es war ein ausgesprochen teuer aussehender Umschlag; und wenn man ihn gedankenvoll gegen das Licht hielt, wie Charlie Prinz das unveränderlich tat, ehe er ihn öffnete, war es möglich, die Umrisse eines teuer aussehenden Papierstreifens darin zu erkennen. Ein Scheck über 500 Dollar, unterzeichnet von James Llewellyn. »Der Leibanwalt unserer Familie«, hatte Charlie Prinz einmal erläutert und dann, mit einer gewissen Bitterkeit, hinzugefügt, »es war anscheinend noch nicht schlimm genug, einen Vater, wie meiner ist, zu haben; da mußte der alte Llewellyn bei mir noch den zweiten Vater mimen, von Kindsbeinen an.«

Für Charlie war der Betrag eine Kleinigkeit. Für Arthur war es der Schlüssel. Der Schlüssel zum Zaubergarten, der eben gerade so außer Arthurs Reichweite hing; der Schlüssel zum Blaubart-Zimmer, der nicht benützt werden durfte; der Schlüssel zu Ann Horton. Das, was man letztlich begehrte, konnte man damit noch nicht bezahlen; aber es hätte die Tür dazu geöffnet.

Und noch weit quälender war für Arthur der Umstand, daß er es jeden Monat ein paar Stunden lang ganz für sich besaß. Charlie Prinz indossierte den Scheck; und dann tat Arthur ihm den Gefallen, ging bei der Bank mit vorbei, wo er sein eigenes kleines Konto hatte, und kassierte ihn dort ein. Bei seiner Rückkehr zog er sich erst sorgfältig den Mietsanteil von Charlie Prinz ab; dann den Betrag dessen, was Charlie Prinz im Lauf der einen oder zwei letzten Wochen des vergangenen Monats von ihm geborgt hatte; den Rest übergab er dann an seinen Zimmerkameraden. Es geschah übrigens auf Charlie Prinz' ausdrückliches Verlangen, daß er so verfuhr. »Wenn Sie sichergehen wollen, daß wir hinsichtlich der Miete glattkommen, beziehungsweise dessen, was ich Ihnen schuldig bin«, hatte er erklärt, »dann ist das das beste Verfahren. Außerdem können Sie das Geld leicht einkassieren, wogegen ich immer 'ne ganze Menge Schwierigkeiten dabei zu haben scheine.«

Dergestalt war Arthur jeden Monat ein paar Stunden lang ein anderer Mensch. Charlie Prinz war, was das Verleihen seiner Garderobe anging, großzügig; und Arthur bestand auch darauf, daß er an Scheck-Einkassier-Tagen einen von diesen wundersamen Maßanzügen aus herrlichsten Stoffen anziehen durfte, die saßen, wie wenn sie für ihn zugeschnitten worden wären. Und in der Brusttasche solchen Anzuges steckte eine Brieftasche, in der sich 500 Dollar in knisternd neuen Geldscheinen befanden. Kein Wunder, daß es sich an einem dieser Tage zutrug, daß er endlich den Eindruck machte, von dem er lange geträumt hatte.

Er trat ins Bürozimmer seines Chefs, und da saß, auf einer Ecke des Schreibtisches, Ann Horton und plauderte mit ihrem Vater. Sie warf einen Blick auf Arthur, der wartend innehielt, und unterbrach sich dann mitten in dem, was sie gerade sagte, um ihn von oben bis unten mit offener Bewunderung zu mustern.

»Hör mal«, sagte sie zu ihrem Vater, »ich bin diesem jungen Mann nun schon mehrere Male ab und zu in deinem Büro hier begegnet – meinst du nicht, daß es da allmählich Zeit würde, du würdest soviel Lebensart aufbringen und uns einander vorstellen?«

Arthur, in dessen Augen Mister Horton bisher immer irgendwie eine majestätische Gestalt gewesen war, die auf einer Bergspitze thront, in den Fingern einen gebrauchsfertigen Donnerkeil, war ob ihrer Ausdrucksweise zunächst ehrlich erschrocken. Noch aufregender

jedoch wurde es, als Mister Horton – nach einem Augenblick der Unsicherheit, gewissermaßen des Anerkennens – die Vorstellung in Ausdrücken vornahm, die Arthurs Ohren wie Musik klangen. Arthur sei, so sagte er mit Wärme, ein feiner junger Mann. Und ihn vorzustellen ein ausgesprochenes Vergnügen.
Das war Arthurs große Chance – und er verpatzte sie. Verpatzte sie aufs schändlichste. Was er sagte, war witzlos; und auf die Art, wie er es vorbrachte, klang es noch widerlicher und plumper; es war einfach unmöglich. Und noch während er innerlich fluchend zusehen mußte, wie der Glanz auf Ann Hortons Gesicht erlosch, war er sich schon klar darüber, woran es lag, und er verwünschte Gott und die Welt darob: Das Geld war nicht *sein*! Da lag der Hund begraben. Wäre es das gewesen, dann hätte er sie heute abend wiedersehen können, und den nächsten ebenfalls, und übermorgen wieder. Aber das war es eben nicht. Es war eine sinnlose Anschwellung in seiner Brieftasche, die ihn bis zu diesem Punkt hier fördern konnte, aber nicht weiter. Und dieses Wissen entwertete alles andere bis zur Bedeutungslosigkeit: den Anzug, die Manieren, alles, was er sich mühsam angeeignet hatte. Ohne das Geld war es eben doch alles Unsinn. Mit dem Geld ...
Mit ihm! Hatte er bis jetzt nur unbeholfen und verlegen gewirkt, nunmehr, unter dem Eindruck des Gedankens, der ihn bestürmte, sah er geradezu körperlich krank aus. Auf der Stelle spiegelte sich Mitgefühl in Ann Hortons lieblichen Augen. Anscheinend war sie ein Mädchen mit starkem mütterlichem Instinkt.
»Ihnen ist nicht gut«, sagte sie.
Der Einfall, die grandiose Erkenntnis, hatten ihn indessen wie mit aufbrandenden Flammen erfüllt; und phönixgleich erhob er sich jetzt aus ihnen.
»Nein, mir ist wirklich nicht ganz gut«, antwortete er und konnte die Stimme, die das sprach, kaum als seine eigene erkennen; »aber es ist nichts Ernsthaftes. Wirklich nicht, bestimmt.«
»Sie sollten doch lieber auf der Stelle nach Hause gehen«, sagte sie fest. »Ich hab' den Wagen unten stehen; und es würde mir tatsächlich keinerlei Umstände verursachen ...« Arthur schlug sich im Geiste mit der Faust vor die Stirn. Eine Chance hatte er schon aus eigener Schuld verpatzt, würde er jetzt diese neue sich wiederum entgehen lassen müssen? Aber Frau Marsh' Logierhaus war ihm noch nie so dürftig vorgekommen wie gerade jetzt; es war platterdings unmöglich, sich von ihr dorthin fahren zu lassen.
Wie durch Eingebung kamen ihm Worte in den Mund, die richtigen Worte, um beide, Vater und Tochter, zu beeindrucken. »Im Augenblick ist so viel Arbeit zu erledigen«, sagte Arthur, tapfer und sehnsüchtig zugleich, »daß ich nicht daran denken darf, wegzugehen.« Fügte jedoch mit einer Gewandtheit hinzu, als hätte er die Sätze stundenlang vorher geübt: »Aber ich würde Sie gern wieder-

sehen. Darf ich fragen, ob Sie, wenn ich morgen abend anriefe ...?« Danach – wie er sich selbst ingrimmig ermahnte, wenn das Feuer in ihm unsicherer zu flackern drohte – blieb ihm keine Wahl mehr. Und Charlie Prinz wurde natürlich überhaupt gar keine Wahl mehr erst angeboten. Es war genau 7 Minuten vor Mitternacht, als, nach erklecklichem ersticktem Protest und Umsichschlagen, Charlie Prinz tot auf seinem Bette lag. Gänzlich tot; obwohl Arthurs Finger vorsichtshalber noch eine weitere lange Minute seine Gurgel umklammert hielten, um ganz sicher zu gehen.

Es ist einmal gesagt worden, daß der Mann, der die größte Chance hätte, als Mörder davonzukommen, derjenige Mann wäre, der sein Opfer inmitten einer großen Menschenmenge stellte, ihm die Kugel gäbe und dann seines Weges ginge – was natürlich nur besagen soll, daß es der komplizierte und allzu ausgeklügelte methodische Mord ist, der den Mörder an den Galgen bringt. Bis zu einem gewissen Grade also hatte Arthur seinen Mord weise vollbracht, obschon nicht gerade aus Weisheit.

Der Umstand war vielmehr der, daß er von dem Moment an, wo er sich von Ann Horton verabschiedete, bis zu dem Moment, wo seine Finger sich endgültig von Charlie Prinz' Kehle lösten, in einer Art blindfiebrigen Bewußtseins dessen, was geschehen mußte, dahingelebt hatte, ohne einen klaren Gedanken daran, wie es geschehen mußte. Als er nun endlich dastand und auf den Leichnam vor sich niederblickte, während die volle Erkenntnis des Schrecklichen, was geschehen war, blitzartig in seinem Geist aufleuchtete, war er völlig rat- und fassungslos. Die Seele war dahingeschieden; das stand außer aller Frage. Der Leib jedoch war dageblieben; und was, um Gotteswillen, sollte man jetzt damit anstellen?

Er konnte ihn in den kleinen Abstellraum packen, so daß er wenigstens außer Sichtweite war; aber was würde das schon groß nützen? Frau Marsh kam allmorgendlich herein, um das Zimmer aufzuräumen und die Papierkörbe und Abfalleimer zu leeren. Und da sich an der Tür zum Abstellraum kein Schloß befand, gab es auch keine Möglichkeit, sie am Betreten desselben zu hindern.

Oder wie war es mit Charlie Prinz' Koffer, der da in der Ecke stand Er konnte den Körper hineinstecken und dann als Schiffsfracht irgendwohin verschicken. Aber wohin? Er marterte seinen Geist verzweifelt mit dieser Möglichkeit ab; sah sich aber am Ende doch zu der Einsicht gezwungen, daß es keinen Ort auf der Welt gäbe, wohin man einen Koffer mit einer Leiche darin aufgeben und dann beruhigt sein könnte, daß der Mord nicht mehr herauskäme.

Aber hinsichtlich dieses Koffers war er schon auf der richtigen Fährte gewesen, und als ihm die Lösung endlich einfiel, erkannte er sie auf der Stelle und dankbar als solche. Als allgemeiner Abstellraum bei Frau Marsh diente ein feuchtes Gewölbe, tief in den Fundamenten des Hauses, mit einer schweren Tür verrammelt, die, obschon nie verschlossen, den Ort ewigöde und naßkalt machte, gleichviel welche Jahreszeit. Da in diesem Raum praktisch keinerlei Verkehr statthatte, konnte eine Leiche jahrelang dort modern, ohne daß jemand deswegen gescheiter würde. Dergestalt konnte man sich ihrer vielleicht später noch endgültig, ohne alle Schwierigkeiten, entledigen; die Aufgabe bestand nunmehr darin, sie in den Koffer zu kriegen und dann wiederum diesen hinunter in besagten Abstellraum.

Zu Arthurs Ungehaltenheit mußte er die Entdeckung machen, daß, obgleich der Koffer ausgesprochen groß war, es sich um Millimeterarbeit handelte und eine ziemlich schmuddelige Angelegenheit abgab, ehe alles fein säuberlich in Ordnung war. Aber schließlich hatte er ihn doch fest zu und draußen auf dem Korridor. Als er dann halbwegs die Treppe damit hinunter war, passierte das Unglück: er fühlte, wie der Koffer auf seinem Rücken zu verrutschen anfing, gab ihm einen heftigen Schwung, um ihn wieder zurechtzurücken, und sah ihn im nächsten Augenblick sich über den Kopf weggleiten und den Rest der Entfernung bis in den Hausflur hinunterstürzen, mit einem Donnergepolter, daß das ganze Haus erbebte. Schnell wie ein Gedanke war er hinter ihm her, sah, daß er fest zugeblieben war – und erkannte dann erst, daß er Auge in Auge Frau Marsh gegenüberstand.

Sie schwebte dort vor ihm wie ein erschrockenes Gespenst, in einem weißflannellenen Nachtgewand, das ihr bis auf die Knöchel niederging, die Finger über den Lippen, die Augen weit aufgerissen.

»Oh mein«, sagte sie dann, »oh mein, ts; Sie müssen aber wirklich mehr aufpassen!«

Arthur warf sich schützend vor den Koffer, wie wenn jene eine Sehkraft besäße, die seine Wände durchdringen könnte. »Es tut mir leid«, stammelte er, »es tut mir ganz schrecklich leid. Ich wollte wirklich nicht den geringsten Lärm verursachen; aber irgendwie ist er mir weggerutscht . . .«

Sie schüttelte mit sanfter Strenge den Kopf. »Sie hätten aber ganz schön die Wände verschrammen können. Oder sich Schaden tun.«

»Nein«, beeilte er sich ihr zu versichern, »beschädigt worden ist nichts. Gar nichts.«

Sie lugte an ihm vorbei auf den Koffer. »Ach, das ist ja der hübsche Koffer von Mister Prinz, wie? Wo wollen Sie denn damit noch hin zu dieser Stunde?«

Arthur fühlte, wie ihm Schweiß auf die Stirn trat. »Nirgends«, sagte er heiser; verbesserte sich jedoch, als er ihre Brauen sich verwundert hochwölben sah, schnell: »Das heißt, lediglich in den Abstellraum unten. Wissen Sie, ursprünglich war vorgesehen, daß Charlie – Mister Prinz – mit anfassen sollte; aber als er sich dann gar nicht sehen ließ, entschloß ich mich, es allein zu versuchen.«

»Aber der muß doch maßlos schwer sein.«

Ihr warmer, mitfühlender Ton trug trefflich dazu bei, seine Nerven zu beruhigen. Seine Gedanken begannen jetzt wieder glatt und präzise zu arbeiten wie der Sekundenzeiger einer guten Taschenuhr.

»Ja, das ist er wohl«, sagte er und lachte dazu abbittend; »aber ich dachte, ich ginge doch besser allein ran, als weiter auf die Hilfe von Mister Prinz zu warten. Er ist ja furchtbar unzuverlässig, wissen Sie. Verschwindet einfach, wenn es ihm in den Sinn kommt; und wie lange er weg sein wird, weiß man nie.«

»Das ist traurig genug«, sagte Frau Marsh entschieden.

»Nicht doch, nicht doch; er ist'n bißchen exzentrisch, das ist alles. Aber trotzdem wirklich nett, wenn man ihn näher kennenlernt.« Arthur packte den Koffer wieder an. »Den Rest des Weges krieg' ich ihn ja jetzt leicht runter«, sagte er.

Ein Gedanke schien Frau Marsh zu durchzucken. »Ts, oh mein«, zirpte sie, »vielleicht ist ja tatsächlich alles sogar zum besten so gewesen. Ich meine, daß Sie den Lärm verursachten und daß ich nachsehen kam und alles. Wissen Sie, am Abstellraum ist doch neuerdings ein Schloß, und Sie hätten ja niemals reingekonnt. – Ich zieh' mir rasch meinen Morgenrock über und nehme mich dieses Teils der Sache dann an.« –

Sie ging ihm voraus, die knarrenden Stufen zum Keller hinunter, und wartete im Abstellraum bis er ankam und den Koffer hineinkantete. Das Lämpchen dort brannte trübe und, wie er sich sehr richtig erinnert hatte, war alles, worauf das Auge fiel, dick mit Staub bedeckt. Frau Marsh schüttelte darob den Kopf.

»Schrecklich«, sagte sie; »aber es hätte ja tatsächlich keinerlei Sinn, etwas dagegen zu unternehmen. Ich glaub' nicht, daß das ganze Jahr über auch nur eine Menschenseele den Raum hier benützt! Der einzige Grund, warum ich jetzt das Schloß hab' anbringen lassen, war, weil die Versicherungsgesellschaft darauf bestand.«

Arthur trat heimlich von einem Fuß auf den andern. Jetzt, wo seine Mission hier vollendet war, hatte er es in der Tat ängstlich, zu verschwinden; aber Frau Marsh schien das völlig zu übersehen.

»So diese Laufkundschaft hab' ich gar nicht gern«, sagte sie. »Das liebste ist mir ein netter, solider Dauerlogierherr, mit dem man weder Last noch Unruhe hat. Nehmen wir nur einmal den Koffer dort, ja?« Und sie wies mit knochigem Zeigefinger auf etwas, das ein Aschenhügel zu sein schien; bei schärferem Hinsehen sich jedoch als ein Koffer entpuppte, begraben unter dem Staub der Jahre. »Als jener Herr damals einzog ...«

Arthurs Füße wollten doch allmählich anfangen zu schwanken, aber das milde Gezirpe ging weiter und weiter. Auf diese Weise erfuhr er von dem Herrn im ersten Stock, hinten hinaus; von dem Herrn im zweiten Stock, hinten hinaus; und von dem Herrn im dritten Stock, vorn hinaus. Es war, wie wenn ihr Redefluß derart lange aufgestaut worden wäre, daß, nun er einmal die Dämme durchbrochen

hatte, es kein Halten mehr gab. Aber bei alledem richtete er sich mit dem einen Gedanken auf: er hatte einen Mord begangen und war nicht ertappt worden – buchstäblich und wahrhaftig ein Mord; und nicht ertappt. Wenn die Tür des Abstellraums hier sich erst einmal hinter ihm geschlossen haben würde, konnte Charlie Prinz verrotten, ohne daß eine Seele auf der ganzen weiten Welt deswegen schlauer wäre. Die Schecks würden jeden Monat eingehen, 500 Dollar jeglichen künftigen Monat, und vor ihm lag alle Pracht und Herrlichkeit der Welt, inklusive Ann Horton. *Von allem das Beste*, dachte Arthur, im und unterm unermüdlichen Wortschwall von Frau Marsh, und wußte nunmehr, wie einem Kaiser inkognito zumute sein muß.
Irgendwann hatte der Monolog auch einmal sein Ende erreicht; die schwere Tür wurde verschlossen und blieb verschlossen; und Arthur begann seinen neuen Lebensabschnitt mit jenem ruhigen Selbstvertrauen, von dem man allgemein annimmt, daß es den Gerechten vorbehalten sei; das jedoch auch jenen zuteil werden kann, die beim Mord nicht ertappt wurden und von ihrer Sicherheit über jeden Schatten eines Zweifels hinaus überzeugt sind. Und selbst das kleinste Spürchen etwelcher Unruhe hätte sich ja nicht halten können, nachdem er, ein paar Wochen später, eines Abends Frau Marsh im Hausflur traf.
»Sie hatten vollständig recht«, sagte sie und machte ein mitfühlendes Schnutchen: »Mister Prinz ist aber *wirklich* exzentrisch, wie?«
»Tatsächlich?« fragte Arthur unsicher.
»Aber ja. Wenn man bedenkt, wie er seinen Namen auf jedes Stück Papier schreibt, das ihm bloß in die Hände fällt. Buchstäblich ein Blatt Papier nach dem anderen und nichts weiter darauf – immer nur sein Name!«
Arthur fiel plötzlich mit einem Ruck sein Papierkorb ein; dann aber mußte er, mit warmer, obwohl unverdienter Selbstbewunderung denken, wie scheinbar alles, selbst seine eigentlich nicht zu vergebende Gedankenlosigkeit, für ihn arbeitete.
»Ich bin überzeugt davon«, bemerkte Frau Marsh, »daß ein erwachsener Mensch mit seiner Zeit doch wohl Besseres anzufangen wissen müßte als dergleichen. Ist eben typisch.«
»Tcha«, sagte Arthur, »das ist es sicherlich.«
So war also bei Frau Marsh alles in heiterster Ordnung. Und auch andernorts herrschte sie gleichfalls; denn Arthur hatte nicht die geringste Schwierigkeit beim Indossieren der kostbaren Schecks, und beim Ausgeben des Geldes noch weniger. Von Charlie Prinz' Garderobe als Grundlage ausgehend, baute er die seine aus. Charlie Prinz' Erzählungen benützend, besuchte er alle Orte, wo man sich sehen lassen muß, und benahm sich dort, wie man sich benehmen muß. Das Auge seines Chefs ruhte auf ihm mit huldvollem Blick, der beinahe liebevoll wurde, als Arthur das Einkommen erwähnte, das

eine großzügige Tante ihm ausgesetzt hatte; und seine Bekanntschaft mit Ann Horton, die, vom ersten Abend an, den sie zusammen verbrachten, ganz seltsam zu ihm hingezogen schien, blühte und wurde zum Roman.

Er fand, daß Ann Horton alles war, was er sich je erträumt hatte – leidenschaftlich, bezaubernd, ergeben. Selbstverständlich hatte auch sie ihre kuriosen kleinen Geheimnisse, winzige dunkle Stellen in ihrer Vergangenheit, über die sie sich nie näher ausließ; aber, wie er sich ermahnte: Wer war er, hier den ersten Stein zu werfen? Also betrug er sich untadelig, bis zu dem Zeitpunkt, wo es nötig wurde, die Hochzeitsvorbereitungen miteinander zu besprechen, und da hatten sie ihren ersten Streit.

Die Hochzeit selbst war natürlich keine Frage mehr. Die würde im Juni stattfinden, dem traditionellen Monat der Bräute; anschließen würden sich luxuriöseste Flitterwochen, und nach deren Absolvierung würde Arthur dann einen hohen Posten im Gefüge von Horton & Sohn einnehmen, selbstverständlich mit einem Salär, das solchen Posten entsprach. Nein, mit der Heirat als solcher hatte die Frage nichts mehr zu tun – der Neid im Auge jeglichen feinen jungen Mannes, der Ann Horton jemals umworben hatte, bescheinigte das sattsam – aber bezüglich der Feierlichkeiten hatten sich ernste Meinungsverschiedenheiten erhoben.

»Aber *warum* bestehst du denn derart auf einer großen Feierlichkeit?« wollte sie wissen. »Meiner Ansicht nach sind das doch immer scheußliche Angelegenheiten – all diese Leute und all der Betrieb. Wie'n Zirkus im alten Rom.«

Daß er es ihr nicht erklären konnte, machte den Fall kompliziert. Es ist ja schließlich keine ganz leichte Sache, einem Mädchen zu verstehen zu geben, daß die Heirat mit ihr nicht nur die bräutliche Vereinigung bewirken, sondern gleichermaßen eine süße Rachemaßnahme sein soll. In sämtlichen Zeitungen würde es stehen; der gesamte Zirkel der feinen jungen Leute würde zur Stelle und Zeuge davon sein. Und da sein mußten sie, oder das Ganze würde fade schmecken.

»Und warum bestehst du deinerseits so knauserig auf einer Feier im kleinsten Privatkreise?« fragte er also zurück. »Ich könnte mir vorstellen, daß einem Mädchen ihre Hochzeit die allerwichtigste Sache von der Welt wäre. Daß sie sie so bedeutend und eindrucksvoll wie möglich aufziehen möchte. Daß wir da bei euch im Wohnzimmer stehen sollen, lediglich mit deinem Vater und deiner Tante, ist doch eigentlich gar keine Feier, würde ich sagen.«

»Aber du wirst doch auch anwesend sein«, sagte sie. »Und dadurch wird's zur Feier.«

Mit derlei weiblichen Geistesblitzen war er jedoch nicht abzufinden und gab ihr das auch zu verstehen. Am Ende brach sie jedenfalls in Tränen aus und lief davon, während er zurückblieb, entschlossen

wie nur je. Und wenn es ihn den Hals kosten sollte, sagte er sich ärgerlich; aber so auf die schnelle Tour, husch-husch und rein und raus, an Stelle einer reellen Angelegenheit, würde er sich nicht abspeisen lassen. Er wollte die größte Kirche in der Stadt und die wichtigsten Persönlichkeiten – von allem das Beste.
Als sie sich das nächste Mal wiedersahen, war sie in angemessen geläuterter Gemütsverfassung und er folglich entsprechend großmütig.
»Ach Liebster«, sagte sie, »du hast sicher gedacht, wie töricht ich doch wäre, daß ich mich so in der Art benommen habe?«
»Aber durchaus nicht, Ann. Denkst du denn, ich wüßte nicht, wie sensibel du bist und wie ernst du es nimmst?«
»Du bist so liebt, Arthur«, sagte sie, »wirklich, das bist du. Und vielleicht hat ja, in einer Beziehung, daß du derart auf einer großen Feier bestehst, mehr für uns getan, als du jemals wirst verstehen können.«
»In welcher Beziehung?« fragte er.
»Das kann ich dir gar nicht sagen. Aber eines kann ich dir sagen: daß ich seit Jahren nicht so glücklich gewesen bin, wie ich dann sein werde, falls es klappen sollte.«
»›Es‹? Was ›es‹?« fragte er, der angesichts solch fraulicher Geheimniskrämerei vollständig ratlos war.
»Ehe ich überhaupt davon zu reden anfangen könnte, müßtest du mir erst eine Frage beantworten, Arthur. Und, bitte, du mußt mir versprechen, daß du ganz aufrichtig antworten willst.«
»Selbstverständlich will ich das.«
»Also dann –: könntest du es über dich gewinnen, jemandem, der ein großes Unrecht begangen hat, zu vergeben? Jemandem, der Unrecht getan, aber auch dafür gebüßt hat?«
Er mußte innerlich ein Gesicht schneiden. »Selbstverständlich könnte ich das. Es würde mich nicht kümmern, was für Unrecht der jemand getan hat. Es würde in meiner Natur liegen, ihm zu vergeben.«
Um ein Haar hätte er *ihr* gesagt, fing sich jedoch gerade noch zur rechten Zeit. Wenn sie sich die Art ausgedacht hatte, ihn auf ein jungfräuliches Geständnis vorzubreiten, warum sollte er ihr den Spaß verderben? Aber es schien kein Geständnis weiter zu erfolgen. Sie kam nicht mehr auf den Gegenstand zurück – verbrachte im Gegenteil den Rest des Abends mit der Erörterung so schwindelerregender Pläne und Arrangements, daß, als er sich dann von ihr verabschiedete, die Angelegenheit völlig in Vergessenheit geraten war. –
Spät am folgenden Nachmittag wurde er in Mister Hortons Privatkontor berufen, und als er das Zimmer betrat, war Ann dort. Aus ihrem Gesichtsausdruck und dem ihres Vaters konnte er entnehmen, was ihr Gesprächsgegenstand gewesen war, und verspürte ein angenehmes Triumphgefühl ob solchen Wissens.

»Arthur«, begann Mister Horton, »bitte, nimm doch Platz.« Arthur ließ sich nieder, schlug die Beine übereinander und lächelte zu Ann hinüber.

»Arthur«, sagte Mister Horton, »ich hätte etwas Ernsthaftes mit dir zu besprechen.«

»Ja, bitte sehr«, sagte Arthur und harrte geduldig, bis Mister Horton drei Bleistifte, einen Federhalter, einen Brieföffner, einen Merkblock und das Telefon vor sich auf dem Schreibtisch genugsam ausgerichtet haben würde.

»Arthur«, sagte Mister Horton dann schließlich, »was ich dir jetzt hier erzähle, ist nur wenigen Personen bekannt, und ich hoffe, daß du deren Beispiel befolgen und niemals mit irgend jemand anderem darüber reden wirst.«

»Jawohl«, versprach Arthur.

»Ann hat mich informiert, daß du auf einer großen Feier bestündest, mit allem Drum und Dran, und dadurch ist das Problem eigentlich überhaupt erst entstanden. Bei einer kleinen privaten Feier hätte alles bleiben können, wie es ist, und es wäre nichts weiter zu sagen gewesen. Verstehst du mich soweit?«

»Jawohl«, log Arthur tapfer. Er warf einen flüchtigen Blick zu Ann hinüber; aber da war auch keine Aufklärung zu holen. »Selbstverständlich«, wiederholte er.

»Dann sollst du also wissen – denn ich bin ein Mann, der gern schnell zur Sache kommt – daß ich noch einen Sohn habe. Du bist ihm sehr ähnlich – sowohl Ann als auch ich waren seinerzeit, früher mal, ganz betroffen darüber – aber, unseligerweise, ist dieser mein Herr Sohn ein ausgemachter Gauner. Und, nachdem er es dann einmal etwas zu weit getrieben hatte, haben wir ihn schlichtweg ausgebootet; ich habe ihm noch eine monatliche Summe ausgesetzt, mit der er zusehen muß, wie er auskommt. Ich habe seitdem nichts mehr von ihm gehört – um die Details kümmert sich mein Anwalt – aber wenn wir nun eine große Feier veranstalten, wo alle Welt zusammenkommt und Erkundigungen aller Art fällig werden, dann muß er zwangsläufig dabei sein. Das wirst du ja sicher einsehen.«

Das Zimmer um Arthur herum schien enger zu werden, und Mister Hortons Gesicht war auf einmal zur Teufelsmaske geworden, die vor der Wand dort baumelte.

»Jawohl«, flüsterte Arthur.

»Das bedeutet aber weiterhin, daß ich nunmehr etwas tun muß, wozu Ann mich seit Jahren hat bewegen wollen. Ich habe hier die Anschrift des Jungen; wir werden uns jetzt gleich anschließend alle zu ihm hinbegeben, mit ihm reden und zusehen, ob er – jetzt mit deinem Beispiel vor Augen – noch einmal neu von vorne anfangen kann.«

»Prinz Charlie«, sagte Ann liebevoll, »haben wir ihn immer genannt; er war ja so scharmant.«

Jetzt waren die Wände sehr nahegekommen, die Wände einer schwarzen Kammer, und Anns Gesicht baumelte neben dem ihres Vaters. Und, kurioserweise, auch das Gesicht von Frau Marsh. Das freundliche, schwatzhafte Gesicht von Frau Marsh, das auf einmal so viel größer wurde als die anderen.
Und ein Koffer wartete.

Zwischen ihnen war die Wand. Und da es sich dabei nur um eine dünne, unsolid gebaute Trennwand handelte, eher einen Resonanzboden zwischen zwei Zimmern, lernte Robert das Mädchen eben auf diese Weise kennen.

Zuerst war sie das Geräusch von Schritten, das kleine feste Getrappel hoher Hacken, das sich haushälterisch-geschäftig drüben in ihrem Zimmer hin und her bewegte. Sie muß noch sehr jung sein, ging es ihm flüchtig durch den Sinn, denn er war zu der Zeit gerade in Hudsons Rima vertieft und folgte der strahlenden Heldin durch ein Labyrinth amazonischen Dschungels. Später machte er dann auch die Bekanntschaft ihrer Stimme: leicht und wie atemlos, wenn sie sprach; warm und fröhlich, wenn in ihrem Radio ein volkstümliches Lied gespielt wurde und sie mit einstimmte. Sie muß sehr nett sein, dachte er dann wohl; ertappte sich dabei, wie er ihr seitdem absichtlich zuhorchte, und verliebte sich immer mehr in sie, während er ihr lauschte.

Ihr Name mußte Amy sein; und auch ein Ehegatte war da, ein Mann namens Vince, der sich eines unangenehmen flachen Organs und mürrischer Sitten im allgemeinen erfreute. Gelegentlich setzte es Streit, den der Mann für seinen Teil grundsätzlich damit abschloß, daß er die Tür ihres Zimmers zuknallte und anschließend die Treppe hinunterpolterte, so laut er nur konnte. Sie ihrerseits weinte dann, ein ersticktes Wimmern, und Robert stand vor der Wand zwischen ihnen, mit einem Gefühl, als wühle eine Hand in seiner Brust und drehe ihm das Herz um und um. Dann gedachte er wild der paar Schritte, die es bis zu ihrer Tür waren; der paar Worte, deren es nur bedurfte, sie wissen zu lassen, daß er ihr Freund und willens sei, etwas – ach, alles! – zu unternehmen, um ihr zu helfen. Vielleicht, wenn man sich von Angesicht zu Angesicht sähe, würde sie seiner Liebe gewahr werden. Vielleicht –

So drehten sich seine Gedanken wirbelnd im Kreise; aber Robert stand eben letzten Endes doch nur da und war förmlich steif vor Hilflosigkeit.

Und, wodurch es noch am härtesten wurde: es gab keinen Menschen, dem er sich hätte anvertrauen können. Die einzigen Bekannten, deren er sich auf der weiten Welt rühmen konnte, waren seine Bürokollegen, und die würden es niemals verstanden haben. Er arbeitete, prosaisch genug, in der Kreditabteilung eines der größten Warenhäuser der Stadt, und die allzu langjährige Tätigkeit dort hatte die Männer um ihn herum zu ausgemachten Zynikern werden lassen. All dies dienstliche Hinter-Leuten-Herspionieren – ob sie Schwierigkeiten mit dem Finanzamt hätten, verschwiegene Affären mit

kostspieligen Frauen, der Schuß Diebsgelüst in allem, was Menschenantlitz trägt – es mußte sich eines schönen Tages auswirken, versicherten sie Robert, und wenn er noch lange in der Branche arbeitete, würde er es schon am eigenen Leibe spüren.
Was also würden jene ihm raten? Ein hubsches Kind nebenan? Der Mann den größten Teil der Zeit abwesend? Na aber ran, Mensch, bedien'n Se sich!
Wie hätte er ihnen je begreiflich machen sollen, daß er nach dergleichen mitnichten Ausschau hielt. Daß sein Traum eine wäre, die ihm auf halbem Weg entgegenkäme, eine, die der Kälte und Einsamkeit ein Ende bereiten würde, die ihm allnächtlich, während der dunklen Stunden, wie ein Stein auf der Brust lagen.
Also erzählte er lieber niemandem etwas davon; blieb aber dafür dicht in Wandnähe und erlauschte, soviel er nur konnte. Und da er das Mädchen nun auf seine Art kennengelernt hatte, war er nicht überrascht, als er ihrer schließlich auch ansichtig wurde. Der Briefträger legte die Post für sämtliche Mieter auf einen Tisch, der unten im Hausflur stand, und als er an dem betreffenden Morgen die Treppe herunter kam, um auf Arbeit zu gehen, sah er sie einen Brief von jenem Tisch nehmen und dann die Treppe hinauf, auf ihn zu, kommen.
Es gab gar keinen Zweifel für ihn, ob dies auch sein Mädchen sein könnte. Sie war klein und zierlich und schwarzhaarig, und jegliche Lieblichkeit, die er, von seiner Seite der Wand aus, hineingeheimnißt hatte, war in ihrem Gesicht. Sie hatte einen Morgenrock lose umgeworfen, und als sie auf der Treppe an ihm vorbei mußte, zog sie ihn enger um ihre Brust und schlüpfte dahin, als ob sie Angst vor ihm hätte. Ihm kam mit einem Ruck zum Bewußtsein, daß er sie aber auch unverschämt angestarrt haben mußte, und, ganz rot im Gesicht, lief er die letzten Stufen hinunter und auf die Straße. Den übrigen Weg legte er wie benommen vor Staunen ob des Wunders zurück.
Danach sah er sie dann noch einige Male, immer bei derselben Gelegenheit; aber es währte Wochen, bevor er den Mut aufbrachte, einmal am Fuße der Treppe stehenzubleiben, sich umzudrehen und ihrer sich nach oben entfernenden Gestalt nachzuschauen: der liebliche Schwung der feinen Knöchel, die Rundung der Wade, die Kurven des Körpers, morgenrockumspannt. Und da, als sie den Treppenabsatz oben erreicht hatte, war es, wie wenn sie seinen Blick gespürt hätte; sie sah hernieder zu ihm, und ihre Augen hatten sich gefunden.
Einen Augenblick lang mühte sich Robert stockenden Herzens, zu verstehen, was in ihrem Gesicht geschrieben stand; dann kam aber schon die Stimme ihres Gatten flach und streitlustig aus dem Zimmer. »Amy«, sagte sie, »wovon wirst du aufgehalten?!« – und weg war sie und der Augenblick mit ihr.

Als er dann diesen Gatten sah, kam er aus dem Staunen nicht heraus, daß sie sich einen wie den hatte aussuchen können. Ein kleiner gewandter Kampfhahn von einem Mann, sah er zwar auf eine gewisse harte Art ganz gut aus; aber die Haut war derartig straff über sein Gesicht gespannt, daß die Backenknochen stark hervortraten und die Lippen nur eine dünne drohende Linie waren. Er musterte Robert von oben bis unten aus den Winkeln seiner blanken Augen, während sie aneinander vorbeigingen, und Robert begriff auf der Stelle zumindest einen Teil von dem, was er im Gesicht des Mädchens gesehen hatte. Der Mann war gefährlich, in der Art wie ein halbgezähmtes Raubtier, das nach jeder Hand schnappt, die es anfaßt, ganz gleich in welcher Absicht. Bei der bloßen Annäherung an ihn witterte man Gefahr, was das Mädchen also während der ganzen Tageszeit garantiert auch empfand.

Diese Gewalttätigkeit des Mannes kam eines Nachts zum Ausbruch, und zwar so ungestüm, daß Robert aus tiefem Schlaf erwachte. Und es war weniger die Lautstärke der Stimme, wie Robert, der sich, noch halb benommen, im Bett aufgesetzt hatte, erkannte, denn die Worte blieben durch die Wand hindurch nahezu unverständlich; es war die giftige Konzentriertheit, die sie so schrecklich machte.

Er schlüpfte aus dem Bett und legte das Ohr an die Wand. Und wie er so stand und unwillkürlich die Augen zudrückte, im Bemühen, den Satzbruchstücken zu folgen, konnte er sich das Paar, wie sie sich die Stirn boten, so lebhaft vorstellen, als sei die Wand vor ihm in Luft zergangen.

»*Nun weißt du's also*«, sagte der Mann. »*Ja, und was weiter?*«

»*. . . bleib nicht hier!*« sagte das Mädchen.

»*Und erzählst's allen Leuten? Erzählst's der ganzen Welt?*«

»*Nie!*« Das Mädchen schluchzte jetzt. »*Ich schwöre: das tu ich nie!*«

»*Denkst du, ich ginge so ein Risiko ein?!*« sagte der Mann, dann machte er seine Stimme weich und spöttisch: »*Zehntausend Dollar*«, sagte er. »*Wo hätte ich die wohl sonst je hernehmen sollen? Mit Schippen verdienen etwa?!*

»*Besser als auf die Art! Auf die Art . . . Nein, ich bleib' nicht länger!*«

Seine Antwort darauf bestand nicht mehr in Worten. Sie kam in Gestalt eines Schlages, und zwar von solcher Wucht, daß Robert, als sie zurückschwankte und gegen die Wand fiel, den Anprall im Gesicht zu spüren vermeinte. »*Vince!*« kreischte sie in hohem, vor Angst tremolierenden Ton: »*Nicht, Vince!*«

Als der nächste Schlag fiel, spürte Robert in jeglichem Nerv ihre Pein aufs lebendigste mit; seine Fingernägel gruben sich in die Wand, ob der Geräusche der sich hinter ihr schweratmend Balgenden, während sie von der Wand weiter weggezerrt wurde.

»*Ahh, nein!*« schrie sie auf. Dann war nur noch das Geräusch eines Atems vernehmbar, der heiser und wie im Todeskampf in Lungen gesogen wird, die ihn nicht länger annehmen; schlaff bumste eine

Last auf den Fußboden, und plötzlich Stille. Eine schreckliche Stille.

Als ob es sich bei der Wand um ihr kaltes totes Fleisch selbst handele, schrak Robert davon zurück und stand dann und starrte sie voller Grauen an. Seine Gedanken wirbelten und verknäuelten sich aufs irrsinnigste ineinander; aber einer von ihnen hob das Kobrahaupt höher und immer höher, so daß er ihm schließlich ins Auge schauen und sich mit ihm auseinandersetzen mußte.

Sie war ermordet worden; und so gewiß, wie wenn er dort drüben neben ihr gestanden hätte, war er ein Zeuge der Tat! So nahe war er gewesen, daß, wäre die Wand nicht dazwischen, er seine Hand hätte ausstrecken und sie berühren können. Etwas unternehmen können, um ihr zu helfen. Statt dessen hatte er wie ein Trottel gewartet, bis es zu spät war.

Aber eines ließ sich immer noch unternehmen, sagte er sich wild. Und so lange dieser Tollhäusler im Nebenraum keine blasse Ahnung davon hatte, daß ein Zeuge vorhanden war, konnte er immer noch auf frischer Tat gefaßt werden. Ein Anruf nur bei der Polizei, und in fünf Minuten . . .

Aber ehe Robert noch zum ersten kraftlosen Schritt ansetzen konnte, vernahm er auch schon, wie es im Raum nebenan heimlich wieder lebendig wurde. Zuerst das Geräusch verstohlenen Sichbewegens; Gegenstände, die von der Stelle gerückt wurden; dann, klar unterscheidbar, wie eine leblose Masse über den Fußboden geschleift wurde, und das Knarren einer Tür, die vorsichtig weit aufgemacht wird. Es war dieses letzte Geräusch, bei dem Robert begriff, was da vor sich ging, und ihm wurde ganz übel dabei.

Der Mörder war ein Ungeheuer; aber ein Trottel war er nicht. Falls es ihm gelingen sollte, den Leichnam im Laufe dieser stillen Nachtstunden auf die Seite zu schaffen, dann würde er, alles in allem genommen, ein Mann sein, der überhaupt kein Verbrechen begangen hatte.

Noch vor seiner Zimmertür hielt Robert inne. Aus dem Treppenhaus kam das behutsame Tappen von Füßen, die sich ihren Weg über Stufen hinuntertasteten und gleichzeitig ein schweres Gewicht hinter sich herschleifen. Einen Totschlag hatte der Mann bereits begangen. Er war in so kritischer Situation entschlossen und unbekümmert genug, daß er es riskierte, mit seinem Opfer gesehen zu werden. Was würde ein Mann dieser Art mit dem ersten besten machen, der ihm zu solcher Stunde entgegenträte?

Robert lehnte sich mit dem Rücken an seine Tür, die Augen fest geschlossen, in der Kehle ein Gefühl des Gewürgtseins, als hätten die Hände des Mannes sich bereits darumgelegt. Er war ein Feigling; da gab's kein Beschönigen. Vor die Notwendigkeit gestellt, etwas Mut zu zeigen, mußte er entdecken, daß er schlichtweg ein Feigling war; und als er jetzt das Gesicht des Mädchens vor sich sah, lag es mitnichten wie Angst darauf, sondern wie Verachtung.

Aber – und bei dem Einfall empfand er ein hastigees Triumphgefühl – zur Polizei konnte er immer noch gehen. Er stellte sich's vor; und schon verging ihm sein Triumphgefühl wieder. Er hatte gewisse Geräusche gehört und sich aus ihnen einen Mord konstruiert. Die Leiche? Es würde ja keine da sein. Der Mörder? Nicht vorhanden; lediglich ein Mann, den seine Frau verlassen hatte, weil er sich mit ihr stritt. Der Ankläger? Ein junger Mann, der an wilden Träumen litt. Ein vollkommener Narr. Oder, anders ausgedrückt, Robert persönlich.

Erst als er das Einschnappen der Haustür unten vernahm, faßte er sich das Herz, ins Treppenhaus hinauszutreten und begann sorgsam, Schritt um Schritt, die Stufen hinunterzusteigen. Auf halbem Wege unten sah er es: ein Taschentuch, klein und zusammengeknüllt und mit einem häßlichen Fleck besudelt. Gierig griff er danach, hielt es gegen die trübe Flurlampe über sich und ließ es leicht auseinanderfallen. Der Fleck war ein feistes klebriges Hellrot und machte fast das Wort *Amy* unleserlich, das sorgfältig in die eine Ecke gestickt war. Blut. *Ihr* Blut. Sollte das nicht Beweismaterials genug für jedermann sein?

Klar, konnte er schon jetzt den Polizisten sich spöttisch erwidern hören, *Beweis, daß eine Nase geblutet hat, ganz recht,* und er fühlte, wie die Verzweiflung in ihm wühlte.

Es war das Geräusch des Autos, das ihn auffahren machte, und dann freilich flog er die restlichen Stufen hinunter; aber es war zu spät. Als er das Gesicht an die Gardine der Haustürscheibe preßte, bog der Wagen eben aufdröhnend vom Bordstein weg, rot glommen die Schlußlichter wie ein Paar bösartiger Augen, und das Nummernschild zu erkennen, war bei der Dunkelheit unmöglich. Wenn er doch nur eine Sekunde rascher gewesen wäre, wütete er auf sich ein; wenn er doch nur genug Grips besessen hätte, sich zu sagen, daß der Totschläger sich für seine Absichten zwangsläufig eines Autos bedienen *müsse,* dann wäre es ein Leichtes gewesen, es zu identifizieren. Jetzt war sogar diese Chance noch verpaßt. Jegliche Chance war verpaßt. – Wieder war er in seinem Zimmer; ruhelos-fieberhaft schritt er auf und ab; als er, noch binnen einer halben Stunde, die nächsten verstohlenen Geräusche vernahm: der Mörder kehrte zurück. *Und warum auch nicht?* dachte Robert; *er hat sich ihrer entledigt, er ist jetzt sicher, er kann rumlaufen, wie wenn überhaupt nichts geschehen wäre.*

Wenn ich doch bloß der Mann dazu wäre, einfach ins Zimmer rüberzugehen und ihn zu prügeln, bis er die Wahrheit gesteht, brodelten die Gedanken in ihm weiter, *oder aber so reich und angesehen, daß man auf mich hörte . . .*

Aber das war ja alles genau wieder so unrealistisch und verblasen, wie seine Leidenschaft für das Mädchen auch gewesen war. Welches Werkzeug stand ihm für eine eventuelle Rache denn möglicherweise zu Gebote, ihm, dem Niemand, dessen Beschäftigung es war . . .

Kalt war die Woge der Erkenntnis, von der Robert sich plötzlich überrollt fühlte. Seine Augen verengten sich zu Schlitzen und starrten auf jene Wand, wie wenn der Einfall dort, Wort für Wort, fein säuberlich in Schönschrift geschrieben erschiene.

Der Schuß Diebsgelüst in allem, was Menschenantlitz trägt – hieß es nicht so, was die alten Füchse in seiner Abteilung immerfort wiederholten? Jedermann ist verdächtig. Folglich mußte der Mann nebenan, mit seinem Hang zu Gewalttätigkeiten, mit seinem Gerede von 10 000 Dollars, zu denen er auf irgendeinem anrüchigen Wege gelangt sei, unweigerlich dunkle Stellen in seiner Vergangenheit haben, die selbst Behörden, blind wie sie immer sein mochten, als solche erkennen und dementsprechend eingreifen könnten. Falls also jemand geschult in dergleichen Nachforschungen, es über sich nähme, die Vergangenheit jenes Mannes Seite nach Seite aufzublättern, dann würde man der Gerechtigkeit freien Lauf lassen müssen. Das also war seine Waffe: die dunkle Vergangenheit, die sich in jenem Manne aufsummiert hatte und nur auf den zündenden Funken wartete!

Langsam und gedankenvoll schob Robert das zerknüllte Taschentuch des Mädchens in einen Briefumschlag und versiegelte diesen. Dann brachte er jenen letzten heftigen Dialog zwischen Mörder und Opfer schriftlich zu Papier, wobei er sich bemühte, die gefallenen Worte möglichst exakt beizubehalten. Protokoll und Umschlag wurden dann in einer Schublade seiner Kommode niedergelegt und also war der erste Schritt getan.

Aber nun weiter, fragte sich Robert: was war ihm über den Mann bekannt? Der Vorname war Vince; aber das war auch schon alles. Schwerlich Materials genug, um als Ausgangspunkt für ein Herumstöbern in den dämmrigen Korridoren von jemandes Vergangenheit zu dienen. Etwas mehr würde er nun doch noch benötigen, etwas, das als Leitfaden dienen könnte.

Robert benötigte den Rest einer schlaflosen Nacht dazu, um auf die Idee mit der Hauswirtin zu geraten. Obschon eine untersetzte und schläfrig dreinblickende Frau, deren einziges Interesse im Leben in der pünktlichen Einkassierung ihrer Mieten zu bestehen schien, mußte sie ja doch wohl ein bißchen über den Mann informiert sein. Sie hatte ihre Wohnung im Erdgeschoß, nach hinten hinaus; und so früh, wie er sich nur traute, klopfte Robert am nächsten Morgen an ihre Tür.

Sie blickte noch schläfriger drein, denn je, während sie seiner Erkundigung nachsann. »Die?« sagte sie schließlich. »Das sind die Sniders. Ordentliche, anständige Leute.« Sie schaute aus halbgeschlossenen Augen auf Robert: »Haben Sie etwa Unannehmlichkeiten mit ihnen gehabt?«

»Nein. Nicht im geringsten. Aber ist das alles, was Sie mir über die Leute erzählen können? Ich meine, wissen Sie nicht, wo sie her sind oder dergleichen?«

Die Wirtin zuckte die Achseln. »Ich bin der Ansicht, daß mich das nichts angeht«, sagte sie mit Größe. »Ich weiß lediglich, daß sie jeden Monatsersten, mit dem Glockenschlag, die Miete auf den Tisch legen und daß es ordentliche, anständige Leute sind.«
Er kehrte ihr schwerfällig den Rücken und sah, mitten in der Bewegung noch, wie sich eben die Haustür hinter dem Briefträger schloß. Es war, wie wenn ein kleines Wunder für ihn veranstaltet worden wäre: die Hauswirtin war verschwunden; er war ganz allein mit dem kleinen Häufchen Post auf dem Tisch da, und als oberstes starrte ihn ein Umschlag an, fein säuberlich adressiert an Frau Vincent Snider.
Auf dem ganzen Weg zum Büro ließ er den Umschlag in einer Innentasche, weit wegversteckt, und erst in der Abgeschiedenheit seines kleinen abgeteilten Büroräumchens, nachdem er die Tür zugeschlossen hatte, ging er daran, ihn sorgfältigst aufzuschlitzen und den Inhalt zu studieren. Eine Seite lediglich und nur ganz wenige Zeilen darauf; eine unverbindliche Mitteilung, à la daß es der Familie gut ginge; und dann die Unterschrift: *Deine Schwester, Celia.* Nicht sonderlich viel, um darauf weiterzubauen – aber halt; hier auf dem Briefbogen stand noch eine besondere Antwortadresse, eine Adresse in einer Kleinstadt, weiter drinnen im Staat.
Robert zauderte nur einen Herzschlag lang, dann steckte er Brief und Umschlag in die Tasche, zog sich das Jackett zurecht und begab sich ins Büro seines Vorgesetzten. Mister Sprague, der Leiter der betreffenden Abteilung und folglich auch der abgebrühteste und zynischste aller darin Beschäftigten, besah sich ihn säuerlich.
»Ja?« sagte er.
»Es tut mir leid, Sir«, sagte Robert, »aber ich benötige ein paar Tage Urlaub. Ein unvorhergesehener Todesfall, wissen Sie.«
Mister Sprague seufzte zwar ob solchen Steinleins, das ihm in den glatten Teich seines Abteilungsbetriebes geworfen wurde, legte dann jedoch sein Gesicht in die angemessen mitfühlenden Falten.
»'n naher Verwandter?«
»Sehr nahe«, sagte Robert.

Der Weg vom Bahnhof zu dem betreffenden Haus war nur kurz. Das Haus selbst hatte ein strenges und abstoßendes Aussehen, und die junge Frau, die auf Roberts Anklopfen hin öffnete, nicht minder.
»Ja«, sagte sie, »der Name meiner Schwester ist Amy Snider. Das heißt jetzt, wo sie verheiratet ist. Ich bin Celia Thompson.«
»Was ich gern erfahren hätte«, sagte Robert, »sind einige Auskünfte über sie. Über Ihre Schwester.«
Die Frau sah sofort bestürzt drein: »Ist ihr etwas zugestoßen?«
»In gewissem Sinne«, sagte Robert. Er räusperte sich energisch. »Sehen Sie, sie ist aus ihrer Wohnung verschwunden, und ich gehe der Sache nach. Wenn Sie mir nun . . .«
»Sind Sie von der Polizei?«

»Ich arbeite für sie«, sagte Robert und tat heimlich ein Stoßgebet, daß dergleichen zweideutige Wendung ihr anstatt einer Erkennungsmarke genügen möge. Sein Gebet wurde erhört; die Frau lud ihn mit einer Handbewegung ins Haus und saß ihm dann in dem kahlen, uneinladenden Wohnzimmer gegenüber.

»Ich wußte es ja«, sagte die Frau, »ich hab's ja gewußt, daß irgendwas passieren würde«, saß auf ihrem Stuhl und warf den Oberkörper zum Erbarmen hin und her.

Robert beugte sich vor und berührte sie sanft bei der Hand.

»Wieso haben Sie das gewußt?«

»Wieso? Was wollen Sie denn anders erwarten, wenn Sie ein Kind aus dem Haus jagen und ihm die Tür vor der Nase zuschlagen? Wenn Sie es in die weite Welt hinausstoßen, wo es noch keinerlei Ahnung hat, inwiefern es auf sich aufpassen muß!«

Robert zog seine Hand mit einem Ruck zurück: »Das haben *Sie* getan?!«

»Mein Vater hat das getan. *Ihr* Vater.«

»Aber warum?«

»Wenn Sie ihn kennen würden«, sagte die Frau. »Ein Mann, der meint, alles was hübsch ist, sei sündig. Ein Mann, der sich derartig vor dem höllischen Pech und Schwefel fürchtet, daß er uns unser ganzes Leben lang darin verbringen läßt.«

»Als sie dann anfing, so hübsch zu werden und die Jungen ihr keine Minute Ruhe mehr ließen, wurde er, in dem erwähnten Sinne, immer mehr gegen sie eingenommen. Und als ihr dann diese Affäre mit dem Mann da passierte, mußte sie eben ihr Bündel schnüren, und er hat sie vor die Tür gesetzt. Und wenn er wüßte, daß ich ihr Briefe schreibe«, sagte die Frau ängstlich, »würde er mich ganz genauso rauswerfen. So, wie er veranlagt ist, darf ich in seiner Gegenwart nicht einmal ihren Namen erwähnen.«

»Augenblick«, sagte Robert eifrig. »Sie erwähnten einen Mann, mit dem irgendwas passiert sei: war das derjenige, den sie dann geheiratet hat? Dieser Vincent Snider?«

»Das weiß ich nicht«, sagte die Frau unsicher. »Ich hab' tatsächlich keine Ahnung. Das weiß niemand außer Amy selbst und meinem Vater, so geheim, wie die Sache seinerzeit behandelt wurde. Ich hab' nicht mal gewußt, daß sie verheiratet war, bis sie es mir ganz überraschend in einem Brief aus der Stadt mitteilte.«

»Aber wenn Ihr Vater es weiß, könnte ich ja mit ihm darüber sprechen.«

»Nein! Nie! Das dürfen Sie nicht! Wenn er nur *ahnte*, daß ich Ihnen bereits so viel erzählt habe . . .«

»Aber ich kann die Sache doch nicht einfach so auf sich beruhen lassen«, machte er geltend. »Ich muß Informationen über diesen Mann einholen – vielleicht könnten wir ja dann anschließend alles wieder ins gleiche bringen.«

»Also schön«, sagte die Frau müde, »es gibt noch jemanden. Aber bitte nicht meinen Vater; ihm müssen Sie, um meinetwillen, weit aus dem Wege gehen. Aber die eine Lehrerin, an der Höheren Schule drüben, dieses Fräulein Benson. An die müssen Sie sich wenden. Sie hat Amy gerngehabt, und sie ist auch diejenige, über die ich und Amy unseren Briefwechsel führen, so daß mein Vater nichts davon erfährt. Vielleicht erzählt sie Ihnen ja einges; selbst wo sie sonst niemandem etwas davon erzählt. Ich geb' Ihnen ein paar Zeilen an sie mit, und dann können Sie ja mal zu ihr rübergehen.«

An der Haustür dankte er ihr noch einmal, und sie sah ihn aus kalten harten Augen an. »Um als Frau in Ungelegenheiten zu geraten, ist die Voraussetzung, daß man hübsch ist«, sagte sie, »also werd' ich damit niemals irgendwelche Last haben. – Aber sehen Sie zu, daß Sie Amy auffinden, und kümmern Sie sich darum, daß bei ihr alles im rechten ist.«

»Ja«, sagte Robert. »Ich werde alles versuchen.«

In der Schule erfuhr er, daß Fräulein Benson die Schreibmaschinenlehrerin sei; daß sie bis 15 Uhr noch Klassenunterricht hätte und daß, wenn er sie allein zu sprechen wünsche, er wohl oder übel bis dahin warten müsse. So wanderte er verdrießlich stundenlang durch die paar Hauptstraßen des Städtchens, achtete der neugierigen Seitenblicke der Passanten nicht und war mit seinen Gedanken bei Amy. Das hier waren also die Straßen ihrer Kindheit. Diese Schaufensterscheiben hatten ihr Bild widergespiegelt. Und, fiel ihm mit einem Stich von Eifersucht ein, nicht immer nur sie allein. Es hatte »Jungens« gegeben. Von ihr angezogen, wie Jungen eben sind; aber letztlich doch unachtsam, ohne eine Ahnung davon, daß sie das Große Los gezogen hatten. Wenn freilich er sie damals schon gekannt hätte, wenn er einer von ihnen hätte sein können ...

Schlag 15 Uhr stand er draußen vor dem Schulgebäude und wartete, bis es leer schien; dann betrat er es hastig. Fräulein Benson war eine kleine grauhaarige Frau, mit fahrigen Bewegungen, die sich in dem großen Raum zwischen den grimmen Kolonnen bekapuzter Schreibmaschinen beinahe verlor. Nachdem Robert sein Anliegen vorgetragen und sie Celia Thompsons Briefchen gelesen hatte, schien sie nahe daran, in Tränen auszubrechen.

»Es ist unrecht von ihr!« sagte sie. »Es ist schrecklich unrecht von ihr, Sie mir herzuschicken. Darüber muß sie sich doch klar gewesen sein.«

»Aber warum ist es unrecht?«

»Warum? Weil sie ganz genau weiß, daß ich mit keiner Menschenseele darüber reden will. Weil sie weiß, wie teuer es mich zu stehen kommen würde, falls ich das täte; deshalb!«

»Sehen Sie«, sagte Robert geduldig, »ich versuche ja gar nicht, herauszuschnüffeln, was da irgendwann passiert ist. Mir liegt lediglich daran, nähere Daten über den Mann zusammenzutragen, mit dem Amy Ungelegenheiten gehabt hat – wie er heißt, woher er stammt, wo ich eventuell weitere Details über ihn in Erfahrung bringen kann.«

»Nein«, sagte Fräulein Benson tremolierend, »es tut mir leid.«

»Leid?« gab Robert ärgerlich zurück: »Ein Mädchen verschwindet; der betreffende Mann könnte durchaus dahinter stecken; und was Sie ihrerseits unternehmen wollen, ist nichts, als zu sagen, daß es Ihnen leid tut?!«

Fräulein Benson blieb der Mund offenstehen. »Sie meinen, daß er – daß er ihr etwas *angetan* hat?!«

»Jawohl«, sagte Robert, »so ist es«, und mußte nur rasch nach ihrem Arm greifen, da sie die Haltung verlor und schwankte und anscheinend einer Ohnmacht nahe war.

»Ich hätt' es mir denken sollen«, sagte sie wie leblos. »Ich hätte mir denken sollen, als es seinerzeit passierte, daß es so weit kommen könnte. Aber damals . . .«

Damals war das Mädchen eine ihrer Schülerinnen gewesen. Eine gute Schülerin – nicht etwa glänzend, wohlgemerkt – aber ein nettes Mädchen, und immer bemüht, ihr Bestes zu geben. Und anständig erzogen ebenfalls; nicht wie diese vielen jungen Flitzer, die man heutzutage in der Klasse hat. An eben dem Nachmittag, als das ganze passierte, hatte das Mädchen Fräulein Benson selbst erzählt, daß sie im Anschluß an die Schulstunden noch zum Direktor ins Amtszimmer wolle, um mit ihm ihren weiteren Studienplan abzusprechen. Sie hätte das doch bestimmt nicht vorher erwähnt, wenn sie tatsächlich Böses im Schilde geführt haben sollte, wie? War das nicht als Beweis für jedermann ausreichend?

»Beweis?« fragte Robert voller Verwirrung.

Ja, Beweis. Da war doch dann dieses Kreischen aus dem Direktorzimmer gekommen und Fräulein Benson die einzige gewesen, die sich noch im ganzen großen Schulgebäude befunden hatte. Sie war hingerannt, hatte die Tür aufgerissen und die beiden wie folgt vorgefunden: das Mädchen hysterisch schluchzend, mit halb heruntergerissenem Kleid; hinter ihr stehend der Herr Direktor Price, wütend auf die offene Tür starrend und auf das ungläubige Fräulein Benson.

»Herr Price?« fragte Robert. Er hatte ein Gefühl, als schwimme er benommen durch gelatinene Tiefen, unfähig, irgend etwas klar wahrzunehmen.

Ja natürlich, Herr Price, der Direktor. Hatte gestanden und sie angestarrt; wütende Augen in einem aschfarbigen Gesicht. Dann war das Mädchen durch die Tür entflohen; Herr Price hatte noch einen Schritt ihr nach getan, sich dann aber plötzlich zusammengenommen. Hatte Fräulein Benson mit sich in sein Amtszimmer gezogen, die Tür geschlossen und ihr dann einen Vortrag gehalten.

Seiner langen Rede kurzer Sinn hatte in der Behauptung bestanden, daß das Mädchen ein ganz liederliches Geschöpf sei. Sie wäre zu ihm ins Büro getänzelt gekommen, hätte ihm mit Erpressung gedroht und, als er ihr den Kopf zurechtzusetzen sich anschickte, hätte sie angefangen, ihr wohlvorbereitetes Theater zu spielen. Aber er wolle gnädig mit ihr verfahren; ausgesprochen gnädig. Anstatt eine Konferenz einzuberufen und den Namen der Schule wie auch ihres anständigen, ehrenwerten Vaters zu beschmutzen, wolle er sie ganz schlicht relegieren und ihrem Vater empfehlen, sie unverzüglich aus unserer Stadt zu entfernen.

Und, hatte Herr Price noch bedeutsam hinzugefügt, das wäre ja nun wahrhaftig ein glücklicher Zufall gewesen, daß Fräulein Benson genau zur rechten Zeit dazugekommen wäre, um sein Zeuge zu sein. Freilich, falls Fräulein Benson als Zeugin versagen sollte, könnte sich das recht unglücklich für sie auswirken.

»Und der hätte das auch gemacht«, sagte Fräulein Benson bitter. »Seine Familie ist allmächtig hier in der Stadt und hält alle Schlüsselstellungen besetzt. Wenn ich ein Wort von dem gesagt hätte, was ich wirklich dachte, wenn ich gewagt hätte, den Mund aufzutun – ich hätte in meinem Leben keine andere Stellung mehr gefunden. Aber ich hätte natürlich reden müssen, ich weiß, ich hätte es tun müssen; zumal nach dem, was gleich darauf erfolgt ist.«

Sie hatte es noch fertig bekommen, sich wieder in ihr Zimmer, am andern Ende des langen Korridors, zu schleppen; obwohl sie keine Ahnung hatte, woher ihr die Kraft dazu kam. Und kaum daß sie das Zimmer betreten hatte, sah sie auch schon das Mädchen daliegen, auf dem Fußboden unterm Schwarzen Brett, an dem, wie üblich, die lange scharfe Schere hing. Aber jetzt hatte sich diese Schere in der festgeschlossenen Faust des Mädchens befunden, wie sie dalag, und überall war Blut gewesen. Das viele viele Blut, überall!

»Sie war so veranlagt«, sagte Fräulein Benson stumpf. »Wenn man sie tadelte, ob des geringsten Versehens, sah sie sofort aus, als würde sie am liebsten in den Erdboden versinken oder auf der Stelle sterben. Und nachdem was ihr jetzt widerfahren war, mußte das erste gewesen sein, was ihr durch den Kopf gegangen ist: Schluß machen, sich von sich selbst befreien. Es war eine ausgesprochene Gnade Gottes, daß ihr das damals nicht gelungen ist.«

Ja, es war Fräulein Benson gewesen, die den Arzt herbeigeholt hatte, einen verständigen Mann, der keine unnützen Fragen stellte; und sie war es auch gewesen, die das Mädchen wieder gesundpflegte, nachdem der Vater ihr seine Tür verschlossen hatte.

»Als sie dann wieder rumlaufen konnte«, berichtete Fräulein Benson, »hab' ich ihr eine Stelle bei dieser Firma drüben in der Kreisstadt vermittelt. Sie konnte natürlich kein Abschlußzeugnis vorweisen und war auch noch nicht voll ausgebildet; aber ich hab' ihr einen Brief mitgegeben, in dem ich erklärte, daß es da eine kleine Panne

bei ihr gegeben hätte und sie dringend eine helfende Hand benötigte; und da hat man ihr die Stelle gegeben.«
Fräulein Benson grub die Finger in die Stirn: »Wenn ich doch bloß damals geredet hätte, als es meine Pflicht war. Ich hätte doch wissen müssen, daß er sich nicht eher sicher fühlen würde; daß er sie hetzen würde und nochmals hetzen, bis . . .«
»Aber um ihn handelt es sich ja gar nicht«, sagte Robert heiser. »Er ist ja überhaupt nicht der rechte Mann!«
Sie sah verwundert zu ihm auf. »Aber Sie sagten doch . . .«
»Nein«, sagte Robert hilflos. »Ich bin hinter jemand anders her. Hinter einem ganz anderen Mann noch.«
Sie schreckte zurück: »Sie haben mich nur übertölpeln wollen?!«
»Mein Wort darauf: Nein!«
»Aber es spielt ja keine Rolle«, wisperte sie. »Wenn Sie ein Wort davon sagen sollten, es glaubt Ihnen ja doch niemand. Und ich erkläre allen, daß Sie lügen; daß Sie die ganze Angelegenheit frei erfunden hätten.«
»Das haben Sie gar nicht nötig«, sagte Robert. »Alles, was Sie sollen, ist, mir noch mitzuteilen, wo die Stelle ist, die Sie ihr seinerzeit vermittelt haben. Wenn Sie das tun, können Sie alles andere getrost aus Ihrem Gedächtnis streichen.«
Sie zögerte; ihre hellen verschreckten Augen suchten lange in seinem Gesicht zu lesen. »Nun gut«, sagte sie endlich. »Also schön: –.« –
Er hatte sich dann schon zum Gehen angeschickt, als sie noch einmal ängstlich die Hand auf seinen Arm legte. »Bitte«, sagte sie. »Sie denken nicht schlecht von mir wegen dieser ganzen Sache, ja?«
»Nein«, sagte Robert. »Dazu habe ich das Recht nicht.«

Den Rest des Tages füllte die Autobusfahrt aus, die sich als recht ermüdend erwies; in der Nacht, das Hotelbett dann, war keine sonderliche Verbesserung gegenüber dem Sitz im Bus; und Mister Pardee, von der Firma *Grace, Grace & Pardee*, schien Robert von allem das Härteste zum Ertragen. Er war ein munterer Mann und allzu laut und vital, als daß sein kleines Privatkontor ihn gebührend hätte enthalten können.
Interessiert besah er sich die Firma auf Roberts Visitenkarte. »Kreditabteilung, ho!« sagte er bewundernd. »Phantastisch, wie Ihr Leute sie so aufspürt, wo sie auch immer sein mögen. 'ne Art Northwest Mounted Police, immer dabei, die Grundlagen des geschäftlichen Lebens gesund zu erhalten, das ist ja, worauf's letzten Endes hinausläuft, nicht wahr? Also was ich irgend für Sie tun kann . . .« –
Ja, an das Mädchen konnte er sich noch sehr gut erinnern.
»War so ziemlich der hübscheste kleine Käfer, den wir jemals hier gehabt haben«, sagte er versonnen. »Von ihrer Arbeit verstand sie natürlich nicht viel; aber sein Geld kriegte man ohne weiteres vom bloßen Zusehen raus, wie sie so im Büro rumlief.«

Es gelang Robert, mit zusammengebissenen Zähnen, an sich zu halten. »Wissen Sie von irgend einem Mann, an dem sie Interesse gehabt hätte? Einer Ihrer Angestellten eventuell, der jetzt nicht mehr bei Ihnen tätig ist? Oder irgendeinen anderen Außenstehenden, von dem Sie mir erzählen könnten?«
Mister Pardee besah sich mit zusammengekniffenen Augen seine Zimmerdecke. »N-nein«, sagte er, »mir fällt eigentlich niemand ein. Natürlich wird 'ne ganze Anzahl Männer hinter ihr her gewesen sein; aber man hat in dieser Hinsicht nie was aus ihr rausgekriegt. Sie hatte da so 'ne ganz merkwürdig verschwiegene Art. Ehrlich gestanden: eben daß sie sich so gab, war einer der Gründe für diese ganz unangenehme Affäre damals.«
»Unangenehme Affäre?«
»Ach, nichts Ernsthaftes. Lediglich die Portokasse wurde seinerzeit andauernd beklaut; und da nun sämtliche übrigen Leute im Büro freundlich und offen wirkten, sah es aus, als könnte sie diejenige welche sein. Zumal in Anbetracht dieses Empfehlungsbriefes, den sie ursprünglich mitgebracht hatte, in dem geschrieben stand, daß es bei ihr schon mal irgend'ne Panne gegeben hätte – tcha, es blieb damals nichts übrig, sie mußte schon gehen.«
»Später dann«, fuhr Mister Pardee im Plauderton fort, »als wir rauskriegten, daß sie es halt doch nicht gewesen war, war es eben zu spät. Wir wußten auch nicht, wie wir wieder hätten Kontakt mit ihr aufnehmen können.« Er schnipste laut mit den Fingern: »Verschwunden; weg war sie.«
Robert tat einen tiefen Atemzug, um Fassung zu bewahren. »Aber irgend jemanden muß es doch im Büro gegeben haben, der sie kannte«, drang er in jenen. »Etwa ein Mädchen, mit dem sie sich ab und zu unterhalten hat.«
»Ach so meinen Sie«, sagte Mister Pardee. »Ja, wie ich schon erwähnte, sehr mitteilsam war sie nicht; aber dann und wann hat sie mit der Jenny Rizzo, drüben in der Fernsprechvermittlung, den Kopf zusammengesteckt. Falls Sie mit Jenny sprechen wollen, gehen Sie nur einfach gleich rüber. Was ich irgend für Sie tun kann . . .«

Aber wer wirklich etwas für ihn tat, war Jenny Rizzo. Ein unschönes Mädchen, betont trotzig auf häßlich zurechtgemacht, das ihn mit unpersönlichem Interesse musterte und ihm erst einmal ganz kalt erklärte, daß sie ihm über Amy nichts zu sagen hätte. Das arme Ding sei genug herumgestoßen worden. Es würde allmählich Zeit, daß man sie mal in Ruhe ließe.
»An ihr selbst habe ich kein Interesse«, sagte Robert. »Ich bin lediglich bemüht, bezüglich des Mannes zu recherchieren, den sie geheiratet hat. Einen gewissen Vincent Snider. Haben Sie ihn etwa gekannt?«
Ihrem sofort betroffenen Gesichtsausdruck entnahm Robert triumphierend, daß dem so war.

»Der!« sagte sie. »Also ist sie hingegangen und hat sich ausgerechnet den geheiratet!?«
»Was wollen Sie damit sagen?«
»Was ich damit sagen will? Hundertmal hab' ich ihr gepredigt, daß er nichts taugt. Aus dem Wege soll sie ihm gehen, hab' ich ihr gesagt.«
»Warum?«
»Weil ich den Typ doch kenne. Scharfe Kunden, immer bummeln, immer Geld in der Tasche, kein Mensch weiß, woher es stammt. So die Sorte Ganoven, die andauernd kesse Dinger drehen; aber zu raffiniert sind, als daß sie sich erwischen ließen. Deswegen!«
»Wie gut haben Sie ihn gekannt?«
»Wie gut? Ich kenn' ihn seit den Tagen, wo er hier als kleiner Junge in der Nachbarschaft rumlief. Da, sehen Sie –« Jenny wühlte kurz in einem Schreibtischschub, der mit persönlichen Habseligkeiten von ihr vollgestopft war. Sie brachte eine Handvoll Fotos zum Vorschein und warf sie Robert hin. »Wir haben uns sogar regelmäßig zu vieren verabredet; Vince und Amy und ich und mein Freund. Oftmals, und Vince ins Gesicht hinein, hab' ich ihr gesagt, daß er nichts taugt; aber der hatte sie derartig eingewickelt, daß sie überhaupt nicht hingehört hat. In der Hinsicht war sie ja der reinste Säugling: sobald jemand nett zu ihr war, überschlug sie sich förmlich.«
Es handelte sich zwar nicht um Meisteraufnahmen, aber sowohl Vince als auch Amy waren deutlich erkennbar.
»Könnte ich eine davon haben?« fragte Robert und machte seine Stimme absichtlich gleichgültig.
Jenny zuckte die Achseln. »Suchen Sie sich aus was Sie brauchen«, sagte sie; und Robert tat also.
»Was geschah dann weiter?« sagte er. »Ich meine bezüglich Vince und Amy?«
»Da fragen Sie mich zuviel. Nachdem sie rausgeschmissen wurde, sind die beiden verschwunden. Sie hat noch etwas geäußert wie, daß Vince 'ne Stelle in Sutton, etwas weiter unten im Staat, in Aussicht hätte; und das war das letzte, was ich von ihnen gesehen und gehört habe. Ich konnt' mir's ja lebhaft vorstellen wie der 'n Stück ehrliche Arbeit auffaßt; aber so wie sie's erzählte, muß sie ihm das tatsächlich abgenommen haben. Wie dem auch sei, später hab' ich nichts mehr von ihr gehört.«
»Könnten Sie sich etwa noch genau erinnern, wann Sie sie zuletzt gesehen haben? Den exakten Zeitpunkt, als sie Ihnen erzählt hat, daß sie jetzt nach Sutton gingen?«
Das konnte Jenny sehr wohl. Sie hätte sich vielleicht auch noch an mehr erinnert; aber Robert war bereits aus der Tür und ließ sie sitzen, den Mund vor Staunen weit offen.

Die Reise nach Sutton nahm zwar kaum eine Autobusstunde in Anspruch, aber eine weitere Stunde verging, bevor Robert vor einem großen Tisch saß, vor sich ausgebreitet die Ordner mit den Nummern der Lokalzeitung von Sutton. Es handelte sich um ein nicht kleines und durchaus respektables Blatt, und die Jahrgänge waren vollständig und wohlgeordnet. Und zwei Tage nach dem ihm von Jenny Rizzo angegebenen Datum erschien auch schon die Nachricht, die Robert zu finden gehofft hatte; große Schlagzeilen posaunten es auf der Titelseite als alleroberstes aus:

! ZEHNTAUSEND DOLLAR GESTOHLEN!

hieß es in der Meldung. Ein verwegener Bandit war, ganz allein, in die Bank und Depositenkasse von Sutton hineinmarschiert, hatte den Direktor in Schach gehalten, ohne daß es eine Seele nebenan gewahr wurde, und war anschließend ganz ruhig wieder hinausspaziert, in der Hand eine unscheinbare Aktentasche, in der sich 10 000 Dollar in bar befanden. Die Polizei verfolgte die Spur. Mit der Festnahme wurde jeden Augenblick gerechnet . . .

Mit zitternden Händen sah Robert rasch noch ein paar spätere Nummern durch. Die Polizei hatte ihre Nachforschungen eingestellt. Eine Festnahme war nie erfolgt . . .

Robert hatte das Foto wohlbedacht so zerschnitten, daß Vince nunmehr allein auf dem Bilde zu sehen war. Der Bankdirektor sah erst gereizt auf das Bild und schluckte dann schwer.

»Das ist er!« erklärte er, schier ungläubig, Robert. »Das ist der Betreffende! Ich würd' ihn zu jeder Tages- und Nachtzeit erkennen. Wenn ich den in die Finger kriege . . .«

»Zuerst müssen Sie noch etwas anderes tun«, sagte Robert.

»Kein Wort von Kompromiß, Sie!« fuhr der Direktor auf. »Ich muß ihn haben; und auch jeden einzelnen Pfennig von dem Geld, was noch übrig ist, will ich sehen!«

»Ich habe kein Wort von Kompromiß geäußert«, sagte Robert. »Alles was Sie zu tun haben, besteht darin, mir schwarz auf weiß zu geben, daß Sie diesen Mann hier einwandfrei als denjenigen identifizieren, der die Bank beraubt hat. Wenn Sie das tun, hat die Polizei ihn morgen für Sie in Gewahrsam.«

»Das ist alles?« fragte der Mann mißtrauisch.

»Das ist alles«, sagte Robert.

Nun saß er wieder im gewohnten Zimmer, seine Aufzeichnungen, das Beweismaterial geordnet vor sich. Seine eine ernsthafte Befürchtung war immer noch gewesen, daß der Mörder während seiner Abwesenheit irgendwie Lunte gerochen haben und entflohen sein könnte. Er hatte erst dann wieder leichter zu atmen vermocht, als die ersten kleinen verstohlenen Geräusche von nebenan kundtaten, daß alles noch so stand wie er es verlassen hatte.

Nun ging er noch einmal aufs sorgfältigste all die Aufzeichnungen durch, die er so gewissenhaft zusammengestellt hatte, all die Protokolle der von ihm geführten Gespräche. Es war alles hier beisammen, es reichte aus, die Gerechtigkeit konnte ihren Lauf nehmen. Aber, sagte er sich voller Bitterkeit, es war auch noch mehr als bloß das. Es war gleichzeitig das Porträt eines Mädchens, das, Schritt für Schritt, durch ein System von Verrat getrieben worden war. Jeglicher Mann, mit dem sie in Berührung gekommen war, hatte sich als Agent des Verrats erwiesen: Vater, Schuldirektor, Bürochef und schließlich noch ihr Gatte. Alle hatten sie sich, einer nach dem andern, schuldig gemacht.

Jenny Rizzos Worte klangen Robert plötzlich wieder laut im Ohr: *Sobald jemand nett zu ihr war, überschlug sie sich förmlich.* Wenn er nur gesprochen hätte, nur eine Bewegung gemacht, hätte er vielleicht dieser jemand sein können. Als sie sich damals oben auf dem Treppenabsatz umdrehte und auf ihn zurückschaute, hatte sie womöglich darauf gewartet, daß er sprechen möge oder sich bewegen. Jetzt war es zu spät; jetzt gab es nicht einmal die Möglichkeit mehr, sie wissen zu lassen, was diese Aufzeichnungen hier bedeuteten; was er für sie getan hatte ...

Auf der Polizei war man zunächst genauso stur wie Robert sich schon gedacht hatte – bis man die Erklärung des Bankdirektors gelesen hatte. Dann las man diese Erklärung noch einmal und immer wieder und besah sich das Foto dabei; und Robert wurde immer höflicher von Hand zu Hand weitergegeben, bis er endlich vor der Tür ankam, an der draußen *Leutnant Kyserling* stand und drinnen ein schlanker, leutseliger Mann.

Es war zwar eine lange Geschichte – wie lang sie war und wieviel Einzelheiten erklärt werden mußten, war Robert bis zu diesem Augenblick eigentlich gar nicht klar geworden – aber er trug sie von A bis Z vor, ohne auch nur einmal unterbrochen zu werden. Als er geendet hatte, nahm Kyserling die Aufzeichnungen, das Taschentuch und die Fotografien und vertiefte sich in alles. Dann sah er Robert mit einem wunderlichen Blick an.

»An sich ist alles hier beisammen«, sagte er. »Das einzige, was Sie ausgelassen haben, wäre: warum haben Sie es getan; warum sich all die Mühe gemacht? Was stand für Sie dabei auf dem Spiel?«

Es war nicht ganz leicht, sein allerprivatestes Gedankenspiel einem völlig Fremden zu enthüllen. Deswegen klang Roberts Stimme wie erstickt bei den Worten: »Wegen ihr. Wegen meinen Gefühlen für sie.«

»Ah.« Und Kyserling nickte verständnisvoll. »Haben Sie mit ihr verkehrt?«

»Nein«, sagte Robert ärgerlich. »Wir haben nie ein Wort miteinander gewechselt.«

Kyserling ließ die Fingerspitzen sacht auf den Papieren steppen, die vor ihm lagen.

»Schön«, sagte er, »letzten Endes geht es mich ja auch nichts an. – Aber Sie haben uns eine sehr saubere Arbeit hier abgeliefert. Sehr sauber. Um ehrlich zu sein, wir haben gestern die Leiche in einem Auto gefunden, das ein paar Häuserblocks weiter von Ihrer Wohnung geparkt stand. Der Wagen war einen Monat vorher gestohlen worden, und weder auf der Kleidung noch sonstwo ergab sich der geringste Fingerzeig für eine Identifizierung; wir hatten praktisch nichts als eine Leiche mit 'ner großen Wunde. Der Fall wäre ohne weiteres ein Jahrhundert offen und unaufgeklärt geblieben, wenn Sie nicht auf der Bildfläche erschienen wären mit einem Beweis, untadelig von A bis Z.«

»Das freut mich«, sagte Robert. »Das war es, was ich erreichen wollte.«

»Tchaaa«, machte Kyserling. »Wenn Sie jedenfalls mal Lust haben sollten, bei der Polizei einzutreten, brauchen Sie mir nur ein einziges Wörtchen zu sagen.« –

Dann war er für eine ganze Zeit aus seinem Amtszimmer verschwunden; und als er wieder zurückkehrte, war er in Begleitung eines mächtigen schwerfälligen Detektivs, der grimmig lächelte.

»Wir wollen die Sache jetzt gleich erledigen«, informierte Kyserling Robert und wies dabei auf seinen Begleiter. –

Leise stiegen sie die Treppen im Hause empor und warteten neben der Tür, während Kyserling das Ohr an sie legte, um sich erst eines Geräusches zu versichern. Dann nickte er dem Detektiv kurz zu und klopfte energisch.

»Aufmachen!« rief er. »Polizei.«

Eine Stille erfolgte, daß Robert die Ohren gellten; und ihm wurde trocken in der Kehle, als er Kyserling und den Detektiv nach den Schulterriemen langen sah und gleich darauf das kalte Stahlblau von Revolverläufen in ihren Händen.

»Ich hab' keinen Sinn für diese charmanten kleinen Finessen«, knurrte Kyserling; und plötzlich hob er den Fuß und trat mit dem Absatz seines Schuhs wuchtig gegen das Türschloß. Die Tür sprang auf; Robert duckte sich weg, bis ans Treppengeländer. –

Und sah dann sie.

Sie stand in der Mitte des Zimmers, den Blick wild auf ihn gerichtet; mit demselben Gesichtsausdruck – er wußte das in diesem phantastischen Moment instinktiv – den sie jedesmal gehabt haben mußte, wenn sie wieder einmal einem entlarvten Verräter von Angesicht zu Angesicht gegenüberstand. Dann tat sie einen Schritt zurück und war plötzlich schnell wie der Wind am Fenster.

»Ahhhh, nein!« schrie sie, wie Robert es sie schon einmal hatte ausrufen hören; dann war sie, in einer Glioriole von Glassplittern, durchs Fenster verschwunden. Noch einmal klang ihre Stimme auf, in einem einzigen verzweifelten Gekreisch, und war dann jäh und gnädig verstummt.

Robert stand da, spürte plötzlich kalten salzigen Schweiß in den Augen, warmes salziges Blut auf den Lippen. Der Weg bis zum Fenster schien eine Unendlichkeit; aber schließlich erreichte er es doch und mußte Kyserling erst beiseite drängen, um hinabschauen zu können.

Da lag sie, ein Häufchen Glieder, auf dem Bürgersteig; und das volle schwarze, leicht in Unordnung geratene Haar schirmte ihr Gesicht wenigstens vor den Blicken der Neugierigen.

Der Detektiv war fort; aber Kyserling war noch da und beobachtete Robert mitfühlenden Blicks.

»Ich dachte doch, er hätte sie umgebracht«, wisperte Robert. »Ich hätte geschworen, daß er sie umgebracht hat!«

»Die Leiche, die wir fanden, war die seine«, sagte Kyserling. »Wer die Tat beging, war sie.«

»Aber warum haben Sie mir das denn nicht vorhin gesagt!« flehte Robert. »Warum haben Sie mir das nicht mitgeteilt?!«

Kyserling sah ihn aus weisen Augen an. »Ach?« sagte er. »Und was dann? Damit Sie ihr einen Tip geben und sie sich aus dem Staube macht? Dann hätten wir allerdings wirklich Schwierigkeiten gehabt.«

Und darauf gab es ja keine Antwort. Nicht die geringste.

»Die Nerven sind mit ihr durchgegangen«, erklärte Kyserling verständig. »Ganz allein hier in der Klemme wie sie war, nicht die geringste Ahnung, wohin sie sich wenden, kein Mensch, zu dem sie Vertrauen haben könnte ... Es war ausgesprochenes Schicksal. Sie können nichts dafür.«

Dann war er die Treppe hinuntergegangen, und Robert stand allein in ihrem Zimmer. Langsam ließ er den Blick im Kreise wandern, über alle Gegenstände, die von ihr nun noch übrig waren; dann griff er sich, sehr besonnen, einen der Stühle, hielt ihn hoch über dem Kopf und schmetterte ihn mit aller Macht gegen jene Wand.

DIE GESELLSCHAFT IN DER VILLA

»Er kommt zu sich«, sagte die Stimme.

Dabei fiel er doch noch! Die Hände vorgestoßen gegen die steinkalte Schwärze des Raumes stürzte er, und sein Körper stülpte sich und kippte Hals über Kopf, Kopf über Hals. Wenn man nur eine Möglichkeit hätte, zu wissen, was unten auf einen wartet, sich nur mit Fassung wappnen könnte gegen den Moment des Aufschlags, dann würde das Schreckgefühl nicht ganz so groß sein. Aber jetzt auf die Art war er natürlich nur ein Häufchen Entsetzen, das man in einen Höllenschlund schleudert, und sein Bewußtsein duckte sich weg vor dem Unausweichlichen, während sein hilfloser Leib darauf zuschoß.

»Gut«, hörte er die Stimme aus großer Ferne sagen; und dem Klang nach hatte er den Eindruck, wie wenn jemand ganz ruhig, ja munter, vom Grunde des Höllenschlundes zu ihm heraufspräche. »Sehr gut.«

Er öffnete die Augen. Ein Schwall von Licht überflutete ihn, schmerzhaft in seiner Plötzlichkeit; und er blinzelte hinein, auf die Gestalten, die ihn umstanden, in die Gesichter, die zum Teil undeutlich wirkten, wie mit Nebelmilch verhangen, und die alle auf ihn herniederschauten. Er selbst lag auf dem Rücken, und an dem Gefühl der Kissenformen unter sich erkannte er, daß er sich auf seinem heimischen Sofa befand. Übrigens zerging die Nebelmilch nunmehr sichtlich und mit ihr die Panik. Klar, das war das alte Haus in Nyack; dasselbe Wohnzimmer, derselbe Utrillo an der Wand, über seinem Kopf funkelte derselbe Kronleuchter. *Immer das gleiche selbe,* dachte er bitter, sogar die Gesichter um ihn.

Das dort war Hannah, die Augen hell von Tränen – die konnte sie allerdings nach Belieben anstellen, wie'n Wasserhahn – und ihre Hand hielt die seine derart fest umschlossen, daß ihm die Finger schon ganz taub waren von dem Druck. Hannah mit dem überentwickelten Mutterinstinkt und nur dem einen Gatten, an dem sie ihn auslassen konnte ... Dort Abel Roth, der an seiner Zigarre kaute – diesem stinkenden Glimmstengel, selbst in einem solchen Augenblick! – und ihn besorgt besah. Abel, mit seinem ersten Erfolgsstück in 5 Jahren, der sich jetzt um sein investiertes Kapital Sorgen machte ... Dort Ben Thayer mit Harriet, das ewige Pärchen ... Und Jake Hall ... Und Tommy McGowan ... alle die altbekannten Gesichter, so bekannt, daß einem gleich hätte schlecht werden mögen.

Aber ein Fremder war doch auch dabei. Ein kurzer stämmiger Mann, dessen Gesicht freundliche Anteilnahme ausdrückte, mit prachtvollem Kahlkopf, nur um die schimmernde Glatze hinten hatte er noch

einen Kranz von ergrauendem Haar stehen. Er fuhr sich mit den Fingern über diese Glatze, als überlege er etwas, und nickte Miles dann zu.
»Na, wie fühlen Sie sich denn jetzt?« fragte er.
»Keine Ahnung«, sagte Miles. Er machte seine Hand aus der von Hannah frei und versuchte behutsam, sich in sitzende Stellung aufzurichten; mußte jedoch auf halbem Wege innehalten, angenagelt von einem schmerzhaften Stich, wie wenn ihm eine weißglühende Nadel tief zwischen die Rippen gejagt würde. Er hörte Hannah entsetzt nach Luft schnappen; aber schon spürte er, wie die plumpen Finger des Fremden dem Schmerz hinterhergruben, ihn milderten, ihn zerteilten, bis zur Unfühlbarkeit.
»Sehen Sie?« sagte der Mann. »Ist weiter nichts. Nichts von Bedeutung.«
Miles schwenkte seine Beine herum, so daß er aufgerichtet auf dem Sofa dasaß. Er tat einen tiefen Atemzug; und dann noch einen. »Eine Sekunde lang habe ich gedacht, es wäre das Herz«, sagte er. »So wie es mich eben umgeschmissen hat –«
»Nein, nein«, sagte der Mann. »Ich weiß, was Sie gedacht haben. Aber wenn ich Ihnen sage, daß es nichts von Bedeutung ist, können Sie mir das ruhig glauben.« Und dann, wie wenn dadurch alles erklärt würde, fügte er hinzu: »Maas mein Name, Doktor Viktor Maas.«
»Es war ein Himmelsgeschenk, Liebster«, sagte Hannah atemlos. »Dr. Maas war nämlich derjenige, der dich draußen gefunden und ins Haus gebracht hat. Also wirklich, absolut wie ein Engel: wenn er nicht gewesen wäre –.«
Miles sah sie sich an; und dann auch all die andern, wie sie so dastanden und ihn besorgt beobachteten. »Ja und?« wollte er wissen, »was *ist* denn nun passiert? Was war es? Herz? Schlaganfall? Ohnmacht? Ich bin doch kein Kind, um Himmelswillen. Mir braucht ihr doch kein Theater vorzumachen.«
Abel Roth kaute seine Zigarre aus dem linken Mundwinkel in den rechten hinüber. »Kann man ihm ja nicht übelnehmen, 'n ganz verständliches Gefühl in solchem Fall, was Dok? Der Mann hat immerhin 15 Minuten flachgelegen und mochte nun natürlich wissen, wo er steht. Vielleicht können Sie ihn mal irgendwie von Grund auf untersuchen, so Blutdruck und wie das Zeugs alles heißt? Vielleicht würde uns allen anschließend wohler sein.«
Miles amüsierte sich gottvoll darüber, und noch mehr bei dem Gedanken ob dessen, was er für Abel Roth in Bereitschaft hielt. »Vielleicht würde es das, Abel«, sagte er. »Vielleicht haben wir ja ein Theater, das 16 Wochen im voraus ausverkauft ist, so daß allabendlich das Schild ›Nur noch Stehplätze‹ raushängt. Vielleicht haben wir ja eine veritable kleine Goldmine auszubeuten; solange wie ich, auf der Basis von 8 Vorstellungen die Woche, das Schippen aushalte.«

Abel stieg die Röte ins Gesicht. »Also weißt du, Miles«, sagte er. »Die Art, wie du dich ausdrückst –«
»Ja?« sagte Miles. »Was ist mit der Art, wie ich mich ausdrücke?«
Ben Thayer schüttelte langsam und feierlich mit dem Kopf. »Wenn du bloß mal eine Minute lang nicht die gekränkte Leberwurst spielen wolltest, Miles«, sagte er in seiner schläfrigen Sprechweise. »Wenn du dir einmal Mühe geben wolltest, zu begreifen –«
»Bitte!« fiel ihm Dr. Maas scharf ins Wort: »Bitte, meine Herren!« und er sah sie mit gerunzelter Stirn an. »Übrigens möchte ich eines noch klarstellen. Ich bin zur Zeit nicht praktizierender Arzt. Mein Interesse liegt sozusagen überwiegend auf psychiatrischem Gebiet; und obschon ich vielleicht durchaus qualifiziert wäre, Mister Owen in dem von Ihnen angedeuteten Sinne zu untersuchen, so habe ich doch nicht die Absicht, das zu tun. Zu Mister Owens Beruhigung will ich noch hinzufügen, daß auch kein Anlaß besteht, dergleichen vornehmen zu lassen, weder durch mich noch durch einen anderen. Mein Wort darauf.«
»Und Doktor Maas, des bin ich gewiß«, sagte Miles, »ist ein ehrenwerter Mann.« Er stand auf, wobei er die Knie behutsam durchbog, und vermerkte den Ausdruck der Erleichterung auf den Gesichtern, die ihn umgaben. »Falls Sie Zeit und Lust haben sich's gemütlich zu machen, Doktor, nur immer zu. Dort drüben ist anscheinend 'ne Art Büfett angerichtet; für die festen Speisen kann ich Ihnen allerdings nicht garantieren, aber die Alkoholika werden ganz, ganz ausgezeichnet sein; mein Wort darauf.«
Wenn der Arzt so griente, bekam er die erstaunlichste Ähnlichkeit mit einem dicken, zu allerhand Streichen aufgelegten Jungen. »Ein grandioser Vorschlag«, sagte er und setzte sich prompt büfettwärts in Bewegung. Abel hinterher; und Miles bemerkte, daß, ehe der Arzt das Büfett noch recht erreicht hatte, die Zigarre seinem Ohr schon gefährlich nahe gekommen war. Abel verbrachte nämlich 3 Stunden pro Woche auf der Couch eines Psychoanalytikers und mindestens die gleiche Zeit bei einem wohlgenährten Arzt auf der Park Avenue, dem er ganze Listen der erschrecklichsten und widersinnigsten Symptome unterbreitete. Diesem Dr. Maas dort, dachte Miles mit schnurrigem Mitgefühl, stand jetzt garantiert diverses bevor, ob er es nun ahnte oder nicht.
Auch der Rest des Kreises um das Sofa herum zerbröckelte jetzt und verschwand, bis nur Hannah noch übrig war. Die nahm ihn, erschreckten Griffs, beim Arm.
»Fühlst du dich auch *ganz gewiß* in Ordnung?« wollte sie wissen. »Du weißt, mir kannst du es sagen, wenn irgend etwas nicht stimmt.«
Es gab schon einiges, was nicht stimmte. Jedesmal wenn sie sich seiner derart bemächtigte, ihn an sich zu ziehen versuchte, hatte er das Gefühl, als umgarne ihn ein Netz und ziehe sich über ihm zusammen, und er müsse wild dagegen um sich schlagen.

Anfänglich war das nicht so gewesen. Sie war so schön, daß er gedacht hatte, in ihrem Falle könnte es einmal anders sein. Das Zusammen-Aufstehen, Zusammen-Essen, Zusammen-Reden, der ganze endlose Alltag des Ehelebens – alles hatte sich angelassen, als könne es irgendwie erträglich sein und bleiben, solange man es mit so viel Lieblichkeit teilte. Aber dann, nach Jahresfrist, war die Lieblichkeit allzu gewohnt geworden, die Zutunlichkeit allzu übersättigend, der eheliche Alltag eine allzu erdrückende Last.
15 Minuten lang war er bewußtlos gewesen? Ob er sich während der Zeit etwa verplappert hatte; irgend etwas hinsichtlich Lilli dahergeschwatzt, aus dem man Rückschlüsse ziehen konnte? Falls es passiert sein sollte, war so viel letztlich auch nicht daran gelegen; hätte vielmehr eine ganz gute Art sein können, Hannah auf den Schlag vorzubereiten. Denn für sie würde es ja ein ganz anständiger Schlag werden. Er stellte sich dessen Niederfallen illustriert vor; und ein angenehmes Bild war es nicht gerade.
Er schüttelte Hannahs Hand ab. »Mir fehlt nichts«, sagte er, konnte sich dann aber doch nicht den Zusatz verkneifen: »Es sei denn, daß du, an dem einen Tag in der Woche, wo mir mal 'n bißchen Ruhe und Frieden zuteil werden könnte, grundsätzlich 'ne Party in unserm Haus veranstalten mußt.«
»Ich?« sagte Hannah unsicher. »Was hab' *ich* denn damit zu tun?«
»Wohl grade genug, solange du die verdammte Sucht hast, die vollkommene Gastgeberin zu mimen, und aller Welt Freund.«
»Es sind doch *deine* Freunde«, sagte sie.
»Du könntest wirklich allmählich wissen, daß es meine Freunde mitnichten sind. Ich glaube, ich hab' es nun schon auf hundert verschiedene Arten formuliert, daß ich sie hasse, einzeln und im ganzen genommen. Die sind niemandes Freund. Wieso ist es da meine Verpflichtung, sie an dem einen Abend in der Woche, wo ich ihrer los und ledig sein könnte, abzufüttern und zu unterhalten?«
»Ich versteh' dich nicht«, sagte Hannah. Sie sah aus, als wolle sie jeden Augenblick in Tränen ausbrechen. »Ich weiß wohl, daß du das Haus hier draußen gekauft hast, damit du mal jedermann aus dem Wege gehen könntest; aber dann warst du auch wieder derjenige –«
Das Netz war bereits wieder am Zusammenziehen. *»Erledigt«*, sagte er; *»schon erledigt!«*
Es spielte ja jetzt alles keine Rolle mehr. Wenn er erst einmal auf und davon war, konnte sie seinethalben jeden Abend in der Woche ein geselliges Beisammensein veranstalten, falls sie Lust dazu hatte. Niederbrennen konnte sie die verdammte Klitsche, wenn es ihr so paßte. Ihn ging das nichts mehr an. Er hatte die Nase so voll von diesem ländlichen Gutsbesitzerdasein, zwischen der Sonnabend- und der Montagvorstellung, daß es ihm für den Rest seines Lebens langte; und, wie Lilli einmal sehr richtig bemerkt hatte: für die Bäume,

die sie je zu sehen wünschte, genügte Central Park vollständig. Der bloße Umstand, daß er binnen kurzem gepackt haben und hier raus sein würde, machte jegliche Diskussion witzlos.
Er bahnte sich einen Weg zum Büfett; vorbei an Bob und Liz Gregory, die einander anhimmelten, als wenn sechsmal morgens die Woche im Radio noch nicht genug für sie wäre; vorbei an Ben Thayer, der Jake Hall die Schwierigkeiten auseinandersetzte, die er mit der Schlußszene seines neuen Theaterstückes hätte; vorbei an Abel, der eben zu Dr. Maas etwas über psychosomatische Faktoren äußerte. Der Doktor hatte in der einen Hand ein Sandwich, in der anderen ein hohes Glas. »Int'ressant«, sagte er. »Sehr int'ressant.«
Miles gab sich Mühe, von alledem möglichst nichts zu hören, während er sich zwei Finger breit Bourbon eingoß. Sogleich betrachtete er sein Glas angewidert – das Zeugs war ja fade wie laues Wasser und widerte genauso am Gaumen! Augenscheinlich hatte eine der hiesigen Putzfrauen, die sich beim Reinemachen des Hauses abwechselten, den Schlüssel zur Getränkekammer erwischt, die Flasche erst beinah geleert und dann den Küchenhahn nicht geschont. Albernes Subjekt. Wenn man schon mal'n Glas stibitzen will, dann soll man das tun, und damit Gott befohlen. Aber auch noch den Rest in der Flasche derart zu versauen ...
Abel gab ihm einen Puff in die Rippen. »Ich erzähl grade dem Doktor hier«, sagte Abel, »daß, wenn er mal 'n freien Abend hat, ich ihm gerne 'ne Platzkarte für *Hinterhalt* schicken will. Wenn er Miles Owen in *Hinterhalt* nicht gesehen hat, hab' ich ihm erzählt, dann hat er *die* schauspielerische Leistung aller Zeiten nicht gesehen. Na, wie klingt dir das, Miles?«
Miles wollte sich gerade eine andere Flasche herausgreifen, nachdem er sich vergewissert hatte, daß ihr Siegel unverletzt war. Jetzt sah er Abel an und setzte dann die Flasche sehr sorgfältig wieder an ihren Platz.
»Ganz offen gestanden«, sagte er, »ich weiß gar nicht recht, wie mir das klingt, Abel. Das ist übrigens etwas, worüber ich mich schon längst mit dir habe unterhalten wollen, und der jetzige Zeitpunkt ist ja vielleicht genauso geeignet dazu wie jeder andere.«
»Unterhalten? Worüber denn?« fragte Abel strahlend; aber in seinen Augen spiegelte es sich wie plötzliche Betroffenheit, über sein Gesicht lief es wie ein Zucken düsterer Vorahnung.
»'ne interne Sache, unter uns, Abel«, sagte Miles und nickte Dr. Maas zu, der interessiert neben ihnen stand. »Das heißt, falls Sie uns 'n Augenblick entschuldigen, Doktor.«
»Aber sicher, sicher«, erwiderte der Arzt rasch. Er schwenkte sein Glas begeistert in Richtung Miles: »Und was die Getränke anbelangt, Mister Owen, hatten Sie vollkommen recht. Es ist tatsächlich wunderbar!«
»Fein«, sagte Miles. »Hier lang, Abel.«

Er bahnte sich einen Weg durch die Menge und durchschritt den Raum, hin zur Bibliothek; Abel immer hinter ihm drein. Als er die Tür zur Bibliothek geschlossen und die Beleuchtung angeknipst hatte, schien die feuchte Kälte des Raumes förmlich in ihn einzusickern, und er schauderte. Anfeuermaterial und Holzklötze lagen im Kamin geschichtet bereit, und er hielt ein Streichholz daran, bis das Holz knisterte und Feuer gefangen hatte. Dann zündete er sich seine Zigarette an und tat einen tiefen Zug – überrascht besah er sich die Zigarette: das Ding war ja von einer Fadheit, einem derartigen Mangel an Geschmack, daß er sich unwillkürlich fragend mit der Zunge über die Lippen fuhr. Noch einmal zog er an seiner Zigarette und warf sie dann ins Feuer. Erst der Whisky, dachte er, und jetzt das? Dr. Maas mochte allenfalls bei Komplexen à la Freud seinen Mann stehen; aber für ihn würde am Montag das erste sein, einen soliden praktischen Arzt zu konsultieren, der diese putzige kleine Angelegenheit klären sollte. Es ist ja doch wohl beunruhigend, wenn man plötzlich feststellen muß, daß man auf einmal die Fähigkeit zu schmecken eingebüßt hat. Lächerlich, das vielleicht auch; aber dennoch beunruhigend.

Abel hatte sich ans Fenster gestellt: »Nu sieh dir doch bloß mal diesen Nebel an, was? Als ich seinerzeit, drüben in London, die *Gecken* inszenierte, dachte ich, jetzt hätte ich nun wirklich das letzte in dieser Art gesehen; aber mit dem hier verglichen, ist das ja gar nichts gewesen. Hier könnte man tatsächlich 'ne Schaufel nehmen und sich 'n Weg durchgraben.«

Der Nebel lag dick und hochaufgeschüttet vorm Fenster. Manchmal ging ein leises Wogen durch ihn hin, und wie Schnüre nassen Rauches hing es sich ans Glas. Wo die Schnüre festgemacht waren, begannen sogleich kleine Wasserkügelchen über die Scheiben herabzurinnen.

»Das kannst du im Jahr hier 'n paarmal erleben«, sagte Miles ungeduldig. »Übrigens hab' ich mich nicht hier reingesetzt, um mich mit dir über's Wetter zu unterhalten.«

Abel wandte sich vom Fenster ab und ließ sich widerstrebend in einen Armsessel nieder. »Nein, das hast du wohl nicht. Also schön, Miles, was liegt dir auf dem Herzen?«

»*Hinterhalt*«, sagte Miles. »Der *Hinterhalt* liegt mir auf dem Herzen.«

Abel nickte müde. »Dachte mir's. Dacht' mir's schon. – Ja, und was speziell daran? Die Reklameplakate? Wir verwenden die größten Buchstaben, die sie überhaupt herstellen. Publicity für dich? Du brauchst lediglich die Uhrzeit zu nennen und kannst dir das Rundfunk- oder Fernsehstudio aussuchen, wo du in der Stadt deine Gastrolle geben möchtest. Erinnerst du dich noch daran, was ich dir am Abend nach der Premiere gesagt hab', Miles? Sag einen Ton, und wenn es in meiner Macht steht, schaff' ich's dir.«

Miles ertappte sich unversehens dabei, daß er den Auftritt genoß. (Normalerweise hatte er einen echten Abscheu vor dergleichen Szenen.) »Komisch«, sagte er. »Hab' ich dich jetzt im Augenblick das Wort Geld erwähnen hören oder nicht? Ich meine: überhört haben kann ich's doch wohl nicht, in deiner hübschen kleinen Ansprache, oder?«

Abel sank tiefer in seinem Sessel zusammen und seufzte wie ein Mann unter schweren Schicksalsschlägen. »Dacht' ich mir's nicht, daß es darauf hinauslaufen würde. Selbst wo ich dir doppelt soviel bezahle wie dem größten Star, der bei mir jemals auftrat — ich hab's kommen sehen, Miles. Na schön; also wo liegt der Hase im Pfeffer?«

»Um ganz offen zu sein«, sagte Miles, »es gibt hier weder Hasen noch Pfeffer.«

»Nicht?«

»Nein, weder — noch.«

»Ja, was bezweckst du denn dann?« wollte Abel wissen. »Wozu soll das Ganze jetzt führen?«

Miles lächelte. »Es soll gar nicht *zu* etwas hinführen, Abel. Es soll *aus etwas hinausführen*: ich trete in dem Stück nicht mehr auf.«

Miles hatte Abel früher schon, in mehr als einer kritischen Lage, gesehen; er hätte jede einzelne Handbewegung voraussagen können, ehe sie noch stattfand. Das Gesicht, das sofort zur unbeteiligten Maske wurde; die Hand, die nach dem Streichholz suchte, der schnipsende Daumen, der das Streichholz entzündete, das sorgsame Ziehen am Zigarrenstummel, das säuberliche Wegschnipsen des Streichholzes quer durchs Zimmer. Aber Abel spielte ihm einen Streich: das Streichholz wurde, in einem Ausbruch von Heftigkeit, zwischen den Fingern erst geknickt und dann bedächtig hin und her gerollt, und hin und her.

»Du bist ja ein heller Kopf, Miles«, sagte Abel, »und würdest einen bloßen schlechten Scherz dieser Art schwerlich machen, hab' ich recht?«

»Ich trete nicht mehr auf, Abel. Heute abend war es endgültig das letztemal. Da hast du morgen den ganzen Tag Zeit, für die Montagabendvorstellung einen Vertreter einzuüben.«

»Zum Beispiel wen?«

»Du hältst ja schließlich Jay Welker in Reserve, nicht wahr? Seit fünf Monaten lernt er mich in- und auswendig, allabendlich in der inbrünstigen Hoffnung, daß ich mir mal'n Bein brechen möchte.«

»Mit Jay Welker in deiner Rolle liefe *Hinterhalt* nicht eine Woche mehr, das weißt du selber, Miles. Das Stück beruht auf dir, und *nur* auf dir, und das weißt du genauso.«

Abel lehnte sich in seinem Sessel nach vorn und schüttelte den Kopf ungläubig von einer Seite zur anderen: »Und wo du das weißt, machst du dir einen Dreck draus? Du würdest den größten Theaterschlager, den's auf'm Broadway gibt, glatt abbrechen; lediglich ein Schnippchen schlagen, und die Welt kann von dir aus zur Hölle fahren. – Ist das deine Absicht?«

Miles fühlte, wie sein Herz schwer zu hämmern anheben, seine Kehle sich zusammenschnüren wollte. »Eine Sekunde noch, Abel, ehe du zu den dreckigeren Redensarten übergehst, ja? In *einer* Hinsicht hast du dich bereits ganz prächtig verraten: bis jetzt hast du noch nicht mit einem Wort danach gefragt, *warum* ich gehen will. Es könnte ja durchaus sein – weißt du es denn? – daß mein Gesundheitszustand hochbedenklich ist und ich binnen einer Stunde 'n toter Mann sein kann; aber das würde dich natürlich weit weniger kümmern als die Frage, wie dein Theaterstück in Gang bliebe. Hast du die Angelegenheit mal von der Seite betrachtet?«

»Was heißt hier Seite?! Ich hab' doch direkt danebengestanden, als der Doktor sagte, du wärst ganz gesund. Was erwartest du denn jetzt von mir? Soll ich dir 'n paar Atteste von der Ärztekammer der USA besorgen?«

»Dann bist du also der Ansicht, daß ich lediglich aus einer bloßen Laune jetzt aufhöre?«

»Wollen wir einander doch nichts vormachen, Miles. – Du hast es vor fünf Jahren mit Barrow so gemacht; danach hast du's mit Goldschmidt so gemacht und hast es im letzten Jahr noch mit Howie Freemann so gemacht; ich weiß das genau, denn nur so habe ich ja die Chance bekommen, dich für mich und *Hinterhalt* zu kapern. Aber ich hab' mir die Zeit über immer eingebildet, daß die andern dich nicht richtig zu behandeln gewußt hätten; daß sie eben einfach nicht eingesehen hätten, was du für ein Stück bedeutest. Jetzt freilich muß ich gestehen, daß jene vollkommen im Recht waren und ich ein Depp bin, der verdiente, daß man ihn preiskrönt. Die haben mir's vorhergesagt, wie es zunächst alles mit dir wunderbar klappen würde; und dann, mit einem Male, würdest du'n Knall kriegen, und aus der Traum. ›Einen Knall kriegen‹, Miles: jawohl! Das ist mein vulgärer, ungebildeter Ausdruck für das, was du ›Laune‹ nennst – aber es läuft letzten Endes auf genau dasselbe hinaus.«

Abel machte eine Pause. Dann: »Ein kleiner Unterschied besteht allerdings zwischen mir und jenen, Miles, nämlich der, daß ich kein Risiko eingegangen bin und dich einen Kontrakt habe unterschreiben lassen, in dem du dich für die Laufzeit des Stückes verpflichtest; das erstemal wieder, seitdem du ein unbekannter Niemand warst. Bei dem Kontrakt denkst du, du könntest nach Belieben abbrechen? Da denke doch vorsichtshalber noch einmal, mein Freund.«

Miles nickte. »Sehr fein«, sagte er mit schwerer Zunge. »Denke ich also. – Möchtest du etwa erfahren, an was?«

»Die Würfel liegen in deiner Hand, mein Freund.«

»Ich denke an acht Vorstellungen in der Woche, Abel. Achtmal jede Woche spreche ich stundenlang dieselben Zeilen, tue dieselben abgezählten Schritte, schneide dieselben Gesichter. Das habe ich jetzt fünf Monate lang hinter mir, was für dich den größten Coup bedeutet, den du je in deinem Leben gelandet hast; und wenn es nur nach dir ginge, müßte ich fünf Jahre so weitermachen! Jetzt schon hat es bei mir die Gestalt eines jener Alpträume angenommen, wo man dieselbe Sache immer und immer wieder tun muß, ohne daß man fähig wäre, damit aufzuhören; aber davon hast du keinerlei Begriff, denn *du* bist eben ein Mensch, der diese sogenannten geregelten Tätigkeiten, den Alltagstrott, liebt. *Ich aber nicht*! Nach einer gewissen Zeit bekomme ich das Gefühl, als wäre ich in einem Kerker eingesperrt, zu dem man den Schlüssel weggeworfen hat. Was willst du einem solchen Mann sagen, wenn er dem Kerker den Rücken drehen kann? Daß er noch drinbleiben sollte und ihn gern haben?«

»Kerker!« schrie Abel. »Mensch, nenn' mir einen Namen im Lande, der nicht mit Freuden sein rechtes Auge hingeben würde, nur um in dem ›Kerker‹ sein zu dürfen, in dem du schmachtest!«

»Hör mich an«, sagte Miles. Er lehnte sich beschwörend nach vorn: »Kannst du dich noch daran erinnern, wie wir, bevor das Stück anlief, die Szene in der Küche geprobt haben? Kannst du dich noch erinnern, wie wir sie an dem Abend zehnmal wiederholt haben, fünfzehnmal, zwanzigmal? Und weißt du auch, was für ein Gefühl ich dabei hatte? Ich hatte das Gefühl, als hätte man mich geradeswegs in die Hölle geschmissen, und ich wäre in alle Ewigkeit dazu verdammt, diese eine Szene, immer und immer wieder, abzuspielen. Das ist so meine Vorstellung von der Hölle, Abel: ein nettes, lauschiges Plätzchen, wo du ständig dasselbe machen müßtest, immer wieder, immer wieder, und noch nicht mal verrückt werden ließen die Betreffenden dich dabei, denn da hätten sie ja nicht mehr ihren Spaß dran. Hast du das begriffen? Wenn du dazu imstande wärst, würdest du dann nämlich einsehen, was für ein Gefühl ich bei dem bloßen Wort *Hinterhalt* habe.«

»Ich habe es begriffen«, sagte Abel. »Habe aber andererseits auch, wohlverwahrt in meinem Bankschließfach, einen gewissen kleinen Kontrakt, mit einer Klausel über ›Laufzeit‹ darin. Wenn du dir einbildest, 'ne Szene 'n paarmal zu proben sei die Hölle; dann wirst du eines Besseren belehrt werden, wenn du das erste Schreiben vom Gericht erhältst. Die sehen solche Sachen von einem etwas anderen Standpunkt an.«

»Du mußt mir nicht zu drohen versuchen, Abel.«

»Drohen? Den Deuwel auch; ich verklag' dich, daß du schwarz und blau anläufst; ich werd' dafür sorgen, daß du mal 'n richtigen Denkzettel erhältst! – Miles, ich sag' dir das jetzt, in vollstem Ernst.«

»Möglich. Aber ist es nicht grausam, einen Mann gerichtlich zu verfolgen, der zu krank zum Arbeiten ist?«

Abel nickte, in grimmigem Verstehen: »Ich dacht' mir schon, daß du würdest um *die* Ecke entwischen wollen. Ich soll den Rohling und den Dummen machen, weil du in den Augen der übrigen Welt krank bist.« Seine Augen wurden zu Schlitzen: »Wodurch jetzt übrigens auch noch einiges andere klar wird. So die Szene mit der kleinen Ohnmacht draußen auf deiner Haustürtreppe; mit einem Arzt bei der Hand und 20 Zeugen, die's beschwören können. Das muß ich dir ja zugeben, Miles: du läßt dir nicht den geringsten Trick entgehen. Aber in diesem Fall bedarf's doch noch etwas mehr als eines netten Tricks und eines Quacksalbers, um die Sache in deinem Sinne zu lenken.«

Miles schluckte die in ihm aufsteigende Wut hinunter. »Wenn du der Ansicht bist, es wäre ein bloßer Trick gewesen –!«

»Was ist ein Trick gewesen?« erkundigte sich Harriet Thayers Stimme aufgeräumt hinter ihnen. Harriet und Ben standen im Türrahmen und besahen ihn sich mit einer Art heiterer Neugierde. Sie gaben ein wunderlich unpassendes Paar ab, Bens endlos lange Hagerkeit, die Harriets kleinmädchenhafte Zerbrechlichkeit turmhoch überragte, und beide hatten eine betuliche, kleinstädtische Freundlichkeit, die Miles auf die Nerven ging, wie wenn man einen Fingernagel über eine Schiefertafel ratschen läßt. »Das klingt wahnsinnig aufregend und int'ressant«, sagte Harriet. »Laßt euch durch uns ja nicht aufhalten.«

Abel wies mit einem zitternden Zeigefinger auf Miles. »Es wird euch ganz ganz schön aufhalten«, sagte er, »und ich will's euch in einem Satz zusammenfassen: Unser Freund hier gedenkt in *Hinterhalt* nicht mehr aufzutreten. Vielleicht könnt *ihr* was unternehmen, daß er wieder anderen Sinnes wird!«

Ben schickte sich langsam an, große, ungläubige Augen zu machen; und wiederum, wie schon früher so oft, mußte Miles nur staunen, wie ein Mann, und hätte er auch nur die wenigen guten Sätze, die in *Hinterhalt* vorkamen, geschrieben, derart schwer von Begriff sein konnte.

»Aber das kannst du ja nicht«, sagte Ben. »Dein Kontrakt lautet doch auf so lange, wie das Stück läuft.«

»Sicher«, höhnte Abel. »Aber er ist doch ein kranker Mann. Der fällt euch glatt um und in Ohnmacht. Ihr habt doch danebengestanden, oder etwa nicht?«

Harriet, wie vom Donner gerüht, nickte. »Das schon, aber ich hab' doch nie gedacht –«

»Und du hast recht gedacht«, sagte Abel. »Er simuliert doch nur. Übersättigt ist er und sonst nichts, von all dem vielen Geldverdienen und all den hübschen Sachen, die über ihn geschrieben werden; also schließt er jetzt von sich aus die Vorstellung. Das ist alles. Wir brauchen bloß noch zusammenzupacken.«

Miles ließ seine Hand hart auf die Lehne von Abels Sessel niederfallen. »Schön«, sagte er, »jetzt, wo du alles derart klar und einfach dargestellt hast, will ich dich doch auch etwas fragen: meinst du tatsächlich, daß *Hinterhalt*, wenn es ein wirklich gutes Stück wäre, von einer einzigen Person zum Erliegen gebracht werden könnte? Ist dir schon mal eingefallen, daß vielleicht kein Mensch kommt, um sich dein lausiges Stück anzusehen, sondern lediglich mich, der ich darin auftrete? Wenn du mich da oben hinstellen würdest und *Jabberwocky* vorlesen ließest, würden sie angeströmt kommen, um mich zu sehen! Wer untersteht sich, dem Darsteller in einem Einmannstück zu befehlen, daß er weiterzuspielen hat, wenn er nicht mehr will?!«

»Das Stück *ist* gut!« schrie Harriet ihn an. »Es ist das beste Stück, in dem du jemals aufgetreten bist, und wenn du dir darüber nicht klar sein solltest –«

Miles war jetzt selbst ins Schreien geraten: »Dann besorgt euch doch jemand andern für die Hauptrolle! Vielleicht wird's dadurch ja dann noch besser!«

Ben hielt ihm die Arme entgegengestreckt und breitete, in beschwörender Geste, die Handflächen nach oben. »Ach, Miles, du weißt doch selbst, daß man dich nun einmal mit der Rolle identifiziert hat und allein infolgedessen kein anderer sie übernehmen könnte«, sagte er. »Und versuch' doch auch mal, es von meinem Standpunkt aus zu sehen, Miles; ich schreib' nun schon seit 15 Jahren, und das ist die erste wirklich große Einnahme –«

Miles trat langsam auf ihn zu. »Du Clown«, sagte er sanft, »hast du denn keinerlei Spur von Selbstachtung mehr?«

Dann entfernte er sich aus der Bibliothek und warf flink die Tür hinter sich ins Schloß, um einer etwa doch noch erfolgenden verspäteten Erwiderung vorzubeugen. –

Die Gesellschaft hatte sich inzwischen in mehrere kleine Gruppen aufgelöst, die sich über den ganzen großen Raum hin verstreut hatten – ein ohrenbetäubendes, bald an-, bald abschwellendes Gewirr von Stimmen; ein Nebel aus bläulichem Tabaksrauch, der wie eine durchsichtige Decke halbwegs zwischen Fußboden und Zimmerdecke schwebte. Irgend jemand mußte auf dem Klavier ein Glas umgestoßen haben, registrierte Miles; aus der Mikro-Lache entsprang ein glitzerndes Rinnsälchen, sickerte über die Mahagoniwand hernieder und hinterließ einen feuchten Fleck auf dem Wiltonteppich unten. Tommy McGowan und seine Augenblickliche – eine überreife Blonde, Norma oder Alma oder irgendso – saßen auf dem Fußboden und arbeiteten sich durch Haufen von Grammophonplatten, bauten aus einigen einen, schon gefährlich hohen, Turm und warfen die übrigen achtlos beiseite. Das Büfett sah aus, als sei ein Wirbelsturm darüber hinweggezogen; nur leere Platten und Reste zerbröckelter Brotscheiben waren im allgemeinen Schiffbruch noch übriggeblieben. Allen Anzeichen nach, dachte Miles sardonisch, würde man die Party wohl als grandiosen Erfolg buchen müssen.

Aber selbst all die Hitze und der Trubel in dem Raum hier vermochten das Kältegefühl, das er aus der Bibliothek mit sich gebracht zu haben schien, nicht zu verscheuchen. Er rieb seine Hände mit Macht aneinander, aber auch das nützte nicht das geringste, und er verspürte etwas wie leichte Furcht, als ihm das klar wurde. Was, falls tatsächlich etwas bei ihm nicht in Ordnung wäre? Lilli war nicht der Frauentyp, der willig und anmutig die Rolle der Pflegerin bei einem Invaliden übernimmt. Nicht etwa daß sie, soweit es ihn betraf, mit solcher Einstellung unrecht gehabt hätte: falls die Sache andersherum läge, könnte er sich auch nicht gut vorstellen, wie er den Robert Browning bei einer Elizabeth Barrett spielte. Nicht für Lilli und überhaupt für niemanden auf der Welt. In dem Fall wäre es besser, sich mit 'ner ärztlichen Überholung nicht erst zu behelligen. Wenn wirklich etwas nicht stimmte, wollte er lieber gar nichts davon wissen!

»Sie machen sich Gedanken über etwas, ja?«

Ach, der Doktor Maas. Er lehnte gleichmütig an der Wand, weniger als eine Armeslänge entfernt, die Hände tief in den Taschen, die Augen nachdenklich auf Miles gerichtet. Alles in allem genommen, dachte Miles ärgerlich, genau wie irgend so'n verdammter Wissenschaftler, der sich unter'm Mikroskop 'n Insekt ansieht.

»Ach was!« schnauzte Miles. Besann sich dann jedoch eines Besseren. »Na ja«, sagte er. »Also, um ehrlich zu sein: ja.«

»M-m?«

»Ich fühl' mich nicht in Ordnung. Sie haben mir zwar gesagt, ich wär gesund, aber ich *fühl'* mich nicht gesund.«

»Körperlich?«

»Na klar, körperlich! – Was wollen Sie mir denn einreden? Daß es alles Einbildung von mir wäre, oder sonst Klimbim dieser Art?«

»Ich versuche keineswegs, Ihnen etwas einzureden, Mister Owen. Der mir etwas erzählt, sind doch Sie.«

»Desto besser. Dann möchte ich aber wissen, wieso Sie derartig sicher in Ihrer Diagnose sein können. Keine Untersuchung, keine Röntgenaufnahme, nichts – gar nichts, und dennoch sind Sie sofort mit Ihrer Antwort bei der Hand? Was ist denn der Haken hier? Steuern wir etwa langsam auf die Idee los, daß zwar kein organischer Schaden vorliege, daß aber, falls ich mich Ihnen für eine nette, langwierige, kostspielige, psychoanalytische Behandlung anvertraute –«

»Sie brechen besser ab hier, Mister Owen«, sagte Dr. Maas kalt. »Ich will Ihnen Ihr unglaubliches Benehmen insofern zugute halten, als es klar ersichtlich ist, daß Sie unter irgendeinem Zwang handeln. Aber ein bißchen könnten Sie Ihre Einbildungskraft getrost zügeln. Ich betreibe keine Praxis als Psychoanalytiker und habe das auch niemals behauptet. Ich bin in keinem Sinne ein Heilkundiger. Die Leute, mit denen ich zu tun habe, sind, bedauerlicherweise, grundsätzlich nicht mehr zu kurieren, und mein Interesse an ihnen muß, wie Sie einsehen werden, folglich ganz und gar akademisch bleiben. Als eine Art kleiner Gauner betrachtet zu werden, der nach Opfern Ausschau hält –«

»Entschuldigen Sie«, sagte Miles unvermittelt. »Es tut mir schrecklich leid. Ich weiß selbst nicht, wieso ich derart rausgeplatzt bin. Vielleicht ist die Party dran schuld. Ich hab' einen Haß auf diese verdammten Parties; immer machen sie mich in irgendeiner Beziehung fertig. Aber was es auch sein mag: es tut mir aufrichtig leid, daß ich es gerade an Ihnen ausgelassen habe.«

Der Doktor nickte gravitätisch. »Natürlich«, sagte er. »Natürlich.« Dann fuhr er sich nervös mit den Fingern über die spiegelnde Glatze. »Etwas anderes noch, was ich zur Sprache bringen möchte. Allerdings fürchte ich, ich riskiere damit, Sie zu beleidigen.«

Miles lachte. »Ich glaube, das schulden Sie mir ja gewissermaßen.«

Der Doktor zögerte und machte dann eine Geste in Richtung der Bibliothek. »Ich habe zufälligerweise einen großen Teil von dem gehört, Mister Owen, was sich dort drinnen abgespielt hat. Ich bin kein Horcher an der Wand; aber die Diskussion wurde ja ein wenig – ä – na, wollen wir sagen, ›hitzig‹? – und es wurde, selbst durch die Tür hindurch, für einen in der Nähe Stehenden schlechterdings unmöglich, sie *nicht* mit zu hören.«

»Ja?« sagte Miles, sehr auf seiner Hut.

»Der Schlüssel zu Ihrem Charakter, Mister Owen, ergab sich aus jener Diskussion. Einmal ganz grob formuliert: Sie wollen weglaufen. Sie finden, was Sie als ›geregelte Tätigkeit‹ oder ›Alltagstrott‹ bezeichneten, auf die Dauer unerträglich und begeben sich ergo auf die Flucht davor.«

Miles zwang sich, zu lächeln. »Was meinen Sie mit dem Ausdruck ›was *ich* als Alltagstrott bezeichnete‹? Haben Sie in Ihrer Sprache ein anderes Wort dafür?«

»Ich glaube doch. Ich glaube, ich würde es ›Verantwortungsgefühl‹ nennen. Und da Ihr Leben, Mister Owen, nun einmal so ziemlich ein offenes Buch für jedermann ist – und zwar sowohl Ihre berufliche als auch Ihre private Existenz –, will ich auch das mit heranziehen und die Behauptung wagen, daß der größte Teil dieses Lebens darin bestanden hat, vor Verantwortung, gleichviel welcher Art, zu fliehen. Ist es Ihnen eigentlich niemals als äußerst merkwürdig aufgefallen, Mister Owen, daß – ganz gleich, wie weit oder wie schnell Sie davonlaufen – Sie sich immer und immer wieder genau demselben Problem gegenüberfinden?«

Miles ballte die Finger zur Faust und öffnete sie wieder. »Letzten Endes«, sagte er, »ist es schließlich *mein* Problem.«

»Das ist der Punkt, wo Sie im Irrtum sind, Mister Owen. Wenn Sie, von heut auf morgen, Ihre Rolle in einem Stück aufgeben, dann beeinflußt das jeden einzelnen, der mit diesem Stück zu tun hat, und weiterhin sämtliche Leute, die ihrerseits mit diesen einzelnen zu tun haben. In Ihren Beziehungen zu Frauen mögen Sie sich freizügig dünken, aber jene bleiben ebensowenig stehen. Auch jene können sich gefährlich weiterentwickeln, sei es in bezug auf sich selbst, oder, auch das ist möglich, in bezug auf andere. Sie entschuldigen, daß ich mich einer scheinbar abgedroschenen Weisheit bediene, Mister Owen, aber Sie können keine Steine in einen Teich werfen und verlangen, die Wellenkreise sollten nicht bis zum fernen Ufer hinüberlaufen.

Wenn Sie also *Alltagstrott* sagen, dann deshalb, weil Sie nur an sich denken und sich irgendwie in der Falle vorkommen. Und wenn ich *Verantwortungsgefühl* sage, dann denke ich eben an alle anderen, die davon betroffen werden.«

»Und was verschreiben Sie dagegen, Doktor?« wollte Miles wissen.

»Daß man weiter in seinem kleinen Privat-Höllenpfuhl aushalten sollte, weil man, beim Versuch, zu entkommen, eventuell jemanden auf die Zehen treten könnte?«

»Zu entkommen?« fragte der Doktor erstaunt. »Glauben Sie denn tatsächlich, Sie könnten jemals entkommen?«

»Sie haben aber doch noch allerlei zu lernen, Doktor. Beobachten Sie mich mal fleißig und Sie werden sehen.«

»Ich beobachte Sie ständig, Mister Owen, und ich sehe genug. Natürlich nur in meiner gänzlich akademischen Art, wie ich ja schon erwähnte. Und es ist ebenso faszinierend wie verwirrend, einem Manne zuzusehen, der – wie er sich ausdrückt – ständig seinem kleinen Privat-Höllenpfuhl zu entkommen bemüht ist und ihn dabei die ganze Zeit andauernd mit sich herumschleppt.«

Miles hatte die Hand halb gehoben, ließ sie jetzt jedoch schlaff wieder sinken. »Mit anderen Worten, Doktor«, sagte er spöttisch, »Sie wollen die gute altmodische Pech-und-Schwefel-Hölle durch etwas noch Umfassenderes und Gelungeneres ersetzen.«

Der Doktor zuckte die Achseln. »Sie glauben mir das natürlich nicht.«

»Nein«, sagte Miles. »Tu ich nicht.«

»Ich muß Ihnen ein Geständnis machen, Mister Owen.« Der Doktor griente und war plötzlich wieder der dicke, zu allerhand Streichen aufgelegte Junge geworden. »Das hab' ich gewußt, daß Sie mir nicht glauben würden. Ehrlich gesagt: nur deswegen hab' ich mir überhaupt die Freiheit genommen, die Angelegenheit mit Ihnen durchzusprechen.«

»In rein akademischem Sinne, natürlich.«

»Aber natürlich.«

Miles lachte. »Sie sind tatsächlich ein Original, Doktor. Ich glaube beinahe, ich möchte Sie häufiger sehen und näher kennenlernen.«

»Das werden Sie, Mister Owen; ich bin überzeugt davon. – Im Augenblick allerdings glaube ich, daß jemand anders stark bemüht ist, Ihre Aufmerksamkeit auf sich zu lenken. Dort, an der Tür.«

Miles folgte dem Zeigefinger des Doktors mit dem Blick, und das Herz blieb ihm stehen. Er konnte lediglich ein Stoßgebet tun, daß nicht

noch andere Notiz genommen haben möchten, während er rasch den Raum durchquerte und der Frau, die ihn eben von dem Flur her, der zur Haustür führte, zu betreten im Begriff stand, den Weg abzuschneiden versuchte. Er schob sie sogleich in Richtung Tür zurück, packte sie bei den Schultern und schüttelte sie einmal heftig und ärgerlich.
»Bist du verrückt?« schimpfte er. »Sagt dir nicht der gesunde Menschenverstand, daß du nicht einfach derart hier erscheinen kannst?«
Sie entwand ihre Schultern seinem Griff und bürstete den Kragen ihres Pelzmantels sorgsam mit den Fingerspitzen. Der Mantel hatte Miles das Honorar eines Monats gekostet. »Du bist wirklich einzig, Miles. Bewillkommnest du alle deine Gäste auf solche Weise?«
Selbst in der trüben Beleuchtung des Flurs hier war sie aufregend anzuschauen: der großblättrige Schmollmund in dem gardenienblassen Gesicht, die hervorstehenden Backenknochen, die schrägen Augen, die im Augenblick Zornfeuer auf ihn sprühten. Er verzagte auch auf der Stelle.
»Sicher, entschuldige. Entschuldige bitte. – Aber, mein Gott, Lilli, in dem Raum befinden sich doch zwei Dutzend der größten Klatschmäuler auf dem ganzen Broadway. Wenn du willst, daß die ganze Welt darüber im Bilde sein soll, kannst du's schließlich gleich in die Zeitung setzen lassen!«
Sie wußte genau, wenn sie die Oberhand hatte. »So gefällt mir das nicht, Liebster. Auf die Art gefällt mir das ganz und gar nicht. Ich meine deinen Ton jetzt, in dem sich alles so brutal und abgeschmackt anhört. Dergleichen sollte in unseren Beziehungen doch wirklich keinen Platz haben, oder?«
»Verdammt, nein, das weißt du doch selbst am besten, daß dem nicht so ist, Lilli. Aber du mußt auch etwas nachdenken, ja? Es gibt schließlich noch etwas wie Diskretion.«
»Es gibt aber auch etwas wie ›ein gegebenes Wort zu Tode strapazieren‹, Liebling. Und ich stehe nicht an, dir zu erklären, daß du mich in den letzten beiden Monaten damit derart überfüttert hast, daß es mir allmählich bis hier steht.«
Miles sagte ärgerlich: »Ich habe mich immer wieder bemüht, dir klarzumachen, daß wir die Sache auf die richtige Weise und zum richtigen Zeitpunkt ausführen wollen. Ich habe bereits Abel informiert, daß ich bei dem Stück nicht mehr mitmache. Und mit Hannah wollte ich ebenfalls reden; aber diese Party hat wieder alles durcheinandergebracht. Morgen, sobald ich Gelgenheit habe, mit ihr allein zu sein –«
»Ah, dieses ›morgen‹ könnte aber eine recht, recht lange Zeit entfernt sein, Liebling. Weit länger, als du dir vorstellst.«
»Was soll das jetzt bedeuten?«
Sie durchwühlte kurz ihr Täschchen, zog einen Briefumschlag daraus hervor und schwenkte ihn mit einer schön triumphierenden Miene unter seiner Nase hin und her.

»Es bedeutet dieses, Miles: zwei hübsche kleine reservierte Ozeandampferplätze, Abfahrt morgen. Du siehst, dir bleibt auch nicht annähernd soviel Spielraum, wie du gedacht hast, Liebling, gelt?«
»Morgen!? Der Agent hat aber doch gesagt, vor Monatsfrist würde er schwerlich etwas für uns haben!«
»Er hat nicht damit gerechnet, daß jemand zurücktreten könnte. Das hier hat sich auch eben erst vor zwei Stunden ergeben – was genau die Zeit ist, die ich benötigt habe, um hierherzukommen. Und wenn nicht dieser grausliche Nebel auf der Straße gewesen wäre, hätte ich weit eher eintreffen können. Der Wagen steht draußen, Miles. Was gerade bei der Hand ist, kannst du rasch zusammenpacken, und dir den Rest dessen, was du noch brauchen solltest, auf dem Schiff beschaffen. Wenn ich jetzt abfahre, Miles, erwarte ich, daß du mich begleitest; denn ob du nun mitkommst oder nicht: ich schiffe mich morgen ein. Irgendeine Schuld geben deswegen kannst du mir wohl wirklich nicht, Liebling, wie? Letzten Endes wird ja keiner von uns jünger.«
Er versuchte, die schmerzliche Verknäulung seiner Gedanken zu entwirren. Er wollte dem Spinnennetz Hannahs entkommen, und nun schien es auf die ein- oder andere Art, als warte schon das nächste darauf, sich um ihn zusammenzuziehen. Davonlaufen hatte der Doktor gesagt. Immerfort laufen und niemals irgendwo ankommen. Er verspürte auf einmal schwer lastende Müdigkeit in seinen Armen und Beinen, in seinem ganzen Körper. Vom Laufen kriegte man das ja wohl.
»Nun«, sagte Lilli, »entschließ dich schon, Liebling.«
Er fuhr sich schwer mit der Hand über die Stirn. »Wo steht der Wagen?«
»Gerade über der Straße.«
»Also gut«, sagte Miles, »setz' dich rein und warte. Bleib' ruhig sitzen, und hup' bitte nicht nach mir, oder ähnliche Scherze. In zehn Minuten werd' ich unten sein. Allerhöchstens fünfzehn. Die meisten Sachen von mir sind sowieso in der Stadt, die können wir auf dem Weg zum Schiff mit abholen.«
Er öffnete die Tür und schob sie sanft hindurch
»Du wirst dir deinen Weg zum Wagen hin fühlen müssen, Miles. So was, wie heute draußen ist, hab' ich mein Lebtag noch nicht gesehen.«
»Ich find' schon hin«, sagte er. »Warte du nur ruhig.«
Er drückte die Tür ins Schloß, lehnte sich dann dagegen und versuchte die Übelkeit niederzukämpfen, die er in seiner Kehle immer höher steigen fühlte. Die lauten Stimmen im Nebenzimmer, die Kreische idiotischen Gelächters, die dann und wann hindurchschnitten, die röhrende Musik aus dem auf größte Lautstärke gestellten Grammophon – alles schien sich gegen ihn zu verschwören, um ihm nicht zu gestatten, allein zu sein, um ihm nicht zu gestatten, die Dinge klar zu durchdenken.

Nahezu wie ein Betrunkener stieg er die Treppe hinauf und begab sich ins Schlafzimmer. Zog seinen Handkoffer hervor und fing auf gut Glück an ihn vollzustopfen – Oberhemden, Socken, den Inhalt des Schmuckkästchens auf seiner Kommode. Dann drückte er mit seinem ganzen Gewicht darauf, um Raum für mehr zu schaffen.
»Was machst du denn da, Miles?«
Er blickte nicht auf. Er wußte ganz genau, welchen Ausdruck ihr Gesicht tragen würde, und verspürte im Augenblick keine Lust, sich auch damit noch zu messen. Es würde einfach zuviel gewesen sein.
»Ich gehe, Hannah.«
»Mit jener Frau?« Ihre Stimme war ein leeres, verständnisloses Flüstern.
Jetzt mußte er sie doch ansehen. Ihre Augen starrten auf ihn herab; enorm groß hoben sie sich von der schneeweißen Haut ab. Ihre Finger tappten an dem Schmuckstück auf ihrer Brust herum – es war die Silbermaske der komischen Muse, die er, eine Woche vor ihrer Heirat, auf der Fünften Avenue für sie ausgesucht hatte.
Sie sagte, ganz verloren und vertan: »Ich hab' dich im Flur bei ihr stehen sehen. Ich hab' dir nicht nachspioniert, aber als ich den Doktor fragte, wo du wohl sein könntest –«
»Hör' auf!« schrie Miles. »Für was hast du dich denn zu entschuldigen!?«
»Aber ist sie diejenige, ja?«
»Ja; sie ist diejenige.«
»Und mit ihr willst du auf und davon gehen?«
Seine Hände lagen auf dem Deckel des Köfferchens. Er stemmte sich mit seinem ganzen Gewicht darauf, gesenkten Hauptes, mit geschlossenen Augen.
»Ja«, sagte er endlich. »Darauf läuft es letzten Endes hinaus.«
»Nein!« schrie sie mit plötzlicher Inbrunst. »Im Grunde willst du das ja gar nicht. Du weißt genau, daß sie nicht gut für dich wäre. Du weißt genau, daß auf der ganzen Welt niemand so gut für dich ist wie ich!«
Er drückte den Deckel des Köfferchens tiefer. Mit einem winzigen »Klick« schnappte das Schloß ein.
»Hannah, es wäre besser für dich gewesen, wenn du gerade in diesem Augenblick nicht aufgetaucht wärest. Ich hätte dir dann geschrieben, hätte dir alles irgendwie erklärt –«
»Erklärt? Wenn es dann zu spät gewesen wäre? Wenn du bereits gewußt hättest, was für einen Fehler du begangen hast? Miles, hör' mich an. Hör' mich an, Miles. Ich sprech' jetzt zu dir aus der ganzen Fülle meiner Liebe: es würde ein fürchterlicher Fehler werden!«
»Das zu beurteilen überlaß' mir, Hannah.«
Er richtete sich auf; sie kam zu ihm her, und ihre Finger gruben sich wild in seinen Arm. »Sieh mich an, Miles«, wisperte sie. »Kannst du denn nicht sehen, wie mir zumute ist? Kannst du denn nicht ver-

stehen, daß ich lieber noch uns beide tot wissen möchte, als dich auf solche Weise fortgehen und mich allein in der großen weiten Welt stehenzulassen?!«

Es war schrecklich. Es war wieder das Spinnennetz, das sich derart fest um ihn zusammenziehen wollte, daß es seiner ganzen Energie und Kraft bedurfte, um sich davon frei zu machen. Aber er tat es, mit einem brutalen Ruck, und sah sie gegen die Frisiertoilette zurücksinken. Dann warf sie sich plötzlich zu dem Möbel herum; und als sie ihm nun erneut das Gesicht zuwandte, sah er die Pistole auf sich gerichtet. Sie schimmerte in ihrer Hand mit einem kalten, tödlichen Blau, und dann erkannte er, wie ihre Hand dermaßen zitterte, daß sie vor der Schußwaffe mindestens ebensoviel Angst haben mußte wie er. Mit einem Schlage überkam ihn derart das Groteske des ganzen Auftritts, daß seine Angst dahinschwand und einem Gefühl ausgesprochener Ruchlosigkeit Platz machte.

»Leg' das Dings man hin«, sagte er.

»Nein.« Er konnte sie kaum verstehen. »Es sei denn, du versprächest mir, daß du nicht weggehst.«

Er tat einen Schritt auf sie zu, und sie schrak weiter zurück, noch dichter an die Frisiertoilette; aber die Pistole blieb auf ihn gerichtet. Sie war wie ein Kind, das Angst hat, man wolle es mit List um ein Spielzeug bringen. Er blieb mitten im Schritt stehen und zuckte dann mit übertriebenem Gleichmut die Achseln.

»Du machst dich lächerlich, Hannah. Beim Theater werden die Leute dafür bezahlt, daß sie sich so gebärden. Aber im Privatleben erwartet man von ihnen dergleichen Bühnenauftritte nicht.«

Ihr Kopf ging in einer langsam-ziellosen Bewegung von einer Seite zur andern. »Du glaubst mir immer noch nicht, Miles, wie?«

»Nein«, sagte er. »Tu ich nicht.«

Er drehte ihr den Rücken zu, halb darauf gefaßt, den plötzlichen Knall zu vernehmen, den Einschlag zwischen den Schulterblättern zu spüren; aber es erfolgte nichts. Er nahm das Köfferchen auf und schritt zur Tür. »Leb' wohl, Hannah«, sagte er. Er wandte den Kopf nicht mehr nach ihr um. –

Die Schwäche in seinen Knien machte ihm jeglichen Schritt zur Last. Unten am Fuß der Treppe hielt er einen Augenblick inne, um den Koffer in die andere Hand zu nehmen, und sah Dr. Maas dort stehen, den Hut in der Hand, den Überzieher über seinen Arm gelegt.

»Ah?« sagte der Doktor im Frageton. »Sie verlassen gleichfalls die Gesellschaft, Mister Owen?«

»Gesellschaft?« sagte Miles, und lachte dann kurz und scharf auf: »Den Alpdruck verlass' ich, Doktor, wenn Sie's nicht übelnehmen wollen. Es ist das letzte, was ich im allgemeinen einem Gast sagen würde; aber Sie werden mich, denke ich, begreifen, wenn ich Ihnen gestehe, daß diese letzte vergangene Stunde für mich ein Alpdruck

gewesen ist, der immer drückender und drückender wird. *Den* zu verlassen stehe ich im Begriff, Doktor, und Sie können mir ja wohl nicht verdenken, daß ich froh darüber bin.«
»Nein, nein«, sagte der Doktor. »Ich versteh' Sie vollkommen.«
»Ich hab' draußen ein Auto warten: falls ich Sie etwa ein Stück irgendwohin mitnehmen kann –?«
»Aber nicht doch«, sagte der Doktor. »Bestimmt, ich hab' nicht weit zu gehen.«
Sie schritten nebeneinander zur Haustür und traten ins Freie. Sogleich drang der Nebel auf sie ein, kalt und nässend, und Miles schlug den Jackettkragen dagegen hoch.
»Wüstes Wetter«, sagte er.
»Grauslich«, bestätigte der Doktor. Er warf einen Blick auf die Uhr und stieg dann schwerfällig die Stufen zum Gartenweg hinunter – man mußte an ein Walroß denken, das in einer Schneewehe versinkt. »Wir sehen uns noch, Mister Owen«, rief er zurück.
Miles sah ihn verschwinden; hob dann seinen Koffer auf und ging nun auch seinerseits die Stufen hinab, wobei er zum Schutz gegen die atembeklemmende kalte Waschküchenluft ringsum die Nase tief in den Kragen kuschelte. Er war auf der letzten Stufe angelangt, als er das Gewischel der Tür vernahm, die sich hinter ihm öffnete, und eine ferne innere Stimme schien ihm etwas von Gefahr zuzuraunen.
Er wandte sich um, und, wie er erwartet hatte, in der offenen Haustür stand Hannah, immer noch mit der Pistole. Aber nunmehr hielt sie die Schußwaffe fest in beiden umklammernden Händen, und die Drohung darin war unverkennbar und überwältigend.
»Ich hab' mir Mühe gegeben, es dir begreiflich zu machen, Miles«, sagte sie, wie ein Kind die Worte aussprechend. »Ich hab' mir Mühe gegeben.«
Er warf die Arme verzweifelt in die Luft.
»Nein!« schrie er wild: »Nein!!!«
Dann vernahm er den Donner des Abschusses in seinen Ohren, sah die Flammenlanze auf sich zuschießen, fühlte, wie der vernichtende Schlag ihm den Brustkasten eindrückte, und die ganze Welt begann sich aufzulösen. Nur ein einziger Gegenstand noch zeichnete sich scharf und klar erkennbar ab: die Gestalt des Doktors, der sich über ihn bückte, mit dem Gesicht, das in seiner grausamen Unbeteiligtheit seltsam satanisch wirkte.
Und diesen einen einzigen Augenblick lang begriff Miles alles. Hier war er früher schon einmal gewesen. Hatte diese Stunde zuvor schon tausendmal erlebt und würde sie wiederum erleben und noch einmal und in alle Ewigkeit. Jetzt zwar fiel der Vorhang; aber wenn er sich neuerlich heben würde, würde die Kulisse für die Gesellschaft in der Villa längst wieder aufgebaut sein. Denn er war in der Hölle; und das Schrecklichste von allem, der große Schrecken, der alle anderen verschlang, war diese eine Sekunde der Einsicht, die ihm ge-

worden war, so daß er all dies wissen und sich selbst sehen konnte, wie er die endlose Tretmühle seiner Verdammnis durchkroch.
Dann, mit einem Ruck, umschloß ihn Finsternis und löschte jedwedes Verstehen aus – bis zum nächstenmal ...

»Er kommt zu sich«, sagte die Stimme.
Dabei fiel er doch noch! Die Hände vorgestoßen ...

DER BÖRSENPFEIL

Es war das erstemal seit einer guten Reihe von Jahren, daß Cornelius – seines Zeichens Makler in Wall Street – mit einem anderen Zuge als dem »Börsenpfeil« nach Hause gefahren war. Der Börsenpfeil war eben seine Art Zug; die Mitreisenden darin dieselbe Art Leute wie er: Direktoren, Fachleute, Männer von Vermögen und Würde, man erkannte sich gegenseitig, ohne sich vorgestellt werden zu müssen, man verstand einander ohne Worte.

Ja, wenn nicht der Abendempfang beim Senator gewesen wäre, sann Cornelius. Aber der Senator hatte darauf bestanden, und folglich gab es kein Entkommen von diesem schrecklichsten der Schrecken, diesen großen Abendgesellschaften um Wochenmitte. Und, weiterhin, natürlich auch kein Entkommen von der Notwendigkeit, mit einem früheren Zuge heut heimzufahren, um sich langweilig und umständlich herauszuputzen; und anschließend ein Abend, an dem man zuviel aß und zuviel trank; und als Gesamtresultat am nächsten Morgen das unvermeidliche Übelbefinden.

Erfüllt von niederschlagenden Gedankengängen dieser Art stieg Cornelius schwerfällig aus dem Zug auf den altgewohnten heimatlichen Bahnsteig und schritt zu seinem Auto hinüber. Da Claire den kleinen Lieferwagen bevorzugte, benützte er für die Fahrt vom und zum Bahnhof die Limousine. Als sie, vor zwei Jahren, frisch verheiratet gewesen waren, hatte sie ihn erst immer hinbringen und abholen wollen; aber der Einfall war ihm irgendwie anstößig erschienen. Er hatte, wenn er sah, wie andere Männer allmorgendlich vor dem Bahnhof ihren Frauen öffentlich das Wiedersehen-Küßchen aufdrückten, eigentlich immer das unbestimmte Gefühl von etwas Obszönem gehabt; und die bloße Vorstellung, ab nun auch in derselben Position wie jene betroffen zu werden, verursachte ihm ein kaltes Gruseln. Das hatte er Claire selbstverständlich nicht gesagt; ihr hatte er einfach erklärt, er hätte sie nicht geheiratet, um sich eine Haushälterin oder einen Chauffeur zu sparen. Sie sollte ihr Leben genießen und es nicht mit überflüssigen »Pflichten« vergeuden.

Normalerweise handelte es sich bei der Fahrt zu seinem Hause um nicht mehr als 15 Minuten durch ländliche Gegenden; heute jedoch, genau passend zu dem ohnehin aufreizenden Tenor des ganzen Tageskrempels, erfuhr er einen unerwarteten Aufenthalt. Rund zwei Kilometer von der Stelle, wo die Landstraße von der Bundesstraße abzweigte, wurde sie von der Haupteisenbahnlinie gekreuzt. Weder Bahnwärterhäuschen noch Schranken sicherten den ebenen Übergang, sondern lediglich ein rotes Licht und ein Glockensignal, das eben, als Cornelius sich näherte, in beharrlicher Warnung klingelte. Er brachte den Wagen zum Stehen und saß da, mit Fingern, die

ruhelos auf dem Steuerrad trommelten, während die endlose Schlange eines Güterzuges gemächlich vorbeirasselte. Und dann, ehe er noch den Wagen in Bewegung setzen konnte, sah er sie.
Es waren Claire und ein Mann. Seine Frau und irgendein Mann in dem Lieferwagen, der an ihm vorbei in Richtung Städtchen brauste. Und der Mann saß am Steuer – saß mächtig und blond und arrogant hinterm Steuer, wie ein Wikinger – einen Arm um Claire gelegt, die mit geschlossenen Augen ihren Kopf an seine Schulter gebettet hatte. Und ein Ausdruck lag auf ihrem Gesicht, wie Cornelius ihn dort noch nie zuvor sah (obschon er zuweilen wohl davon geträumt hatte, ihn einmal zu sehen). In einem Husch waren sie an ihm vorbei; aber das Bild, das die beiden abgaben, hatte sich seinem Gedächtnis derart strahlend eingebrannt wie die Momentaufnahme einem Film.
Er wolle, er könne es nicht glauben, sagte er sich selbst voller Skepsis; er weigerte sich einfach, es zu glauben! Aber da war das Bild schon wieder vor ihm, wurde mit jeder Sekunde klarer und heller, wurde immer mehr, immer grausiger lebendig unter seinem betrachtenden Blick. Des Mannes Arm, der Besitz von ihr ergriff. Und ihr Gesicht eine einzige Einwilligung. Sinnliche Einwilligung.
Ein nicht zu beherrschendes Zittern hatte ihn überkommen, und das Blut hämmerte in seinen Schläfen, als er sich anschickte, mit dem Wagen zu wenden und jenen zu folgen. Aber schon fühlte er, wie er schlaff wurde: folgen wohin? Zurück ins Städtchen, ohne Frage, wo der Mann auf den nächsten Zug in Richtung City warten würde. Und was dann? Eine Entlarvung im Opernstil? Eine Szene? Eine öffentliche Blamage, für ihn nicht minder als für jene?
Er konnte alles vertragen, aber dergleichen Blamagen nicht. Es war die erste Zeit schon schlimm genug gewesen, als er Claire eben geheiratet hatte und erkennen mußte, wie seine Freunde ihn darob auslachten: ein Mann in seiner Stellung, der seine Sekretärin heiratet; und dazu noch ein Mädchen, halb so alt wie er?! Jetzt war er im Bilde, warum sie so gelacht hatten; aber damals war er eben blind gewesen. Ihr Wesen hatte eine derart förmliche Kühle geatmet, wenn sie ihren Bürooblìegenheiten nachgegangen war; sie hatte mit so schmucker Würde dagesessen, wenn er ihr diktiert hatte, sie war derart bescheiden gekleidet gegangen – und als er sie das erste Mal zum Abendessen eingeladen hatte, war sie mit der verwirrten Naivität eines Backfisches errötet, der zum ersten Rendezvous eingeladen wird. Naivität! Und all die Zeit über, dachte er wütend, muß sie mich also ausgelacht haben. Sie, und alle andern desgleichen.
Langsam, fast ohne zu sehen, fuhr er dem Hause zu. Das Haus war ganz leer; und ihm fiel ein, daß es ja Donnerstag wäre, natürlich: der freie Tag der Dienstboten und also der ideale Tag für Claires Absichten. Er begab sich ohne Umwege in die Bibliothek, setzte sich dort an den Schreibtisch und schloß den obersten Schub auf. Er hatte seinen Revolver in diesem Schub, einen kurzläufigen 9,65-Millimeter;

und er nahm ihn langsam zur Hand und wog das kalte Gewicht prüfend darin und genoß das Gefühl der Macht, das die Waffe ihm gab. Dann aber gingen seine Gedanken plötzlich zu etwas zurück, was Richter Hilliker ihm einmal erzählt hatte; etwas merkwürdig Interessantes, das der alte Mann ihm erzählt hatte, während sie einmal nebeneinander im Börsenpfeil gesessen hatten.

»Revolver?« hatte Hilliker gesagt: »Messer? Stumpfe Gegenstände? Die können Sie sämtlich gleich aus dem Fenster werfen. Was mich angeht, so weiß ich nur eine vollkommene Waffe – *das Auto*. Jegliches fahrbereite Auto. Warum? Weil ein Auto, wenn es nur schnell genug fährt, jeden umbringt, den es trifft. Und wenn der Fahrer dann aussteigt und nur einigermaßen reuig dreinschaut, wird er erfahren, daß er derjenige ist, dem alle Sympathien gehören, und nicht jener lästige Leichnam auf der Erde da, der ihm ja bloß nicht im Wege hätte zu sein brauchen. Solange der Fahrer nicht betrunken ist oder notorisch leichtsinnig, kann er bei uns zulande jeden umbringen, den er will, und riskiert dabei nicht mehr als eine vorübergehende Ungelegenheit und 'ne kleine Geldbuße, so klein, daß es nicht der Rede wert ist.«

»Überlegen Sie sich doch mal selbst, Mann«, hatte der Richter fortgefahren, »für die meisten Menschen ist das Auto eine Art Gott; und wenn Gott selbst einen zu Boden schlägt – nu, da hat man eben Pech gehabt. Was mich betrifft, so sprech' ich, wenn ich 'ne Straße überqueren muß, grundsätzlich erstmal 'n Stoßgebet.«

Noch mehr dieser Art hatte Richter Hilliker in seiner umfassend-zynischen Weise doziert; aber an mehr brauchte Cornelius sich nicht zu erinnern. Was er brauchte, hatte er jetzt; und sehr methodisch legte er den Revolver zurück in die Schublade, schob diese wieder zu und schloß sie ab.

Als er noch in tiefem Brüten am Schreibtisch saß, kam Claire herein, und er zwang sich, sie mit kalter Objektivität zu mustern – diese strahlend liebliche Frau, die ihn zum Narren hielt, und die jetzt mit weit aufgerissenen Augen im Türrahmen stand, eine übertrieben große Tüte mit Lebensmitteln an sich gedrückt.

»Ich hab' deinen Wagen in der Garage gesehen«, sagte sie atemlos. »Ich hatte schon Angst, daß irgendwas nicht stimmte. Daß du dich nicht wohl fühlst . . .«

»Ich fühle mich sehr wohl.«

»Aber du bist so früh zu Hause. So zeitig bist du doch noch nie heimgekommen.«

»Tcha, bisher war es mir eben immer geglückt, Einladungen zu mittwöchentlichen Abendgesellschaften abzulehnen.«

»O Gott!« Der Mund blieb ihr offenstehen: »Das Diner beim Senator! Mit keinem Gedanken hab' ich mehr dran gedacht. Ich bin den ganzen Tag über derartig beschäftigt gewesen . . .«

»Ja?« sagte er. »Mit was?«

»Ach, die Leute haben doch alle frei heute; da hab' ich erst das ganze Haus vom Keller bis zum Boden zu betreuen gehabt; und als ich dann in die Speisekammer schaute, sah ich, daß uns diverse Sachen fehlen, und bin schnell ins Städtchen danach gefahren.« Sie wies mit dem Kinn auf ihren ungefügen Papierbeutel. »Sobald ich das Zeugs hier verstaut hab', mach' ich dir sofort das Bad zurecht und leg' dir deine Sachen hin.«

Er sah ihr nach, wie sie ihren Abgang nahm, und empfand aufrichtige Bewunderung für sie. Eine andere Frau würde einen Besuch bei einer Freundin erfunden haben, durch die dann, irgendwann später einmal, die Schwindelei zufällig hätte ans Tageslicht kommen können. Oder eine andere Frau wäre nicht auf den Gedanken gekommen, sich mit einem überflüssigen Einkaufspaket zu belasten, um eine Fahrt ins Städtchen zu motivieren. Aber nicht seine Claire, die unverkennbar ebenso klug wie schön war.

Und verdammt anziehend *war* sie ja nun einmal! Mochten seine Freunde auch hinter seinem Rücken erst noch so sehr gelacht haben; wenn man bei ihnen zu Besuch war, wurde sie sogleich eifrig von ihnen umschwärmt. Wenn er mit ihr in ein Zimmer voll von Fremden trat, sah er, wie die Blicke sämtlicher Männer sie mit offenkundig lüsternem Interesse verfolgten. Nein, ihr durfte nichts geschehen; nicht das geringste. Wer vernichtet werden mußte, war der Mann; etwa in der Art, wie man den Wilderer vernichtet, den man in seinen Jagdgründen ertappt; oder einen Verrückten, der einem, mit dem Beil in der Hand, durchs Haus Amok laufen will. Claire würde ein kleiner Kummer nicht erspart bleiben können, sie würde ihre Lektion zu lernen haben; aber das würde, und zwar aufs wirksamste, eben durch das erreicht werden, was dem Mann zustieß.

Cornelius sollte sehr rasch einsehen lernen, daß seine Planung noch ein gut Teil mehr zu umfassen haben würde als nur den simplen Akt, dem Manne aufzulauern und ihn zu überfahren. Schritt und Tritt des Weges, sowohl vor als nach dem Ereignis, waren mit Details förmlich gepflastert, unzähligen kleinen Details, die Stückchen für Stückchen, wie bei einem Zusammensetzspiel, an Ort und Stelle eingebaut werden mußten, um das Ganze untadelig zu machen.

Und in der Beziehung, mußte Cornelius manchmal dankbar denken, war der Richter damals ja weit, weit helfershelferischer gewesen, als der, mit aller seiner Ironie, sich hatte träumen lassen. Ein Mord vermittels Automobil war der vollkommene Mord schlechthin; denn es war eben überhaupt kein Mord – vorausgesetzt, man beachtete sorgfältig gewisse Details. Dort lag das Opfer, hier neben ihm stand hochaufgerichtet der Mörder, und der ganze Fall wurde behördlicherseits mit oberflächlichem Gleichmut behandelt: was war denn schon letztlich ein Opfer mehr bei den durchschnittlich 30 000 pro Jahr? Eine Zahl in einer Statistik war es, die man sich mit bedauerndem »Ts-Ts« und einem hilflosen Achselzuck besieht.

Was für Claire natürlich nicht zutreffen würde. Denn »Zufall« ist zwar ein ausgesprochener Gummibegriff; aber so dehnbar denn doch wohl schwerlich, daß sich damit noch erklären ließe, wieso ein Ehemann ausgerechnet den Liebhaber seiner Frau überfahren hat. Und das war ja noch das Schönste dabei: Claire würde Bescheid wissen; aber nicht in der Lage sein, auch nur ein Sterbenswörtchen zu äußern, denn jedes solche Sterbenswörtchen würde ihren eigenen Fehltritt offenbaren. Sie würde also anschließend ihr Leben, Tag um Tag, in dem Bewußtsein verbringen, daß sie durchschaut gewesen war; in dem Bewußtsein, daß eine gerechte Vergeltung vorgenommen worden war; und würde für alle Zeit vorgewarnt sein gegen jegliche ähnliche Versuchung, die ihr über den Weg laufen möchte.
Was aber, wenn jene kaum denkbare Möglichkeit doch eintreten sollte, daß sie sich entschloß, alles frei herauszusagen und sich bloßzustellen? Dann, kalkulierte Cornelius (und paßte gleichsam ein neues Stückchen seines Zusammensetzspiels richtig ein), würde der Zufall sich prompt zu seinen Gunsten einschalten: wenn es kein Fäserchen eines Anhaltes dafür gäbe, daß er sie je einer Affäre verdächtigt, beziehungsweise den Mann nie zuvor in seinem Leben gesehen hätte – dann *mußte* der Unfall von seiten der Gerichte als Zufall betrachtet werden. Ob so oder so: seine Stellung war unangreifbar.
Unter solchen und ähnlichen Erwägungen ging er geduldig und konzentriert an die Vorbereitung seines Planes. Zu Anfang war er versucht gewesen, einen Berufsdetektiv mit hinzuzuziehen, der ihm die erforderlichen Informationen rasch und verläßlich beschafft hätte; aber nach nochmaliger sorgfältiger Überlegung nahm er Abstand davon. Ein gewiegter Detektiv hätte sich, nach erfolgtem Unfall, allzuleicht sagen können, daß 2 mal 2 = 4 mache. Falls er ein ehrlicher Mann war, konnte er sich dann einfallen lassen, mit seinem Verdacht vor die Behörden hinzutreten; falls er ein unehrlicher Mann war, konnte er in Versuchung geraten, eine solide Erpressung zu probieren. Es lag auf der Hand, daß man keinen Außenstehenden hinzuziehen konnte, ohne auf die eine oder andere Art etwas zu riskieren. Und riskiert werden sollte nichts dabei; nicht das geringste.
Allerdings benötigte Cornelius nun mehrere kostbare Wochen, um die gewünschten Daten zusammenzutragen; und, wie er sich selbst eingestand, es hätte auch noch wesentlich länger dauern können, wenn Claire und der Mann nicht mit so geradezu uhrwerkhafter Regelmäßigkeit verfahren wären. Donnerstag war und blieb der eine Tag in der Woche, an dem der Mann ihr seine Visiten abstattete. Hinterher, kurz bevor der Zug in Richtung City auf dem Bahnhof ihres Städtchens einfuhr, steuerte Claire ihren Lieferwagen in eine nahezu menschenleere Seitenstraße, einen Häuserblock von der Plaza entfernt. Im Auto küßte das Paar sich dann noch einmal, und zwar mit einer Inbrunst, daß es Cornelius heiß und kalt über den Rücken lief.

Kaum daß der Mann aus dem Auto ausgestiegen war, fuhr Claire dann schleunigst ab; während der Mann raschen Schritts zur Plaza ging, sich seinen Weg durch all die Autos suchte, die dort am Bordstein geparkt standen, zwischen zweien herauskam und die Plaza überquerte, augenscheinlich tief in Gedanken versunken und nur mit halbem Auge auf den Verkehr achtend; worauf er dann in den Bahnhof trat. Nachdem Cornelius das dritte Mal Zeuge dieses Ritus gewesen war, hätte er jeden einzelnen Schritt des Mannes mit tödlicher Sicherheit vorhersagen können.

Einige Male innerhalb dieser Übergangszeit erwähnte Claire, daß sie in die City fahren müsse, um irgendwelche Einkäufe zu tätigen, und Cornelius benützte auch dieses nach Kräften. Wenn ihr Zug einfuhr, stand er schon in einer halbdunklen Ecke des Wartesaales der Endstation; folgte ihr dann in sicherem Abstand zu der betreffenden Straße, wobei es seiner Taxe gelang, die ihrige nicht aus dem Auge zu verlieren, bis fast vor die Haustür der schäbigen Mietskaserne, wo der Mann wohnte. Der Mann saß auf den schmutzigen Stufen vor dem Haus und wartete augenscheinlich schon auf sie. Als er sie ins Haus führte, verzeichnete Cornelius voll Bitterkeit, daß sie sich wie ein paar Schulkinder bei den Händen hielten – und dann kam eben eine lange Wartezeit; eine Wartezeit, die den größten Teil des Nachmittages in Anspruch nahm; aber Cornelius gab das Warten auf, noch ehe Claire wieder erschien.

Der Wutanfall, den er nach jener Nicht-Szene durchmachte, löste bei ihm zunächst die Idee aus, den Unfall gleich am nächsten Tage dort auf den Citystraßen zu inszenieren; aber Cornelius gab den Gedanken sehr bald wieder auf. Das hätte eine Fahrt mit dem Wagen in die City bedeutet, also etwas, was er grundsätzlich nie tat, und was folglich eine gefährlich-auffällige Abweichung von seinen Gewohnheiten gewesen wäre. Außerdem beschränkten sich die Sensationsblätter der City – ungleich der soliden Heimatzeitung seines Städtchens – bei ihren Berichten über Autounfälle manchmal nicht nur auf den gedruckten Text, sondern brachten in ihren Spalten auch noch Fotos sowohl des Opfers als des Schuldigen. Das wollte er nicht. Die Sache hier war privat. Streng privat.

Nein, es war gar keine Frage: der einzige Ort, den Fall zu klären, war direkt mitten auf der Plaza selbst; und je länger Cornelius seine Pläne zur Vorbereitung der Tat durcharbeitete, um so mehr staunte er, wie untadelig sie waren.

Nach menschlichem Ermessen konnte einfach nichts schiefgehen. Falls er, infolge irgendeines Mißgeschicks, den Mann nur anfahren sollte, ohne ihn zu töten, dann würde sich das Opfer in derselben Situation wiederfinden wie Claire: unfähig, einen Ton zu sagen, wenn er sich nicht öffentlich bloßstellen wollte. Und sollte er den Mann gar gänzlich verfehlen, dann war er auch nicht annähernd in der gefährlichen Lage des Mörders, der sein Opfer verfehlt hat und nun mit Revol-

ver oder Messer in der Hand ertappt wird. Ein Auto war eben keine Waffe; dann hieß die Überschrift eben höchstens: »Achtloser Fußgänger entkommt um Haaresbreite.«
Aber er wünschte ja gar kein Entkommen um Haaresbreite; und zu diesem Behuf gewöhnte er sich an, seinen Wagen ein kleines Stück weiter vom Bahnhof entfernt zu parken, als er bisher gewohnt war. Diese zusätzliche Distanz mußte ihm seiner Schätzung nach ermöglichen, den Wagen in einem flachen Bogen in die Plaza einbiegen zu lassen, so daß er genau auf den Mann träfe, wenn der, vom Bürgersteig her, zwischen den abgestellten Autos herauskäme. Das würde etwelche großartigen Erklärungen völlig überflüssig machen: ein Mann, der unversehens aus einer Reihe geparkter Autos herausspaziert gekommen war, würde im gesetzlichen Sinne schuldiger sein als der Fahrer, der ihn gerammt hatte!
Und Cornelius vergewisserte sich nicht nur, daß sein Wagen nunmehr in angemessener Entfernung vom Bahnhofseingang stand, sondern er gewöhnte sich auch an, ihn rückwärts auf den Parkplatz zu steuern, wie manch andere Fahrer sowieso taten. Jetzt zeigte der Kühler plazawärts, und er konnte rasch auf die erforderliche Geschwindigkeit kommen. Ja, mehr noch: jetzt konnte er den Mann, von dem Augenblick an, wo er in Sicht kam, pausenlos im Auge behalten. – Den Tag vor jenem, den er für die abschließende Handlung angesetzt hatte, wartete Cornelius auf seiner Heimfahrt so lange, bis einmal annähernd kein Verkehr mehr war, hielt dann auf einer einsamen Stelle der Landstraße an und ließ den Motor leer laufen. Dann schätzte er sorgfältig die Entfernung bis zu einem Baum, der etwa 30 Meter vor ihm stand; das mußte seiner Rechnung nach jener Entfernung über die Plaza entsprechen. Dann ließ er den Wagen anlaufen und fuhr, so schnell er nur vermochte, an dem Baume vorbei – bärenhaft gereizt brummte die schwere Maschine auf, als sie auf Touren kam. Einmal am Baum vorbei, versteifte er sich hinterm Steuer, trat mit Gewalt auf die Bremse und fühlte den Druck des Rades am Brustkasten, als der Wagen kreischend und schleudernd zum Stehen kam.
Das war's also. Das war alles, was dabei war . . .

Am Tag darauf verließ er, auf die Minute genau, die er sich vorgesetzt hatte, sein Büro. Nachdem seine Sekretärin ihm in den Mantel geholfen hatte, wandte er sich, wie vorgesehen, noch einmal zu ihr um, mit leicht verzerrtem Gesicht.
»Ich weiß nicht, ich fühl' mich nicht wohl, Miß Wynant«, sagte er. »Keine Ahnung, was mit mir los sein mag.«
Und schon – wie gute Sekretärinnen seines Wissens zu tun geschult waren – hielt sie ihm ein vorwurfsvolles Gesicht entgegen und sagte besorgt: »Wenn Sie nicht so übermäßig arbeiten würden, Mister Bolinger . . .«

Mit einer brüsken Handbewegung lehnte er ab. »Ach was; rechtzeitig nach Hause, früh ins Bett und lange schlafen, dann vergeht's von selbst wieder. – Oh,« und er klopfte sich kunstvoll die Manteltaschen ab: »meine Tabletten, Miß Wynant. Sie liegen drinnen, im obersten Schubfach.«
Es handelte sich zwar nur um einen Briefumschlag mit ein paar Aspirintabletten; aber was zählte, war ja der Eindruck. Ein Mann, der sich vorher nicht wohl gefühlt hatte, besaß, falls ihm dann beim Autofahren ein Mißgeschick unterlief, eine Entschuldigung mehr.
Der vorzeitige Zug war ihm nun schon etwas Gewohntes; er hatte ihn im Laufe der letzten vergangenen paar Wochen mehrfach benützt, allerdings stets umsichtig hinter einer Zeitung als Deckung. Heute hatte das anders zu sein. Als der Schaffner durchkam und seine Monatskarte sehen wollte, war Cornelius schlapp auf seinem Sitz in sich zusammengesunken, unverkennbar ein Mann, dem schlecht war.
»Schaffner –«, fragte er, »wenn's Ihnen nichts ausmacht – könnten Sie mir'n Schluck Wasser besorgen?«
Der Schaffner warf einen Blick auf ihn und verschwand schleunigst. Als er mit einer tropfenden Tasse Wasser zurückgekehrt war, holte sich Cornelius langsam und sorgfältig eine Aspirintablette aus seinem Umschlag und spülte sie mit dankbarem Gesichtsausdruck hinunter.
»Falls ich etwa sonst noch was tun kann«, sagte der Schaffner, »sagen Sie mir's ruhig.«
»Nein«, sagte Cornelius, »nein, danke; ich bin 'n bißchen angegriffen, das 's' alles.«
Aber als er ausstieg, stand der Schaffner doch schon auf dem Bahnsteig, ihm eine hilfreiche Hand zu leihen und noch ein bißchen zu plauschen. »Sie fahren nicht regelmäßig, was?« fragte der Schaffner. »Zumindest nicht mit diesem Zuge.«
Cornelius fühlte dankbare Erleichterung. »Nein«, sagte er. »Ich bin lediglich wohl einmal früher mit diesem Zug schon gefahren. Im allgemeinen nehm' ich den ›Börsenpfeil‹.«
»Ho.« Der Schaffner sah ihn von oben bis unten an und grinste dann ehrerbietig. »Ah, dann erklärt sich ja einiges«, sagte er. »Na, ich hoffe, Sie sind mit unserm Kundendienst ebenso zufrieden wie mit dem im ›Pfeil‹.«
In dem kleinen Bahnhofsgebäude setzte Cornelius sich erst auf eine Bank und legte den Kopf gegen die Lehne zurück, so daß sein Blick auf der großen Uhr über dem Schalterfenster des Fahrkartenverkäufers ruhte. Ein- oder zweimal sah er den Verkäufer beunruhigt durch das Fenster zu sich herüberschielen, und das war ja ausgezeichnet. Was nicht ganz so ausgezeichnet war, war das Gefühl, das er langsam in sich höhersteigen fühlte – ein nervöses Schlingern in der Magengegend, ein allzu schweres Stampfen des Herzens in seiner

Brust. Zehn Minuten hatte er für den Aufenthalt hier angesetzt; mit jeglicher Minute empfand er, wie das Gefühl bedrückender und immer bedrückender wurde. Es kostete ausgesprochene Anstrengung, sich in der Gewalt zu behalten; sich daran zu verhindern, auf die Füße zu springen und hinaus zum Wagen zu stürzen, bevor der Minutenzeiger der großen Uhr auf den kleinen schwarzen Strich gerückt war, der das Signal für ihn war.

Erst dann, auf die Sekunde genau, erhob er sich, erstaunt ob der Mühe, die das erforderte; langsam verließ er, während die Augen des Fahrkartenverkäufers jeden seiner Schritte verfolgten, das Bahnhofsgebäude, ging die Stufen hinunter und weiter zu seinem Wagen. Er setzte sich hinter das Steuer, zog die Tür fest zu und ließ den Motor anlaufen. Das sanfte Schnurren unter seinen Füßen erfüllte ihn von unten her mit einem Gefühl neuer Kraft. Er saß da, und saugte es dankbar in sich auf; und hielt derweil den Blick fest auf das Stück Entfernung über die Plaza gerichtet.

Als der Mann zuerst in Sicht kam und raschen, weitausgreifenden Schritts sich näherte, durchzuckte Cornelius aufs seltsamste der Gedanke, wie ähnlich die hochgewachsene blonde Reckengestalt doch eigentlich einer Marionette wäre, die an einem unsichtbaren Draht zu dem ihr bestimmten Platz auf der Bühne hingeführt wird. Dann jedoch, als er näherkam, war klar zu erkennen, daß er breit lächelte, ja, laut sang im Überschwung all seiner Jugend und Kraft – und seines Triumphes. Und das war das Schlüsselwort, das jegliche Lähmung verfliegen ließ, das den Motor aufdonnern machte in wütender Lebendigkeit.

Trotz all der vielen Male, die Cornelius das Ereignis im Geist durchgespielt hatte, war er doch nicht auf die Geschwindigkeit gefaßt, mit der jetzt alles ablief. Da war der Mann, der, immer noch blind für seine Umgebung, zwischen den Autos herauskam. Hier war Cornelius' Hand an der Hupe – eine letzte Eingebung: ein Warnzeichen, das unmöglich mehr beachtet werden konnte, und mehr als alles andere ein Garant des Erfolges. Der Mann fuhr herum bei dem Ton, das Gesicht ein einziger großer Schreck, die Hände nach vorn gestoßen, wie wenn er das Unvermeidliche parieren wollte. Ein schriller Aufschrei noch, schroff abgeschnitten durch einen Anprall, weit heftiger, als Cornelius sich jemals hatte träumen lassen – dann ging alles weitere unter in dem langgezogenen Kreischen der Bremsen.

Bevor es passiert war, war die Plaza nahezu menschenleer gewesen; jetzt auf einmal kamen aus allen Richtungen her Leute angerannt, und Cornelius mußte sich seinen Weg durch die Ansammlung bahnen, um einen Blick auf den Liegenden zu werfen.

»Gucken Sie lieber nicht hin«, warnte ihn jemand; aber er tat es dennoch und sah die zusammengebrochene Gestalt; die in unnatürlicher Grätsche geöffnete Beinschere; das Gesicht, das, während er noch zusah, ergraute. Er schwankte, und ein Dutzend helfender

Hände griff sogleich zu, ihn zu stützen; aber es war mitnichten Schwäche, die ihn also angegriffen hatte, sondern vielmehr ein überwältigendes, schwindelndes Gefühl des Sieges. Das Gefühl eines Sieges, das die Stimmen um ihn herum immer noch erhöhten:
»Buchstäblich reingerannt, mit weit offenen Augen.«
»Ich hab das Hupen ja 'ne ganze Straßenecke weiter gehört.«
»Betrunken, vielleicht. Nach der Art zu urteilen, wie er so dastand . . .«
Die einzige Gefahr im Augenblick bestand darin, ja nichts zu übertreiben. Darauf mußte er jetzt aufpassen, mußte weiterhin Stückchen um Stückchen nach Plan zusammensetzen, dann würde es keinerlei Gefahr geben. Er setzte sich also in seinen Wagen, während ein Polizist ihn mit amtlicher Würde vernahm, und erkannte aus der wachsenden Sympathie im Stimmklang dieses Polizisten, daß er den richtigen Eindruck machte.
Nein nein, es stand ihm völlig frei, nach Hause zu fahren, falls er wollte. Ein Verfahren gegen ihn würde natürlich automatisch eingeleitet werden müssen; aber so, wie die Sache hier aussah . . . Ja, man würde mit Freuden Frau Bolinger anrufen. Man konnte ihn zwar auch nach Hause fahren; aber wenn er vorzöge, daß *sie* es täte . . .
Er hatte die Zeit, während dieser Anruf getätigt wurde, so reichlich kalkuliert, daß sie längst wieder zu Hause sein mußte; und die sich anschließende Viertelstunde verbrachte er inmitten einer Menschenmenge, die ihn voll halb lüsterner, halb mitleidiger Neugier durchs Wagenfenster anstarrte. Als dann der Lieferwagen in der Nähe vorfuhr, bildete sich wie durch Magie eine Gasse in der Menge; als Claire an seiner Seite war, schloß sich die Gasse wieder.
Selbst so erschreckt und verwirrt wie jetzt war sie eine schöne Frau, dachte Cornelius, und, wie er sich eingestehen mußte, sie verstand es ja erstklassig, die Maske ehefraulicher Besorgnis und Ergebenheit zur Schau zu tragen, so falsch sie auch war. Aber möglicherweise geschah das, weil sie noch nicht im Bilde war, und da wurde es ja nun Zeit, sie zu belehren.
Er wartete noch, bis sie ihm in den Lieferwagen geholfen und ihrerseits selbst auf dem Fahrersitz Platz genommen hatte; dann legte er den Arm fest um ihre Schultern.
»Ach, das eine noch, Wachtmeister«, erkundigte er sich mit würdevoller Besorgnis durch das offene Fenster. »Haben Sie feststellen können, wer der Mann war? Hatte er irgend Ausweispapiere bei sich?«
Der Polizist nickte. »Junger Bursche aus der City«, sagte er, »richtig identifizieren können wir ihn also erst dort unten. Lundgren der Name. Robert Lundgren; das heißt, falls die Visitenkarte wirklich seine ist.«
Cornelius fühlte das erstickte Keuchen mehr mit dem Arm, als daß er es hörte; er fühlte das Zittern, das kleine, nicht zu beherrschende;

ihr Gesicht war ebenso grau wie das des Mannes draußen auf der Straße. »In Ordnung, Claire«, sagte er sanft. »Laß uns jetzt heimfahren.«
Sie fuhr instinktmäßig durch die Straßen und aus dem Städtchen heraus. Ihr Gesicht war leer, die Augen starr und ohne Regung. Er war direkt dankbar, als sie die Landstraße erreicht hatten und sie endlich mit stiller und wie verwunderter Stimme zu sprechen anhob. »Du hast es gewußt«, sagte sie. »Du hast davon gewußt und hast ihn deshalb umgebracht.«
»Ja«, sagte Cornelius, »ich hab' davon gewußt.«
»Dann mußt du verrückt sein«, sagte sie leidenschaftslos, den Blick immer noch unbeweglich vorausgerichtet. »Du mußt verrückt sein, daß du jemanden auf diese Art umbringst.«
Ihr gelassener, sachlicher Tonfall schürte seine Wut nicht minder als das, was sie gesagt hatte.
»Gerechtigkeit meinst du«, sagte er zwischen den Zähnen. »Die ihm gebührt hat.«
Sie war immer noch wie abwesend. »Du begreifst es nicht.«
»*Was* begreife ich nicht?«
Jetzt wandte sie sich ihm zu, und er sah den feuchten Glanz in ihren Augen. »Ich hab' ihn gekannt, längst bevor ich dich kennenlernte, lange bevor ich überhaupt im Büro zu arbeiten begann. Wir sind immer zusammen gegangen; es schien als ob das ganze Leben keinen Zweck hätte, wenn wir nicht zusammensein könnten.« Nur für den Bruchteil einer Sekunde unterbrach sie sich. »Aber es klappte dann eben nicht – er hatte hochfliegende Pläne, die kein Geld einbrachten, und das hielt ich nicht aus. Ich war in armen Verhältnissen geboren und hielt es nicht aus, auch noch arm zu heiraten und arm zu sterben ... Deswegen hab' ich dich geheiratet. Und ich hab' mir Mühe gegeben, eine gute Ehefrau zu sein – *wieviel Mühe*, wirst du dir niemals denken können! – aber das war es ja gar nicht, was du wolltest. Du wolltest ein Schaustück, keine Frau. Etwas, mit dem du vor den Leuten paradieren konntest, damit sie dich bewundern sollten, weil es dir gehört; geradeso, wie sie dich ob alles andern auch bewundern, was dir gehört.«
»Du sprichst wie eine Törin«, sagte er rauh. »Und paß' auf die Straße auf. Wir biegen hier ab.«
»Hör' mich an!« sagte sie. »Ich stand im Begriff, dir alles zu erzählen. Ich stand im Begriff, mich scheiden zu lassen. Ich wollte keinen Pfennig von dir, nicht Geld, nicht Geldeswert – nichts als die Scheidung; so daß ich endlich ihn heiraten und all die Zeit wieder einholen könnte, die ich versäumt und weggeworfen hatte! Das habe ich ihm heute noch gesagt; und wenn du mich nur gefragt hättest – nur ein Wort zu mir gesagt hättest –«
Sie würde darüber hinwegkommen, dachte er. Es war also sogar noch ernsthafter gewesen, als er sich vorgestellt hatte; aber, wie das Sprich-

wort heißt: *Es geht alles vorüber.* Jetzt besaß sie nichts mehr, was sie für ihre Ehe hätte eintauschen können; und wenn sie das erst klar eingesehen haben würde, konnten sie dann neu, ganz von vorn, anfangen. Es war tatsächlich ein Mirakel, daß er sich entschieden hatte, gerade diese Waffe zu benützen, und daß er sie so vollendet benützt hatte. *Die vollkommene Waffe,* hatte der Richter damals gesagt. *Wie* vollkommen, würde er niemals wissen.

Es war das warnende Gebimmel der Glocke an dem ebenen Bahnübergang, das Cornelius aus seinen Träumereien aufscheuchte – das, und die alarmierende Erkenntnis, daß das Tempo des Wagens nicht im geringsten nachließ. Dann wurde aber alles vom zornigen Aufheulen eines Dieselhorns verschlungen; und als er ungläubig aufschaute, fiel sein Blick auf den rasenden Hügelrücken aus Stahl, den man den »Börsenpfeil« nannte, und der unmittelbar vor ihnen über die Straße lawinte.

»Paß auf!« brüllte er wild. »Mein Gott, was machst du denn?!«

In jenem letzten Sekundenbruchteil, als ihr Fuß stärker auf den Gashebel trat, wußte er es.

DER AUGENBLICK DER ENTSCHEIDUNG

Hugh Lozier bildete die Ausnahme zu der Regel, daß Leute, die absolut selbstsicher sind, niemals liebenswert sein können. Wir sind natürlich alle schon diesem selbstsicheren Typ begegnet – diesen beherrschten, aber eindringlichen Stimmen, die bei Diskussionen durch alle anderen förmlich hindurchschneiden; diese harten Zeigefinger, die einem eine Meinung gleichsam in die Brust dolchstoßen; diese fleischgewordenen Abschlußkommuniqués, gleichviel, um welches Problem es sich handelt – und ich kann mir vorstellen, daß wir auch alle dasselbe Gefühl für jene teilen: eine Mischung aus Abneigung und Neid. Abneigung, weil kein Mensch es leiden kann, niedergeschrien oder in den Brustkasten gepiekst zu werden; und Neid, weil jeder sich heimlich wünscht, ebenfalls über einen solchen Reichtum an Selbstsicherheit zu verfügen, damit er auch mal niederschreien und pieksen könnte.

Was mich persönlich anbelangt, so führte mich meine Tätigkeit derart regelmäßig an gewisse Orte unserer atomischen Welt, wo der einzige feste Status Verworrenheit hieß und die einzige Dauerbeschäftigung darin bestand, politische Haare zu spalten, daß es mir immer schwerer und schwerer fiel, mir überhaupt noch absolute Meinungen zu bilden. Wozu Hugh einmal anmerkte, wie gut es doch sei, daß meine Vorgesetzten im Amt nicht auch aus demselben Holz geschnitzt seien; denn was dann aus unserm Lande würde, das wisse Gott allein. Ich fand zwar keinen sonderlichen Geschmack an seiner Bemerkung; aber – und da war mein Fluch ja eben schon wieder da – ich mußte ihm das Recht zu solcher Meinung zubilligen.

Trotzdem und auch trotz des Umstandes, daß Hugh mein Schwager war – ein kurioses Verwandtschaftsverhältnis, wenn man es einmal richtig durchdenkt – hatte ich ihn maßlos gern; genau wie jeder andere auch, der mit ihm in Berührung kam. Er war ein mächtiger, gutaussehender Mann, mit klarblauen Augen in dem frischen roten Gesicht, von einem raschen, zupackenden Naturell und gern und eifrig bereit, zu würdigen, was immer man zu bieten hatte. Er war von einer überwältigenden Großherzigkeit, und zwar war diese seine Großherzigkeit von jener raren und unschätzbaren Art, bei der man das Gefühl hat, als erweise man dem Geber durch das Annehmen noch eine Gunst.

Daß er in bedeutendem Ausmaß Sinn für Humor besessen hätte, möchte ich nicht behaupten; aber schlichte gute Laune kann ja zuweilen ein ebenbürtiger Ersatz dafür sein, und das war bei Hugh ausgesprochen der Fall. Die stürmischere Seite seines Temperaments blieb größtenteils für Zeiten reserviert, wenn er sich einbildete, man hätte bei irgend etwas seiner Unterstützung bedürftig sein können, es jedoch freventlich unterlassen, sich deshalb an ihn zu wenden. Was bedeutete, daß – wenn Hugh einen kennengelernt und man ihm gefallen hatte – er zehn Minuten später schon erwartete, um alles und jedes angegangen zu werden, was er überhaupt nur zu bieten hatte. Einen Monat oder so, nachdem er meine Schwester Elisabeth geheiratet hatte, erwähnte sie ihm gegenüber einmal mein gieriges Interesse an einem schönen Copley, den er in seiner Galerie in Hilltop hängen hatte – und ich kann mich noch lebhaft meines Entsetzens erinnern, als er plötzlich, in einer schweren Lattenkiste und mit einem Geschenkkärtchen daran befestigt, in meiner kahlen Anderthalbzimmerwohnung eintraf. Es kostete zwar beträchtliche Anstrengung, aber schließlich schaffte ich es doch, ihm das Bild wieder zurückzugeben, indem ich ihn mit Argumenten überrumpelte, wie, daß das Stück doch zweifellos mehr wert wäre als das ganze Gebäude, in dem ich wohnte, und durch bewegliche Klagen, daß es an meiner kümmerlichen Zimmerwand den Raum einfach totschlüge. Ich glaube, er hatte mich im Verdacht, daß ich löge; aber da er Hugh Lozier war, wäre es ihm nicht im Traum eingefallen, mich dessen auch nur mit einem Wort zu bezichtigen.

Natürlich hatten Hilltop und seine 200 Jahre Lozier-Tradition, die daranhingen, viel dazu beigetragen, Hugh so zu machen. Die ersten Loziers hatten den Großgrundbesitz den waldigen Anhöhen am Fluß mühsam abgerungen, hatten schwer gearbeitet, aber auch glänzend floriert; die darauffolgenden Generationen dann hatten ihre Einkünfte so weislich angelegt, daß am Ende Geld und gesellschaftliche Stellung gewissermaßen einen schützenden Mauerring zwischen Hilltop und der Welt da draußen errichtet hatten. Um es auf eine Formel zu bringen: Hugh ähnelte frappant einem Mann aus dem 18. Jahrhundert, der sich irgendwie ins 20. versetzt sieht und sich nun dareinschickt, so gut er kann.

Hilltop selbst war nahezu eine Kopie des berühmten, aber lange Zeit unbewohnten *Dane Haus*, gleich nebenan, und imposant genug, daß männiglich die Augen aufriß, der es zum ersten Male sah. Das Haus war aus verwettertem Bruchstein ausgeführt, anmutig anzuschauen trotz seiner Mächtigkeit; und die weiten, bis zum Flußufer sich erstreckenden Rasenflächen waren all die Jahre hindurch mit derart fanatischer Sorgfalt gepflegt worden, daß sie Teppichen von sattestem Grün glichen, auf denen der leiseste Windhauch magische Farbnuancen hervorbrachte. Auf der entgegengesetzten Seite des Hauses zogen sich Gartenanlagen bis zu den Gehölzen hin, hinter denen, halb versteckt, die Stallungen und Wirtschaftsgebäude lagen; und jenseits jener Gehölze endlich verlief dann die schmale Zufahrtsstraße, die stadtwärts führte. Diese Straße war an sich eine private Straße, zu deren Unterhaltung jeder der anliegenden Großgrundbesitzer seinen Teil beitrug; und ich glaube, ich kann getrost die Behauptung wagen, daß Hugh, im Verhältnis zu all dem zerklopften Felsgestein, das er hatte hineinpflastern lassen, sie mit beträchtlichem Abstand weniger benützte als jeder seiner Nachbarn.

Hughs Dasein war von Hilltop unzertrennlich; nur die dringendste Notwendigkeit konnte ihn bewegen, es zu verlassen; und wenn man ihn wirklich einmal anderswo traf, sah man ihm auf der Stelle an, daß er die Minuten zählte, bis er wieder dahin zurückkehren konnte. Und wenn man sich nicht ganz sehr aufpaßte, war es mehr als wahrscheinlich, daß man, man wußte nicht wie, ihn auf seiner Rückreise auf einmal begleitete und sich einfach nicht mehr imstande fand, sich von dem Fleckchen wieder loszureißen, während die kostbaren Wochen, eine nach der andern, vergingen. Ich hab's erfahren. Ich glaube, seitdem meine Schwester Hugh in unsere Familie eingebracht hat, hab' ich mehr Zeit in Hilltop verbracht als in meiner eigenen Behausung.

Eine Zeitlang hatte ich mir Gedanken gemacht, wie Elisabeth sich in ihrer Ehe wohl fühlen möchte; in Anbetracht dessen, daß sie, bevor sie Hugh kennengelernt hatte, ebenso ruhelos und flatterhaft wie hübsch gewesen war. Als ich ihr diese Frage einmal direkt vorlegte, sagte sie: »Es ist ganz wunderbar, mein Lieber. Genauso wunderbar, wie ich wußte, daß es sein würde, als ich ihn das erstemal sah.«

Es stellte sich heraus, daß ihr erstes Zusammentreffen anläßlich einer Kunstausstellung stattgefunden hatte, auf der irgendwelches hypermodernes Zeugs gezeigt wurde; und sie hatte gerade eines der verwirrenderen Produkte, die dort zur Schau standen, intensiv studiert, als sie plötzlich eines hochgewachsenen, gutaussehenden Mannes gewahr wurde, der sie anstarrte. Sie war nun – wie sie es darstellte – eben auf dem Punkt gewesen, ihn ganz energisch zurechtzuweisen, als er unvermittelt gesagt hatte: »Bewundern Sie das etwa?«

Das war nun dem, was sie erwartet hatte, so ganz und gar unähnlich gewesen, daß es sie vollständig überrumpelt hatte. »Ich weiß nicht«, hatte sie schwächlich erwidert. »Meinen Sie, daß ich's tun sollte?«

»Nichts da«, hatte der Fremde gesagt, »verdammter Blödsinn ist das. – Kommen Sie mal mit; dann will ich Ihnen was zeigen, womit Sie Ihre Zeit nicht vergeuden.«

»Und«, sagte Elisabeth zu mir, »ich bin ihm doch tatsächlich wie ein Hündlein auf den Hacken hinterhergelaufen; während er auf und ab marschiert ist und mir erklärt hat, was gut wäre und was schlecht; und all das noch mit ziemlicher Lautstärke, so daß sich uns allmählich 'ne ganze Menge Leute dann angeschlossen hatte. – Kannst du dir das illustriert vorstellen, mein Lieber?«

»Tcha«, sagte ich, »ohne weiteres.« Ich hatte inzwischen ähnliche Auftritte an Hughs Seite erlebt und aus erster Hand erfahren, daß nichts seine gußeiserne Selbstsicherheit auch nur anritzen konnte.

»Na ja«, fuhr Elisabeth fort, »ich muß gestehen, daß ich zuerst natürlich etwas verstimmt war; aber dann hab' ich allmählich eingesehen, daß er genau wußte, wovon er redete, und daß er ganz schrecklich aufrichtig war. In keinerlei Hinsicht selbstherrlich; lediglich eifrigst bemüht um mich, daß ich die Dinge so sehen und verstehen sollte wie er auch. Und so ist es mit allem. Alle andern Leute auf der Welt fummeln und brummeln beständig rum, wenn sie nur das geringste entscheiden sollen – was man zum Dinner bestellen könnte oder wie sie am besten diese und jene geschäftliche Angelegenheit erledigen, oder wem sie ihre Wählerstimme geben sollen – Hugh dagegen *weiß* grundsätzlich. Dieses *Nicht*-Wissen heutzutage ist doch im Grunde schuld an all diesen Nerven und Komplexen und sonstigen Dingen, von denen man so hört, meinst du nicht? Also ich lobe mir jedenfalls meinen Hugh, schönsten Dank, und überlass' alle andern ihren Psychiatern.«

So also war die Lage. Ein Garten Eden mit untadeligen Rasenflächen, ohne jegliche Komplexe und nervöse Schrecken und auch nicht der Schimmer einer Schlange irgendwo in Sicht. Das heißt: kein Schimmer bis zu dem Tage, da Raymond auf der Bildfläche erschien.

Wir waren an dem betreffenden Tag auf der Terrasse, Hugh, Elisabeth und ich; die Augustsonne schmolz uns förmlich, bis wir in einen Zustand halbflüssiger Erstarrung geraten und alle drei viel zu sehr hin waren, um auch nur annähernd etwas wie eine Unterhaltung zu erheucheln. Ich lag da, hatte mir meine Leinenkappe übers Gesicht gedeckt, lauschte den sommerlichen Geräuschen um mich herum, und war restlos glücklich.

Leise und unaufhörlich rauschte ein Lüftchen in den nahen Espen; vom Fluß unten kam ferner platschender Ruderschlag; und dann und wann machte ein Glöckchen melancholisch *Ding-Dong* – die Schafherde auf dem Rasen. Diese Herde war eine von Hughs Liebhabereien. Er schwor darauf, daß es nichts Besseres für einen Rasen gäbe, als ein paar Schafe darauf grasen zu lassen; und folglich wurden jeden Sommer fünf oder sechs fette und schläfrige Mutterschafe zu diesem Zweck hier auf die Weide geschickt, und gaben dem Bild noch zusätzlich eine sehr nette schäferliche Note.

Eben von diesen Schafen nun wurde mir die erste Warnung, daß etwas nicht stimmte – das plötzlich einsetzende wilde Gescheppere der Glöckchen und dann ein Gebähe, daß man den Eindruck hatte, als griffe ein ganzes Rudel Wölfe geschlossen an. Ich hörte Hugh laut und ärgerlich »verdammt« sagen, machte die Augen auf und erblickte etwas noch weit Widersinnigeres als Wölfe: ein großer, kohlschwarzer Pudel mit hellrotem Halsband, in der ganzen Pracht seines Clown-Haarschnitts, jagte in einer wahren Ekstase von fidelster Laune die erschreckten Schafe auf dem Rasen herum. Es war vollkommen klar, daß der Pudel keinerlei Absicht hatte, ihnen weh zu tun – vermutlich hielt er sie für die wunderbarsten Spielkameraden, die man sich bloß vorstellen kann – aber aus der Panik der

Schafe war ebenso klar ersichtlich, daß sie das nicht begriffen, und, ehe der Spaß noch ein Ende hatte, höchstwahrscheinlich das ihre im Fluß gefunden haben würden.
In der einen kargen Sekunde, die ich dazu benötigte, all das zu fassen, war Hugh bereits über das niedrige Mäuerchen der Terrasse gesprungen, stand mitten unter seinen Schafen, suchte sie vom Rand des Wassers abzudrängen, und donnerte dem Hund, der anderer Ansicht war, Kommandos entgegen.
»Nieder, du Bursch!« schrie er. »Nieder!« Und dann, wie er bei seinen eigenen Hunden immer tat, befahl er allen Ernstes: »Bei Fuß!«
Meines Erachtens hätte er ja weit klüger daran getan, sich einen Stock oder Stein zu schnappen und damit ein paar drohende Gebärden zu vollführen; denn auf die Art hier schenkte der Pudel Hughs Worten nicht die geringste Beachtung. Fuhr statt dessen fort, glücklich zu bau-wauen, und war schon wieder hinter den Schafen her, Hugh in sinnloser Verfolgung hinter ihm drein. Einen Herzschlag später erstarrte der Hund jedoch zu völliger Unbeweglichkeit, vor einer Stimme, die zwischen den Espen am Rand der Rasenfläche hervorklang.
»*Assieds!*« schalt die Stimme atemlos: »*Assieds-toi!*«
Dann erschien der dazugehörige Mann, eine kleine, behende Gestalt, und kam über das Gras herangetrottet. Hugh blieb wartend stehen, und wir konnten erkennen, daß sein Gesicht sich verfinsterte.
Elisabeth drückte meinen Arm. »Laß uns zu ihnen runtergehen«, flüsterte sie. »Hugh wird empfindlich, wenn er sich zum Narren gehalten fühlt.«
Wir kamen gerade zurecht, um Hugh ausgesprochen schweres Geschütz auffahren zu hören. »Ein Mann«, hob er an, »der nicht versteht, ein Tier in Zucht und Ordnung zu halten, sollte sich keins anschaffen.«
Das Gesicht des Mannes war ganz höfliche Aufmerksamkeit. Ein gutes Gesicht übrigens; hager und intelligent und um die Augenwinkel Spinnennetzchen feinster Linien. Auch etwas anderes noch, was nicht ganz zu tarnen ging, verbarg sich hinter diesen Augen – ein sanfter Spott; und manchmal glomm es kurios und durchdringend darin, wie wenn sich die Linse einer Kamera auf ihre Umwelt richtet. Nicht so auffällig, daß Menschen vom Schlage Hughs es überhaupt bemerkt hätten; aber dennoch war es vorhanden, und ich ertappte mich dabei, daß es mir auf der Stelle gefiel. Und auch noch etwas geradezu quälend Altbekanntes hatte das Gesicht dieses Neuankömmlings, mit der hohen Stirn und dem sich lichtenden grauen Haar; aber so sehr ich mein Gedächtnis während Hughs würdevollem und länglichem Vortrag auch abmarterte – ich konnte nicht darauf kommen. Der Vortrag endete mit einigen Bemerkungen bezüglich der bewährtesten Methoden zur Abrichtung von Hun-

den; woraus dann allmählich erhellte, daß Hugh dabei war, wieder in eine versöhnlichere Stimmung zu geraten.

»Solange allerdings kein direkter Schaden angerichtet ist –« sagte er gerade.

Der Mann nickte gesetzt. »Immerhin«, sagte er, »gerade als neuer Nachbar gewissermaßen mit dem falschen Fuß zuerst einzutreten –«

Hugh schaute frappiert drein. »Nachbar?« fragte er, in beinahe rüdem Ton. »Wollen Sie damit sagen, daß Sie hier in der Nähe wohnen?«

Der Mann deutete zu den Espen hinüber. »Auf der andern Seite des Gehölzes drüben.«

»Im *Dane-Haus?!«* Dieses Dane-Haus war Hugh fast ebenso heilig wie Hilltop selbst, und er hatte mir einmal auseinandergesetzt, daß, falls ihm je die Chance geboten werden sollte, jenes Anwesen zu erwerben, er auf der Stelle zugreifen würde. Im Augenblick klang seine Stimme nicht so sehr verletzt, als vielmehr ungläubig. »Ich glaube kein Wort davon!« rief er aus.

»Oh, doch«, versicherte ihm der Mann, »eben Dane-Haus. Ich habe dort, es sind nun viele Jahre her, einmal eine Vorstellung gegeben und seitdem immer die Hoffnung genährt, daß es eines Tages mir gehören könne.«

Dieses eine Wörtchen *Vorstellung* jetzt gab mir den Schlüssel – das, und der unter seinem hochkorrekten Englisch kaum noch durchdringende Akzent. Er war in Marseille geboren und erzogen – das war die Erklärung für seinen Akzent – und längst vor meiner Zeit schon zu einer legendären Gestalt geworden.

»Sie sind Raymond, ja?« sagte ich. »Charles Raymond.«

»Ich ziehe das schlichte ›Raymond‹ vor«, und er lächelte abbittend ob solcher kleinen persönlichen Eitelkeit. »Ich fühle mich sehr geschmeichelt, daß Sie mich erkannt haben.«

Das nahm ich ihm natürlich nicht ganz ab. Raymond der Zauberer, der große Raymond, würde ja als allermindestes erwarten, daß man ihn erkenne, wo immer er auch auftauchte. Als Meister der Taschenspielerkunst, vor dem Thurstons Stern verblichen war, als Entfesselungskünstler, der nahezu Houdini verdunkelt hatte, konnte Raymond schwerlich dazu tendieren, sich selbst zu unterschätzen.

Begonnen hatte selbstverständlich auch er mit den gewöhnlichen Standardtricks, die zum Repertoire der meisten Berufszauberer gehören; aber er war weit über sie hinaus fortgeschritten, bis zu jenen Entfesselungsschlagern, die, wie ich annehme, inzwischen ja uns allen geläufig geworden sind. Der versiegelte Bleisarg unter einer 30 Zentimeter dicken Eisdecke; die stahlgeschweißten Zwangsjacken; die Gewölbe der Bank von England; der raffinierte Selbstmordknoten, der die Kehle mit den angezogenen Beinen dergestalt verbindet, daß die geringste Beinbewegung die Schlinge fester um den Hals anzieht – Raymond kannte sie sämtlich und hatte sich aus allen freigemacht. Und auf einmal, auf dem Gipfel des Ruhmes, war er aus dem Blick-

feld der Öffentlichkeit verschwunden und sein Name der Vergangenheit anheimgefallen.
Als ich mich bei ihm nach dem Warum erkundigte, zuckte er die Achseln.
»Ein Mann arbeitet entweder weil er Geld braucht; oder aber aus Lust an seiner Arbeit. Und wenn er nun einerseits alle Reichtümer hat, die er braucht, und andererseits keinen Geschmack mehr an seiner Arbeit findet – warum soll er dann weitermachen?«
»Aber eine derartige Karriere aufzugeben –« protestierte ich.
»Mir war es genug, zu wissen, daß hier das Haus auf mich wartet.«
»Wollen Sie damit sagen«, schaltetete Elisabeth sich ein, »daß Sie niemals an einen anderen Ruhesitz gedacht hätten als den hier?«
»Nein – in all den Jahren nicht einmal.« Er legte einen Finger an die Nase und zwinkerte uns bedeutsam zu. »Ich habe der Verwaltung von Dane-Haus kein Geheimnis daraus gemacht; und als der Zeitpunkt zum Verkauf kam, war ich der erste und einzige, an den man sich wendete.«
»Sie geben nicht leicht einen Einfall auf, was?« sagte Hugh, und seine Stimme war wie ein Messer.
Raymond lachte. »Einfall? Ich würde eher Besessenheit sagen. Ich habe in all den Jahren ein gut Teil der Erde bereisen müssen; aber wie reizvoll der jeweilige Aufenthaltsort auch immer sein mochte, ich war mir stets bewußt, daß er so schön doch nicht sein könne, wie jenes Haus am Waldrand, mit dem Fluß unterhalb und den Hügeln dahinter. Eines schönen Tages, habe ich mir immer gesagt, wenn die Zeit des Reisens für mich vorbei wäre, wollte ich hierherkommen, und, wie Candide, *cultiver mon jardin.*«
Abwesend fuhr er mit der Hand seinem Pudel über den Kopf und ließ den Blick mit dem Ausdruck einer großen innerlichen Zufriedenheit um sich wandern.
»Und jetzt«, sagte er, »bin ich da.«

Ja, in der Tat, er war da. Und es wurde umgehend klar, daß seine Ankunft eine Veränderung auf Hilltop bewirkte; beziehungsweise, da Hilltop so ganz und gar der Widerschein von Hughs Persönlichkeit war, war es klar, daß eine Veränderung auf Hugh bewirkt wurde. Er wurde gereizt und ruhelos und noch agressiver selbstsicher denn je. Wohl waren auch die Wärme und Gutartigkeit noch vorhanden – gehörten sie doch ebensosehr zu seinem Naturell wie seine Arroganz – aber er tat sich sichtlich mühsamer damit. Ich mußte bei ihm immer an einen Mann denken, der von einem dunklen Fleck im Auge geplagt wird, ihn aber auch wiederum nicht zu lokalisieren vermag und sich eben damit abfinden muß, so gut er kann.
Der betreffende Fleck hieß natürlich Raymond mit Namen, und ich konnte mich zuweilen des Eindrucks nicht erwehren, daß dieser seine Rolle ausgesprochen genoß. Es wäre ja für ihn ein leichtes gewesen,

nun wirklich hübsch bei sich zu Hause zu bleiben und seinen Kohl zu bauen oder auch Fotos in sein Album zu kleben (oder was von der Bühne abgetretene Künstler meinethalben anstellen mögen); aber das war ihm augenscheinlich nicht möglich. Er hatte dieselbe merkwürdige Art, zu den ausgefallensten Zeiten in Hilltop aufzukreuzen, die Hugh seinerseits veranlaßte, immer wieder den Weg nach Dane-Haus einzuschlagen und dort lange und stürmische Sitzungen abzuhalten.

Beide mußten erkannt haben, daß sie derart schlecht zueinander paßten, daß die naheliegende und logische Lösung die gewesen wäre, möglichst Distanz zu halten. Aber sie hatten eben auch die Anziehungskraft negativer und positiver Kräfte für einander; und wenn sie sich im selben Zimmer befanden, war das Knistern der überspringenden Ströme zwischen ihnen so stark, daß man es beinahe in der Luft sehen zu können vermeinte. Jegliches Thema wurde unweigerlich zum Zankapfel für sie, und sie duellierten sich darob aufs hitzigste: Hugh gewappnet mit der Rüstung seiner massiven Selbstsicherheit; Raymond mit leichten eleganten Florettstößen, immer bemüht, ein Ritzchen in dieser Rüstung ausfindig zu machen. Ich meine immer, was Raymond am meisten aufbrachte, war die Entdeckung, daß diese Rüstung keine Ritze hatte. Als ein Typ, dessen Hauptleidenschaft darin bestand, an sämtlichen Problemen alle nur möglichen Seiten ausfindig zu machen und zu würdigen und tief nach Motiven und Ursachen zu forschen, fühlte er sich durch Hughs eingleisige Art, kurz abzuurteilen und Machtworte zu sprechen, pausenlos gereizt.

Er zögerte auch gar nicht, Hugh das wissen zu lassen: »Sie sind schlechthin mittelalterlich«, sagte er. »Und von allen Dingen, die die Menschen seit jenen Zeiten eigentlich gelernt haben sollten, ist die größte Einsicht ja doch wohl die, daß es leicht-eindeutige Antworten gar nicht gibt; daß man nicht einfach mit den Fingern schnipsen und schon die Lösung angeben kann. Meine einzige Hoffnung in Ihrem Falle ist nur, daß Sie sich eines Tages einmal einem vollendeten Dilemma gegenübersehen möchten, einer nicht zu beantwortenden Frage. Das würde für Sie wie eine Offenbarung sein. Sie würden in dieser einen Minute mehr lernen, als Sie in Ihren kühnsten Träumen für möglich halten.«

Und Hugh machte die Sache wiederum auch nicht besser, indem er kalt antwortete: »Und *ich* sage Ihnen, daß für einen Mann, der Gehirn im Kopf und den Mut hat, sich dessen zu bedienen, etwas wie ihr ›vollendetes Dilemma‹ überhaupt nicht existiert.«

Kann sein, daß es Episoden dieser Art waren, die zu den folgenden Unannehmlichkeiten führten; oder möglich auch, daß Raymond tatsächlich aus den unschuldigsten ästhetischen Motiven heraus gehandelt hat; aber was die Gründe auch immer gewesen sein mögen, die Folgen waren unausweichlich und gefährlich.

Und zwar entsprangen sie dem Projekt, das Raymond uns eines nachmittags in großen Linien umriß. Jetzt, wo er in Dane-Haus wohnte, hatte er die Entdeckung gemacht, daß es doch wohl zu mächtig, zu überwältigend sei. »Wie ein Museum«, erläuterte er. »Ich habe immer wieder das Gefühl, als wanderte ich, wie eine arme Seele, durch endlose Galerien.«
Auch der Grund und Boden bedurfte einiger landschaftsgärtnerischer Eingriffe. Die alten Bäume waren zwar sehr hübsch; aber, wie Raymond sich ausdrückte, es waren ein bißchen zuviel davon da. »Ich sehe buchstäblich«, sagte er, »den Fluß vor Bäumen nicht. Und ich gehöre zu den Leuten, die den Anblick fließenden Wassers abgöttisch lieben.«
Alles in allem waren also diverse drastische Veränderungen fällig. Zwei Flügel des Hauses würden abgerissen und die Bäume dergestalt ausgeholzt werden, daß ein breiter Durchblick zum Fluß hin entstünde; das ganze Anwesen würde aufgelockerter werden. Nicht länger mehr würde es ein Museum sein, sondern das ideale Heim, wie es ihm all die langen Jahre hindurch vorgeschwebt hatte.
Zu Beginn dieses Vortrages hatte Hugh ganz bequem in seinem Sessel gelümmelt. Dann aber, als Raymond in lebhaften Farben das Bild der Zukunft zu entwerfen begann, richtete Hugh sich höher und immer höher, bis er endlich so steil dasaß, wie ein Gardekavallerist im Sattel. Seine Lippen waren zusammengepreßt, sein Gesicht blutrot geworden. Seine Hände öffneten und schlossen sich wieder, in einem langsamen, tödlichen Rhythmus. Es war ein Wunder, daß nicht längst schon ein Ausbruch erfolgt war; aber es war kein Wunder von der Art, die lange anhalten können. – Ich sah aus Elisabeths Gesichtsausdruck, daß auch sie das begriff; aber ebenso hilflos war wie ich, irgend etwas dagegen zu unternehmen. Und als nun Raymond, nachdem er seiner visionären Beschreibung noch einige letzte schönfarbige Glanzlichter aufgesetzt hatte, gar noch selbstzufrieden fragte: »Ja, nicht wahr; was meinen Sie dazu?« – da war Hugh nicht mehr zu halten.
Er lehnte sich langsam nach vorn und fragte: »Wollen Sie wirklich wissen, was ich dazu meine?«
»Also, Hugh«, sagte die aufgeschreckte Elisabeth.
»Hugh, bitte –«
Er schob den Einwand mit einer Handbewegung beiseite.
»Also Sie wollen wirklich wissen, was ich meine?« heischte er von Raymond.
Raymonds Stirn hatte sich leicht gerunzelt: »Natürlich.«
»Dann will ich es Ihnen nicht vorenthalten«, sagte Hugh. Er tat einen tiefen Atemzug. »Ich meine, daß keinem Menschen, er sei denn vorsätzlich der verdammteste Bilderstürmer, eine Ungeheuerlichkeit, wie Sie sie eben skizziert haben, auch nur im Traum einfallen könnte. Ich meine, daß Sie einer von jenen Menschen sind, die ein Vergnü-

gen daran finden, alles, was irgendwie den Stempel der Tradition oder Stabilität an sich trägt, kaputt zu schlagen: Sie würden der ganzen Welt die Stützen unten wegziehen, wenn Sie nur könnten!«
»Sie entschuldigen«, sagte Raymond. Er war sehr blaß und ärgerlich. »Aber ich glaube, Sie verwechseln die Begriffe *Veränderung* und *Zerstörung* miteinander. Sie müssen doch wohl einsehen, daß mir nichts ferner liegt, als irgend etwas zu zerstören; sondern daß mein einziges Anliegen ist, einige wenige notwendige Veränderungen vorzunehmen.«
»Notwendige?« höhnte Hugh. »Einen prachtvollen Baumbestand ausrotten, der dort seit Jahrhunderten steht? Ein Haus einreißen, das so solide ist wie ein Felsblock? *Ich* nenne das perverse Zerstörungssucht!«
»Ich fürchte, ich verstehe Sie falsch. Eine Szenerie umzugestalten und dadurch aufzufrischen –«
»Ich habe nicht die Absicht, große Worte zu wechseln«, fiel ihm Hugh in die Rede. »Ich erkläre Ihnen frei heraus, daß Sie kein Recht haben, an einem solchen Anwesen herumzuquacksalbern!«
Beide waren längst auf die Füße gesprungen, fixierten einander streitsüchtig; und das einzige, was mich noch abhielt, mir ernstlich Sorgen zu machen, war die Überzeugung, daß Hugh nicht tätlich werden und Raymond viel zu besonnen und geistesgegenwärtig sein würde, um die Beherrschung zu verlieren. Und schon war der kritische Augenblick auch wie durch Zauberschlag vorbei. Raymonds Lippen kräuselten sich in flüchtiger Amüsiertheit, und er betrachtete Hugh mit höflichem Interesse wie ein Studienobjekt.
»Ach sicher«, sagte er. »Wie dumm von mir, daß ich so schwer von Verständnis war. Dies Anwesen, das – ich erwähnte es bereits – um eine entscheidende Spur zu sehr einem Museum ähnelt, muß bleiben wie es ist; während mir obliegt, quasi der Kustode darin zu sein. Ein ›Hausmeister der Vergangenheit‹ könnte man sagen, ein Kurator ihrer Denkmäler.«
Lächelnd schüttelte er den Kopf. »Ich fürchte nur, ich werde mich für dergleichen Rolle nicht ganz eignen. Ich nehme vor der Vergangenheit gern mein Hütchen ab, bestimmt; ziehe es aber letztlich vor, der Gegenwart den Hof zu machen. Aus diesem Grunde möchte ich meine Pläne eigentlich doch vorantreiben und hoffe, daß sie sich nicht als Hindernis für unsere Freundschaft erweisen werden.«

Ich erinnere mich noch, daß ich – als ich am nächsten Tag in die City zurückkehrte und zu einer endlosen heißen Woche am Schreibtisch – dachte, wie Raymond die verfahrene Angelegenheit doch recht nett wieder eingerenkt hätte, und daß man, gottlob, nicht noch weitergegangen wäre, als so schon der Fall war. Deshalb war ich auf Elisabeths Anruf, gegen Ende der Woche, völlig unvorbereitet.
Ach, es wär' schrecklich, sagte sie. Ja sicher, die Sache mit Hugh und Raymond und Dane-Haus; aber schlimmer denn je. Sie rechne fest

damit, daß ich morgen nach Hilltop hinauskäme, das könne überhaupt keine Frage sein. Sie habe einen Plan entworfen, die ganze Affäre zu bereinigen; aber ich müsse einfach da sein, sie dabei zu unterstützen. Letzten Endes wäre ich doch immer einer der wenigen Leute, auf die Hugh höre; und, kurzum, sie verlasse sich auf mich.
»Verlassen auf mich? In bezug auf was?« fragte ich. Der Ton gefiel mir gar nicht. »Und was Hughs Aufmichhören anbelangt, Elisabeth, ist das nicht ein bißchen sehr euphemistisch ausgedrückt? Ich kann mir nicht gut vorstellen, daß er bei seinen persönlichen Angelegenheiten meiner Beratung bedürftig wäre.«
»Wenn du gleich empfindlich deswegen sein willst –«
»Ich bin überhaupt nicht empfindlich deswegen«, gab ich zurück. »Es sagt mir lediglich nicht zu, in diese Angelegenheit verwickelt zu werden. Hugh ist durchaus fähig, auf sich selbst aufzupassen.«
»Vielleicht allzu fähig!«
»Und das soll bedeuten?«
»Ach, das kann ich dir jetzt nicht erklären«, wimmerte sie. »Morgen werd' ich dir alles erzählen. Und wenn du noch das geringste brüderliche Gefühl hegst, dann bist du mit dem Morgenzug hier. Glaub' mir: es ist ernst.« –
Ich traf mit dem Morgenzug ein, und zwar in üblem Zustand. Meine Fantasie ist von jener überaktiven Art, der ein sehr geringfügiges Material genügt, um daraus eine Katastrophe von wahrhaft kosmischen Ausmaßen zu erbauen, und um die Zeit, als ich in Hilltop ankam, war ich so ziemlich auf alles gefaßt.
Aber zumindest auf der Oberfläche war alles heiter. Hugh begrüßte mich mit Wärme, Elisabeth war ihr gewohntes munteres Selbst; der Lunch verlief in friedfertigster Stimmung und unter langen Gesprächen, und die Themen Raymond beziehungsweise Dane-Haus wurden nicht im entferntesten berührt. Ich sagte kein Wort von Elisabeths Telefonanruf, mußte jedoch mit einem Gefühl ständig zunehmender Gereiztheit daran denken, bis ich dann endlich mit ihr allein war. »So«, sagte ich, »jetzt möchte ich das große Geheimnis aber doch mal erklärt haben. Ich hab' hier draußen Gott weiß was zu finden erwartet, und, zumindest soweit ich bis jetzt sehe, steckt überhaupt nichts dahinter. Ich hab' seit deinem Anruf derartiges in meiner Fantasie durchgemacht, daß ich eine kleine Begründung nun aber doch ganz gern hätte.«
»Schön, schön«, sagte sie grimmig, »sie soll dir umgehend werden. Komm mal mit.«
Sie führte mich ein gutes Stück Weges durch die Gartenanlagen, an den Ställen vorbei und an den Wirtschaftsgebäuden. Als wir uns dem letzten Gehölz näherten, hinter dem sich dann jene Privatstraße hinzog, fragte sie plötzlich: »Als das Auto, das dich abholte, in Hausnähe kam: ist dir da auf der Straße nichts Außergewöhnliches aufgefallen?«

»Nein, ich wüßte nicht.«
»Ja, es kann sein. Der Anfahrtsweg zum Haus zweigt ja schon zu weit von hier ab. Aber jetzt wirst du Gelegenheit haben, dich mit eigenen Augen davon zu überzeugen.«
Und schon überzeugten mich meine eigenen Augen davon: Mitten auf der Straße war ein Stuhl hingepflanzt, und auf diesem Stuhl saß ein untersetzter Mann und las geruhsam eine Illustrierte. Ich erkannte den Mann sofort; es war einer von Hughs Stallknechten und machte den geduldigen Eindruck von jemand, der schon eine geraume Zeit hier gesessen hat und darauf gefaßt ist, auch noch beträchtlich länger hier zu sitzen. Ich bedurfte nur einer einzigen Sekunde, um mir zu sagen, zu welchem Zweck er hier saß; aber Elisabeth war nicht gewillt, meinen deduktiven Fähigkeiten auch nur das geringste zu überlassen. Als wir uns ihm näherten, stand der Mann auf und griente uns an.
»William«, sagte Elisabeth, »würden Sie meinem Bruder hier vielleicht mal erzählen, was für Instruktionen Sie von Mister Lozier bekommen haben?«
»Klar«, sagte der Mann munter. »Mister Lozier hat uns Anweisung erteilt, daß grundsätzlich einer von uns hier zu sitzen hat, und falls wir 'n Lkw kommen sehen, der Baumaterial oder so'n Zeugs geladen haben könnte und nach Dane-Haus will, den sollen wir anhalten und zurückschicken. Wir sollen einfach sagen, das wär' Privateigentum hier, und was sie täten, wär' ›widerrechtliches Betreten fremden Eigentums‹. Und wenn sie uns auch nur mit einem Finger anrührten, sollten wir sofort die Polizei holen. – Das ist alles.«
»Und haben Sie schon Lkws zurückgeschickt?« fragte Elisabeth, lediglich zu meiner Belehrung.
Der Mann sah sie erstaunt an. »Ja, das wissen Sie doch, Missis Lozier«, sagte er. »Den ersten Tag, wo wir hier waren, kamen 'n ganz paar an, und das war eigentlich alles. – Und irgend Scherereien hat's überhaupt nicht gegeben«, wandte er sich erklärend an mich. »Diese Fahrer wissen genau, was ›unbefugtes Betreten‹ bedeutet, und hüten sich, da irgend Quatsch zu machen.« –
Als wir wieder außer Sicht der Straße waren, schlug ich mich doch mit der Hand vor die Stirn. »Das 's' ja unglaublich!« sagte ich. »Hugh muß aber doch wissen, daß er damit nie und nimmer durchkommt. Die Straße ist schließlich der einzige Zugang zu Danes Grundstück und außerdem seit so langer Zeit für den öffentlichen Verkehr freigegeben gewesen, daß sie schlechterdings nicht mehr als Privatweg bezeichnet werden kann!«
Elisabeth nickte. »Das ist genau das, was Raymond vor ein paar Tagen Hugh auch gesagt hat. Er kam voller Wut zu uns rüber, und sie haben sich ganz anständig deshalb gestritten. Und als Raymond etwas fallen ließ, bezüglich gerichtlich zur Verantwortung ziehen, da

hat Hugh ihm ganz kalt geantwortet, daß er mit Freuden den Rest seines Lebens an einen Prozeß über diesen Gegenstand wenden würde. Aber das war ja noch nicht das schlimmste. Das letzte, was Raymond dann sagte, war, wie Hugh sich bewußt sein solle, daß Gewalttätigkeit auch wieder Gewalttätigkeit herausfordert, und seitdem mach' ich mich jede Minute darauf gefaßt, daß hier Krieg ausbricht. Verstehst du das nicht? Der Mann dort, der die Straße blokkiert, ist ja eine dauernde Provokation, und ich krieg' allmählich Angst.«
Das konnte ich schon verstehen. Und je länger ich den Fall überdachte, desto gefährlicher stellte er sich mir dar.
»Aber ich habe einen Plan«, fuhr Elisabeth eifrig fort, »und er ist der eigentliche Grund, daß ich dich hierhaben wollte. Ich hab' für heut abend ein kleines Dinner veranstaltet, ein ganz kleines, unoffizielles Dinner – und es soll, wenn möglich, eine Art Friedenskonferenz werden. Du wirst anwesend sein und Doktor Wynant – euch beide mag Hugh ja sehr gern leiden – und –« sie zögerte, »und Raymond.«
»Nein!« sagte ich. »Du meinst, daß er tatsächlich kommen wird?«
»Ich bin gestern zu ihm rübergegangen, und wir haben uns lange lange unterhalten. Ich hab' ihm alles mögliche erklärt – daß Nachbarn doch eigentlich in der Lage sein sollten, sich zusammenzusetzen und zu verständigen, und was von Nächstenliebe, und – ach, es muß sich fürchterlich poetisch und schmalzig angehört haben; aber gewirkt hat's jedenfalls. Er sagte, er würde erscheinen.«
Ich hatte eine leichte Vorahnung: »Du, weiß Hugh davon?«
»Von dem Dinner? Ja, sicher.«
»Ich meine jetzt, daß Raymond kommen wird.«
»Nein, das weiß er nicht.« Und dann, als sie meinen hochbedenklichen Blick merkte, mit dem ich sie ansah, platzte sie trotzig heraus: »Ja, *irgend etwas* mußte ja wohl schließlich unternommen werden, und das hab' ich getan, das ist alles! Ist es nicht besser, als bloß rumzusitzen und auf Gott weiß was zu warten?« –
Bis zu dem Zeitpunkt, als wir an diesem Abend um den Tisch im Eßzimmer Platz genommen hatten, hätte ich ihr vielleicht noch theoretisch beistimmen können. Hugh war zwar ob Raymonds Erscheinen sichtlich schockiert gewesen, hatte aber – abgesehen von einem Seitenblick auf Elisabeth, der Bände sprach – seine Empfindungen aufs anerkennenswerteste zu verbergen gewußt. Mit Dekor und Anstand hatte er die Herren einander vorgestellt, sich seinerseits angemessen am Gespräch beteiligt, kurzum, eine nicht unfeine Leistung als Gastgeber hinter sich.
Die Ironie des Schicksals wollte es, daß die Anwesenheit von Doktor Wynant es war, die Elisabeth zunächst dieses bißchen Triumph verschaffte, dann jedoch das Unheil herbeiführen sollte. Der Doktor war ein Chirurg von Ruf; stämmig und grauhaarig und von einem

kurzangebundenen energischen Wesen. Trotz seiner eigenen Bedeutung in der Welt schien er sich wie ein Schuljunge zu freuen, daß er den berühmten Raymond kennenlernte, und im Handumdrehen waren die beiden die dicksten Freunde.

In dem Augenblick, als Hugh während des Dinners die Entdeckung machen mußte, daß nahezu alle Aufmerksamkeit sich auf Raymond konzentrierte und sehr wenig auf ihn selbst, da begann der Mantel graziöser Gastlichkeit zu verrutschen, und die fatalen Denkfehler in Elisabeths Plan schimmerten hindurch. Es gibt zwar Leute, die Vergnügen daran finden, Zelebritäten bei sich zu Gast zu haben, und sich gern im Widerschein ihres Ruhmes sonnen; aber Hugh gehörte nicht zu ihnen. Außerdem betrachtete er den Doktor als einen seiner engsten Freunde, und ich habe auch sonst schon bemerkt, daß es die selbstsichersten Männer sind, die am eifersüchtigsten über ihre Freundschaften wachen. Und wenn dann in eine solche über alles geschätzte Freundschaft der Mann sich eindrängt, den man mehr als sonst etwas auf der weiten Welt verabscheut —! Alles in allem genommen: lediglich dadurch, daß ich mich im Geist auf Hughs Platz projizierte und von dort über den Tisch weg zu Raymond hinüberschaute, der sich munter und unbeschwert über alles mögliche verbreitete, erkannte ich, daß ich auf das schlimmste vorbereitet sein mußte.

Die Gelegenheit dazu kam Hugh, als Raymond sich weitläufig in eine Diskussion bezüglich der Hilfsmittel bei Entfesselungskünsten eingelassen hatte. Sie wären gar nicht zu zählen, sagte er. Nahezu alles, was man zur Hand nähme, könne gegebenenfalls als dergleichen Hilfsmittel dienen. Ein Draht, ein Stückchen Metall, ein Blatt Papier — bei dem oder jenem Anlaß hätte er sie alle schon einmal benützt.

»Aber unter ihnen allen«, sagte er plötzlich mit einer gewissen Feierlichkeit, »gibt es nur eins, auf das ich notfalls mein Leben setzen würde. Kurioserweise ist es eins, das man nicht sehen, nicht in der Hand halten kann — für viele Menschen existiert es deshalb eben überhaupt nicht. Dennoch ist es *das* Hilfsmittel, das ich am meisten angewendet habe und das mich nie im Stich gelassen hat.«

Der Arzt beugte sich vor, mit Augen, die vor Interesse förmlich leuchteten. »Und es heißt —?«

»Menschenkenntnis, mein Lieber. Beziehungsweise, wie man es auch ausdrücken kann, Kenntnis der menschlichen Natur. Für mich ist sie ein genauso unerläßliches Instrument, wie für Sie etwa das Skalpell.«

»Oh«, sagte Hugh; und so scharf war seine Stimme, daß aller Augen sofort auf ihn gerichtet waren. »Wenn man Sie so hört, wäre Taschenspielerei eine Unterabteilung der Psychologie.«

»Vielleicht«, sagte Raymond, und ich sah, daß er Hugh zu mustern oder gar abzuschätzen begonnen hatte. »Sie sehen, um ein großes Geheimnis handelt es sich bei der Sache nicht. Mein Beruf — meine

Kunst, wie ich sie bei mir selbst gern nenne – ist schließlich nichts als die Kunst der Irreführung, und ich bin ja nur einer in der großen Zahl der sie Ausübenden.«
»Ich würde doch sagen, viel Entfesselungskünstler gibt es zur Zeit gar nicht«, bemerkte der Arzt.
»Das ja«, sagte Raymond, »aber berücksichtigen Sie bitte, daß ich allgemein von der *Kunst der Irreführung* gesprochen habe. Der Entfesselungskünstler, der Meister im Taschenspiel, sind ja nur eine arme Handvoll, die lediglich die exotischste Form dieser Kunst betreibt. Aber wie steht's mit denen, die sich auf dem Felde der Politik betätigen, der Werbung, der Verkaufstechnik?« Er legte den Finger an seine Nase, in der uns schon gewohnten Geste, und zwinkerte. »Ich fürchte, sie alle lassen sich meine Kunst angelegen sein.«
Der Arzt lächelte. »Da Sie nicht auch die Medizin mit herangezogen haben, bin ich gewillt, Ihnen beizustimmen«, sagte er. »Aber was ich gern hören möchte, ist folgendes: wie, in genauen Worten, wirkt sich jene Kenntnis der menschlichen Natur in Ihrem Beruf nun aus?«
»Auf folgende Weise«, sagte Raymond. »Man muß sich einen Menschen sorgfältig ansehen. Dann, falls man in dem Betreffenden irgend schwache Stellen entdeckt hat, kann man ihm eine falsche Voraussetzung servieren, und sie wird ohne Untersuchung von ihm akzeptiert werden. Sobald er diese falsche Voraussetzung einmal geschluckt hat, ist der Rest sehr einfach. Das Opfer sieht dann nur noch das, von dem der Magier wünscht, daß es gesehen werde – beziehungsweise gibt seine Stimme nur noch diesem einen Politiker oder kauft jene spezielle Ware; alles auf Grund geschickter Werbung.« Er zuckte die Achseln. »Das wäre eigentlich alles, was dran ist.«
»So?« sagte Hugh. »Was aber geschieht denn, wenn Sie mit Leuten zu tun haben, die über eine gewisse Intelligenz verfügen und Ihre falsche Voraussetzung nicht schlucken? Wie vollführen Sie Ihre Tricks dann? Oder stellen Sie alle auf dieselbe Stufe mit nackten Wilden, denen man Glasperlen und Flitterkram andrehen kann?«
»Also, Hugh, das ist aber unfair«, sagte der Arzt. »Der Mann trägt uns seine Ideen vor. Kein Anlaß, gleich gereizt und persönlich zuwerden.«
»Vielleicht doch«, sagte Hugh, den Blick fest auf Raymond gerichtet. »Daß er voll von interessanten Ideen steckt, habe ich auch schon herausgefunden. Ich wollte lediglich erfahren, wie weit er für sie praktisch einzustehen gewillt ist.«
Raymond berührte seine Lippen mit der Serviette in einer zierlich-präzisen Tippgebärde und legte sie dann sorgsam vor sich auf den Tisch. »In kurzen Worten«, sagte er, indem er sich direkt an Hugh wandte, »Sie möchten eine kleine Probe meiner Kunst sehen?«
»Das käme darauf an«, sagte Hugh. »Ich habe kein Interesse an Tricketuis mit Zigaretten, oder Kaninchen aus Zylindern oder ähn-

lichem verdammten Blödsinn. Ich würde gern etwas wirklich Gutes sehen.«
»Etwas wirklich Gutes –« echote Raymond nachdenklich. Er ließ den Blick im Kreis durch den ganzen Raum wandern, studierte ihn genau und wandte sich dann wieder Hugh zu, indem er auf die mächtige geschlossene eichene Tür zeigte, die unser Eßzimmer hier von dem Wohnzimmer trennte, in dem wir uns vorm Dinner versammelt hatten.
»Die Tür dort ist nicht zugeschlossen, nicht wahr?«
»Nein«, sagte Hugh, »nicht. Sie ist seit Jahren nicht mehr abgeschlossen worden.«
»Aber ein Schlüssel dazu existiert?«
Hugh zog seine Schlüsselkette heraus und löste davon mit einiger Anstrengung einen schweren, altmodischen Schlüssel. »Ja, es ist übrigens derselbe, der auch beim Butler in die Speisekammer paßt.« Die Sache begann ihn wider Willen jetzt selbst zu interessieren.
»Gut. – Nein, bitte, geben Sie ihn nicht mir. Geben Sie ihn dem Doktor. Sie haben Vertrauen in die Ehrenhaftigkeit des Doktors, dessen bin ich gewiß?«
»Ja«, sagte Hugh trocken. »Hab' ich.«
»Ausgezeichnet. Wollen jetzt Sie, Herr Doktor, bitte zu dieser Tür hingehen und sie abschließen.«
Der Arzt marschierte mit seinem festen entschiedenen Schritt zur Tür, stieß den Schlüssel ins Schlüsselloch und drehte herum. Das »Klick« des einschnappenden Stahlriegels klang in der im Zimmer herrschenden Stille unnatürlich laut. Der Arzt kehrte zum Tisch zurück und wollte den Schlüssel hinhalten; aber Raymond wehrte ihn ausdrucksvoll von sich. »Er darf Ihre Hand nicht verlassen oder alles ist verloren«, warnte er.
»So«, sprach Raymond, »als Finale nähere nunmehr ich mich der Tür; schlage mit meinem Taschentuch dagegen –« es streifte das Schlüsselloch kaum – »und, Presto!: die Tür ist aufgeschlossen!«
Der Arzt begab sich sogleich hin, ergriff die Klinke, bewegte sie zweifelnd – und sah dann mit ungekünsteltem Staunen, wie die Tür lautlos weit aufschwang.
»Also – ich laß' mich hängen«, sagte er.
»Irgendwie«, und Elisabeth lachte, »ist also eine falsche Voraussetzung so glatt eingegangen wie eine Auster.«
Der einzige, an dem man etwas wie persönliche Gekränktheit spürte, war Hugh. »Also meinetwegen«, wollte er wissen: »aber wie haben Sie es bewirkt?«
»Ich?« fragte Raymond tadelnd und lächelte uns, sichtlich amüsiert, der Reihe nach an. »Aber das waren doch *Sie*, der alles gemacht hat. Ich habe lediglich mein bißchen Kenntnis der menschlichen Natur dazu benützt, um Ihnen auf den Weg zu helfen.«
Ich sagte: »Einen Teil davon getraue ich mir zu erraten. Die Tür

war präpariert, war ursprünglich zu; und als der Doktor dachte, er verschlösse sie, war das gar nicht der Fall. In Wahrheit schloß er sie *auf*. Ist das die richtige Antwort?«

Raymond nickte. »Aber natürlich ist es die Antwort. Die Tür *war* vorher zugeschlossen. Ich habe dafür gesorgt; denn bei einem bißchen Überlegung hatte ich schon vermutet, daß im Laufe dieses Abends eine Aufforderung der Art an mich ergehen würde – und so war das die simpelste Weise, mich darauf vorzubereiten. Ich habe lediglich darauf geachtet, als letzter in den Raum einzutreten, und während ich solches tat, machte ich Gebrauch hiervon.« Er hielt die Hand in die Höhe, so daß wir den Metallspan darin erkennen konnten. »Natürlich nur ein ganz gewöhnlicher Dietrich; aber für ein altmodisches, primitives Schloß völlig ausreichend.«

Einen Augenblick lang schaute Raymond gravitätisch drein; dann fuhr er munter fort: »Es war unser verehrter Gastgeber selbst, der die falsche Voraussetzung in Gang brachte, als er sagte, die Tür sei unverschlossen. Er war ein Mann, seiner selbst so sicher, daß ihm nicht einmal der Gedanke kam, sich von etwas so Handgreiflichem zu überzeugen. Der Doktor hier ist ebenfalls ein selbstsicherer Mann und ging folglich in dieselbe Falle. Es ist, wie Sie eben gesehen haben, immer ein bißchen gefährlich, so selbstsicher zu sein.«

»Ich muß das zugeben«, sagte der Arzt bekümmert, »auch wenn es an Ketzerei grenzt, in meinem Berufszweig dergleichen einzugestehen.« Er ließ den Schlüssel, den er bis dahin immer noch in der Hand gehalten hatte, spielerisch über den Tisch zu Hugh hinüberschlittern, der ihn jedoch bis vor sich hin rutschen ließ, ohne danach zu greifen. »Na ja, Hugh; also ob es dir nun gefällt oder nicht – du mußt zugeben, daß der Mann seine Theorie bewiesen hat.«

»Muß ich das?« fragte Hugh sacht. Er saß auf seinem Platz, ein leises Lächeln jetzt um die Lippen, und es war leicht zu erkennen, daß er im Geist einen Gedanken hin und her wendete.

»Oh, komm du«, sagte der Arzt mit einiger Ungeduld. »Du bist ihm genauso aufgesessen, wie wir andern auch. Das weißt du ganz genau.«

»Aber sicher bist du das, Liebster«, stimmte auch Elisabeth ein.

Ich glaube, daß sie plötzlich eine günstige Gelegenheit zu erkennen meinte, die weiteren Verhandlungen in jene »Friedenskonferenz« umzuwandeln, die ihr Ziel gewesen war; aber ich hätte ihr sagen können, daß sie ihren Zeitpunkt schlecht zu wählen im Begriff stand. Es lag ein Ausdruck in Hughs Auge, der mir gar nicht gefiel – ein umschleierter Blick, der ihm nicht natürlich war. Gewöhnlich, wenn er wirklich zürnte, fuhr er auf, wie ein Ungewitter, und wenn Donner und Blitz dann vorüber waren, zeigte er sich auch wiederum ehrlich zerknirscht. Aber seine augenblickliche Stimmung jetzt war ganz anders. Es lag eine Art schwüler Stille darin, die mich besorgt machte.

Er hakte den einen Arm über die Rückenlehne seines Stuhles und legte den andern auf den Tisch, so daß er schräg dasaß und den Blick fest auf Raymond richten konnte. »Ich scheine zwar nur eine Einmannminderheit zu vertreten«, begann er, »aber ich muß leider dabei bleiben, daß ich Ihren kleinen Trick als enttäuschend empfunden habe. Nicht, daß er etwa nicht klug durchgeführt worden wäre – das gestehe ich ohne weiteres ein –, sondern weil es letztlich ja nicht mehr war, als man von einem guten Schlosser auch erwartet.«
»Oh, das 's' aber 'ne schöne große Portion von sauren Trauben«, spottete der Doktor.
Hugh schüttelte den Kopf. »Nein, ich will lediglich damit sagen, daß, wo es eine Tür mit einem Schloß daran gibt, dessen Schlüssel man in der Hand hat, keine übermäßige Kunstfertigkeit mehr dazu gehört, es auch zu öffnen. In Anbetracht des Renommees unseres Freundes hatte ich eigentlich gedacht, wir würden mehr von ihm zu sehen bekommen.«
Raymond schnitt ein Gesicht. »Da ich mich in der Hoffnung gewiegt hatte, etwas zur Unterhaltung beizutragen«, sagte er, »muß ich mich ob der bereiteten Enttäuschung entschuldigen.«
»Oh, was die reine Unterhaltung anbelangt, klage ich gar nicht. Aber für eine richtige Probe –«
»Eine richtige Probe?«
»Ja; ein bißchen was anderes – sagen wir: eine Tür, *ohne* Schloß oder Schlüssel, mit denen man heimlich manipulieren könnte. Eine geschlossene Tür, die man durch Antippen mit einem Finger zu öffnen vermag, die aber gleichwohl unmöglich zu öffnen ist. Wie würde Ihnen das klingen?«
Raymonds Augen verengten sich nachdenklich, wie wenn er das Bild, das ihm dergestalt skizziert wurde, sich vorzustellen bemüht sei. »Das klingt sehr interessant«, sagte er endlich. »Erzählen Sie mir doch noch mehr davon.«
»Nein«, sagte Hugh, und aus dem plötzlichen Eifer in seiner Stimme spürte ich, daß genau dies der Augenblick war, auf den er hinausgewollt hatte. »Ich werde etwas Besseres tun als das: ich will sie ihnen *zeigen*.«
Er erhob sich brüsk, und wir andern mit ihm – ausgenommen Elisabeth, die auf ihrem Stuhl sitzen blieb. Als ich sie fragte, ob sie auch mitkommen wolle, schüttelte sie nur den Kopf, blieb sitzen und schaute uns, die wir das Zimmer verließen, hoffnungslos hinterher.
Es ging, wie ich daran erkannte, daß Hugh sich unterwegs eine Taschenlampe griff, in die Kellerräume; aber in einen Teil der Gewölbe, den ich vorher noch nie gesehen hatte. Anläßlich einiger weniger Gelegenheiten war ich wohl schon mit heruntergekommen, um die oder jene Flasche Wein aus den Gestellen dort aussuchen zu helfen; aber heute gingen wir am Weinkeller vorbei und weiter in einen langen, nur trübe erleuchteten Tunnel dahinter. Unsere

Sohlen schlürften und schleiften laut auf den rauhen Bodensteinen; die Mauern um uns zeigten große Flecke einsickernder Feuchtigkeit; und so warm die Nacht oben-draußen auch war, hier fühlte ich, wie Kälte und Nässe mir eine Gänsehaut auf der Brust entstehen ließen. Als auch der Doktor schauderte und mit hohler Stimme sagte: »Wie die Grabkammern von Atlantis –«; da wußte ich, daß ich mit meinen Gefühlen nicht allein stand, und empfand darob eine gewisse Erleichterung.

Wir hielten am äußersten Ende jenes Tunnels vor etwas an, was ich am besten als einen steinernen Alkoven bezeichnen möchte, der in der entferntesten Ecke des Gemäuers eingelassen war und vom Fußboden bis zur Decke reichte. Er mochte 1,20 Meter breit sein, nicht ganz das Doppelte tief, und das weite Türmaul zeigte die undurchdringliche Schwärze drinnen. Hugh langte hinein in diese Schwärze und zog eine schwere Tür davor zu.

»Das ist sie«, sagte er knapp. »Einfaches, massives Holz, zehn Zentimeter dick und genau in den Rahmen gepaßt, so daß sie nahezu luftdicht abschließt. Ein feines Stück Zimmermannsarbeit übrigens, von der Art, wie man sie vor 200 Jahren noch lieferte. Und weder Schloß noch Riegel. Lediglich ein Ring auf jeder Seite eingelassen, der als Handgriff dient.« Er stieß die Tür ganz leicht an, und geräuschlos schwang sie unter seiner Berührung auf. »Sehen Sie das? Das ganze Dings ist derart elegant auf seinen Angeln ausbalanciert, daß es sich wie eine Feder bewegt.«

»Ja, aber wozu ist das Ganze da?« fragte ich. »Es muß doch aus irgendeinem Grund angelegt worden sein.«

Hugh lachte kurz. »Ist es auch. Damals, in der schlimmen alten Zeit, wenn ein Diener sich eines Verbrechens schuldig gemacht hatte – und ich glaube nicht, daß solch Verbrechen in viel mehr bestehen mußte, als einem der alten Loziers widersprochen zu haben –, dann wurde er hier reingesteckt, um bereuen zu lernen. Und da der Luftvorrat drinnen allerhöchstens für nur ganz wenige Stunden ausreicht, bereute er entweder verdammt rasch oder überhaupt nicht mehr.«

»Und diese Tür?« erkundigte sich der Doktor vorsichtig. »Diese deine berühmte Tür hier, die sich jedem Fingerdruck öffnet und dann jegliche benötigte Menge Atemluft wieder einläßt – was hinderte den Diener daran, sie zu öffnen?«

»Das da«, sagte Hugh. Er ließ den Lichtkegel in die Zelle fallen, und wir drängten uns hinter ihm, um mit hineinspähen zu können. Der Lichtkreis glitt durch die Zelle bis zur gegenüberliegenden Wand, und blieb dann auf einer kurzen, schweren Kette haften, die dort, in etwas über Kopfhöhe, angebracht war und von deren letztem Glied ein U-förmiger Eisenkragen herabhing.

»Ich verstehe«, sagte Raymond, und es waren die ersten Worte, die ich ihn sprechen hörte, seitdem wir das Eßzimmer verlassen hatten. »Es ist tatsächlich sinnreich. Der Mann steht mit dem Rücken zur

Wand, das Gesicht türwärts gerichtet. Um den Hals wird ihm der Kragen gelegt, und dann – denn ein Schloß ist ersichtlich nicht vorgesehen – zugemacht, also zugehämmert um seinen Hals. Die Tür wird zugeschlossen; und der Mann verbringt die nächsten paar Stunden wie einer auf einer unsichtbaren Folter, indem er sich abquält, mit dem Fuß den Ring an der Tür zu erreichen – der aber immer gerade außer Reichweite bleibt. Wenn er Glück hat, stranguliert er sich dabei nicht in seinem Eisenkragen; sondern darf noch leben, bis jemand geruht, die Tür für ihn zu öffnen.«

»Mein Gott«, sagte der Arzt. »Sie geben einem richtig das Gefühl, als durchlebe man es selbst.«

Raymond lächelte schwach. »Ich habe viel dergleichen Erfahrungen durchleben müssen, und, glauben Sie mir, die Wirklichkeit ist doch immer noch ein bißchen schlimmer als die lebhafteste Fantasie. Jedesmal kommt unweigerlich ein allerletzter Moment des Schreckens und der Panik, wenn das Herz so irrsinnig hämmert, daß Sie meinen, es wolle ihnen die Rippen sprengen und der kalte Schweiß ihnen binnen der Kürze eines Atemzuges rundherum ausbricht. Dann ist der Zeitpunkt gekommen, wo sie sich in der Hand haben müssen; wo sie jegliche Schwäche abschütteln müssen und sich aller Lektionen erinnern, die sie je im Leben gelernt haben. Tun sie das nicht –« und er zog sich die Handkante über die magere Gurgel. »Unglücklicherweise geht das normale Opfer einer solchen Vorrichtung«, schloß er bekümmert, »da ihm die erforderliche Energie und Ausbildung, sich zu helfen mangelt, meist in die Knie.«

»Was Sie nicht tun würden«, sagte Hugh.

»Ich habe keinen Grund, das anzunehmen.«

»Sie meinen also«, und wieder begann, stärker denn je, in Hughs Stimme der Eifer von vorhin hörbar zu werden, »daß, unter genau denselben Bedingungen, wie damals vor 200 Jahren jemand, angekettet –: daß Sie diese Tür dann zu öffnen vermöchten?«

Die herausfordernde Note war allzu deutlich, um leichthin beiseite geschoben zu werden. Raymond stand eine lange Minute schweigend da, mit vor Konzentration verzogenem Gesicht, ehe er antwortete.

»Ja«, sagte er. »Leicht würde es nicht sein – das Problem wird schrecklich, gerade durch seine Einfachheit – aber gelöst werden könnte es.«

»Wie lange meinen Sie, daß Sie dazu brauchen würden?«

»Eine Stunde höchstens.«

Hugh hatte einen weiten Umweg gemacht, um bis zu diesem Punkt zu gelangen; jetzt stellte er langsam, genüßlich, die letzte Frage: »Würden Sie darauf wetten wollen?«

»Moment mal jetzt«, sagte der Doktor. »Also das gefällt mir ganz und gar nicht.«

»Und ich stimme dafür, wir vertagen uns und trinken erst mal einen«, warf ich ein. »Ein Spaß ist was Schönes; aber wenn wir hier unten noch lange rumdalbern, holen wir uns am Ende alle womöglich 'ne Lungenentzündung.«

Weder Hugh noch Raymond schienen ein Wort davon vernommen zu haben. Sie standen und starrten einander an – Hugh ungeduldig und wie auf Nadeln; Raymond bedächtig – bis Raymond fragte: »Worin sollte die vorgeschlagene Wette bestehen?«

»In folgendem: Wenn Sie verlieren, ziehen Sie binnen eines Monats aus Dane-Haus aus und verkaufen es an mich.«

»Und falls ich gewinne?«

Es fiel Hugh nicht leicht, es auszusprechen; aber endlich brachte er es doch über die Lippen: »Dann bin ich derjenige, der geht. Und für den Fall, daß Sie Hilltop nicht kaufen wollen, verpflichte ich mich, es dem ersten zu lassen, der ein Angebot macht.«

Für jeden, der Hugh kannte, hörte sich dergleichen Äußerung aus seinem Munde derart fantastisch, derart unsinnig an, daß keiner von uns Worte zu finden vermochte. Am schnellsten erholte sich noch der Doktor wieder.

»Du kannst nicht für dich allein sprechen, Hugh«, warnte er. »Du bist ein verheirateter Mann. Elisabeths Gefühle müssen auch mit in Betracht gezogen werden.«

»Gilt die Wette?« wollte Hugh von Raymond wissen. »Sind Sie bereit, mitzumachen?«

»Ich glaube, ich muß, ehe ich die Frage beantworte, eine Erklärung abgeben.« Raymond machte eine Pause und fuhr dann langsam fort: »Ich fürchte, daß ich bei Ihnen den Eindruck hervorgerufen habe – aus falschem Stolz meinerseits, vielleicht – daß, als ich meine Karriere aufgab, dies aus einer gewissen Langweile geschehen ist, aus einem Nachlassen des Interesses an meinem Beruf. Das ist nicht ganz die reine Wahrheit gewesen. In Wirklichkeit habe ich vor ein paar Jahren einen Arzt aufsuchen müssen; der Art hat das Herz abgehorcht; und auf einmal war mein Herz eben die wichtigste Sache von der Welt geworden. Ich sage Ihnen das jetzt; weil ich Ihre Herausforderung – die ich ansonsten gern als durchaus originelle und interessante Art, Differenzen zwischen Nachbarn beizulegen, anerkenne – aus gesundheitlichen Gründen leider ablehnen muß.«

»Vor einer Minute waren Sie noch gesund genug«, sagte Hugh mit harter Stimme.

»Vielleicht nicht ganz so sehr, wie Sie sich wünschen möchten, mein Freund.«

»Mit andern Worten also«, sagte Hugh bitter, »hier steht kein Komplize bereit; kein Schlüsselchen in Ihrer Tasche, das aushelfen könnte, und keine Möglichkeit, die Leute zu illusionieren, daß sie sähen, was nicht da ist! Folglich müssen Sie zugeben, daß Sie geschlagen sind.«

Raymond versteifte sich sichtlich. »Ich gebe nichts dergleichen zu. Was ich, selbst für einen solchen Test, an Werkzeugen benötigte, habe ich bei mir. Glauben Sie mir, es würde immer noch reichen.«

Hugh lachte laut auf, und der Klang schepperte in lauter kleinen Echos durch all die Korridore hinter uns davon. Ich bin mir sicher, daß es dieser Klang war – die lebendige Verachtung darin, die von Wand zu Wand um uns hin und her prallte – die Raymond in die Zelle treten machte.
Hugh schwang den Schlägel, einen schweren Schmiedehammer, aber mit ganz kurzem Stiel; und der Kragen um Raymonds Hals nahm langsam Kreisform an, als Hugh das gegen die Mauer angestemmte Eisen mit gleichmäßigen kräftigen Hieben traf. Als er zu Ende war, sah ich das fahle Glimmen der Radiumziffern einer Uhr, die Raymond in seiner pechschwarzen Finsternis ablas.
»Wir haben jetzt 23 Uhr«, sagte er gelassen. »Die Wette lautet dahingehend, daß bis Mitternacht die Tür offen sein muß, und es spielt dabei keine Rolle, was für Hilfsmittel verwendet worden sind. Das sind die Bedingungen, und Sie, meine Herren, sind Zeugen.«
Dann wurde die Tür geschlossen, und das Gehen begann.
Hin und her gingen wir – wir drei – wie wenn wir gezwungen wären, jede nur denkbare geometrische Figur auf dem Steinboden zu laufen; der Arzt mit seinem raschen ungeduldigen Tritt, und ich, der ich mich Hughs langen nervösen Schritten angepaßt hatte. Ein törichtes, sinnloses Gemarschiere, auf und ab und hin und her, über unsere eigenen Schatten weg, wobei jeder von uns die Zeit dadurch festzustellen suchte, daß er die verfließenden Sekunden mitzählte, und jeder sich schämte, der erste zu sein, der auf die Uhr sähe.
Eine Zeitlang gab es zu dem Geräusch unserer Füße etwas wie ein Gegenstück aus dem Innern der Zelle. Ein kaum wahrnehmbares Klinkern von Ketten kam in kurzen, regelmäßigen Abständen. Dann wieder eine längere Stille, gefolgt von einer Erneuerung jenes Klanges. Als es wieder einmal länger aussetzte, vermochte ich mich nicht länger zurückzuhalten – ich hielt meine Armbanduhr in das gelblichtrübe Licht der schwachen Birne an der Decke und sah mit Bestürzung, daß kaum 20 Minuten vergangen waren.
Danach zögerten dann aber auch die anderen nicht mehr, ihrerseits nach der Uhrzeit zu sehen, und das machte es doch tatsächlich noch schwerer zu ertragen, als das vorherige bloße Raten. Ich ertappte den Doktor dabei, daß er seine Uhr mit kleinen kurzen Schnurrdrallen aufzog; sie ein paar Minuten später bereits wieder aufzuziehen versuchte und plötzlich seine Hand wie angewidert sinken ließ, als ihm klar wurde, daß es bereits geschehen war. Hugh ging sogar mit der Uhr vor die Augen gehalten, als ob er durch Konzentration auf den schneckenkriechenden Minutenzeiger ihn rascher um das Zifferblatt kreisen lassen könnte.
30 Minuten waren so vergangen.
40.
45.

Ich weiß noch, daß, als ich auf meine Uhr blickte und sah, daß jetzt weniger als 15 Minuten zurückzulegen wären, ich mich wunderte, ob ich selbst diese kurze Zeit noch würde aushalten können. Die Kälte war inzwischen derart tief in mich eingedrungen, daß sie mir förmlich weh tat. Entsetzen überkam mich, als ich sah, daß Hughs Gesicht schweißüberströmt war und daß buchstäblich unter meinem Blick die Perlen sich bildeten und ihm hinunterrannen.

Und gerade, während ich ihn noch fasziniert angaffte, gesah es. Der Klang drang durch die Zellenwand wie eine Totenklage, die man aus großer Ferne vernimmt, und schauderte über uns hin, als buchstabiere es geisterschlaff die einzelnen Worte.

»*Doktor! –*« schrie es leise: »*Luft! –*«

Es war wohl Raymonds Stimme; aber die Dicke der Mauern, die ihr den Durchgang wehrte, verwandelte sie in einen hohen dünnen Schall. Am offenkundigsten darin war noch der Klang reinsten Grauens und der Bitte, die aus solchem Grauen entsprang.

»*Luft –*!« kreischte es leis', und das Wort schlug Blasen am Ende und drieselte sich in ein langgezogenes aus, das keinen Sinn mehr hatte.

Und dann war es still.

Wir sprangen beide zur Tür; aber Hugh war noch eher da, stand mit dem Rücken dagegen und sperrte uns den Weg. In der erhobenen Faust hielt er den Hammer, der Raymonds Kragen zum Kreis zusammengedroschen hatte.

»Wegbleiben!« schrie er. »Kommt ja keinen Schritt näher, ich warn' euch!«

Die Wut in ihm, unterstützt von der Drohung der Thorwaffe, ließ uns wie in den Boden gewurzelt stehenbleiben.

»Hugh«, begann der Doktor beschwörend, »ich weiß, was du denkst; aber das ist doch nunmehr erledigt. Die Wette ist hinfällig, und ich öffne diese Tür auf meine eigene Verantwortung. Mein Wort darauf.«

»Dein Wort?: Ach! Erinnerst du dich vielleicht an den Wortlaut der Wette, Doktor? Binnen Stundenfrist muß die Tür offen sein – *und es spielt dabei keine Rolle, was für Hilfsmittel verwendet worden sind!* Begreift ihr jetzt? Er hält euch beide zum Narren. Er simuliert eine Sterbeszene, damit ihr die Tür aufstoßen und die Wette für ihn gewinnen sollt. Aber es handelt sich um meine Wette, nicht um die eure, und das letzte Wort in dieser Angelegenheit habe ich!«

An der Art wie er sich ausdrückte, erkannte ich, daß er – obwohl seine Stimme wie ein gespanntes Seil schütterte – vollkommen im Besitz seiner Selbstbeherrschung war, und das machte es alles ja nur noch schlimmer.

»Wieso weißt du, daß er simuliert?« bedrängte ich ihn. »Der Mann hat gesagt, er hätte einen Herzfehler. Und daß es, in einer Situation wie dieser, grundsätzlich einen Augenblick gäbe, wo ihn Panik be-

fiele und er die Belastung spüre. Welches Recht hast du, ein Spiel mit seinem Leben zu treiben?«
»Verdammt – habt Ihr denn nicht gemerkt, daß er kein Wort von ›Herzfehler‹ gesagt hat, bis er eine Wette witterte? Seht ihr nicht ein, daß das die Art ist, wie er uns die Falle gestellt hat; genau wie vorhin, als er heimlich meine Tür zuschloß und sich dann bei mir an den Tisch zum Dinner hinsetzte! Aber diesmal wird es niemanden geben, der sie für ihn aufspringen läßt – niemanden!«
»Hugh, hör' mich an«, sagte der Arzt, und seine Stimme war wie ein Peitschenschlag: »Gibst du mir zu, daß auch nur eine schwache Möglichkeit bestünde, daß der Mann da drin tot sein, beziehungsweise im Sterben liegen könnte?«
»Jawohl, das ist möglich – möglich ist alles.«
»Mir liegt nichts ferner jetzt, als irgend Haare zu spalten. Aber ich sage dir, daß, falls diesem Mann tatsächlich schlecht ist, es auf jede einzelne Sekunde ankommt, und daß du ihm diese Zeit stiehlst. Und falls das der Fall sein sollte, Hugh – also bei Gott, du, ich setz' mich auf die Zeugenbank bei deinem Prozeß, und sage unter Eid aus, daß du ihn gemordet hast! Ist es das, was du willst?«
Hughs Kopf war auf die Brust gesunken, aber noch lag seine Hand fest um den Griff des Hammers. Ich konnte das Rasseln des Atems vernehmen, wie er ihn schwerfällig durch die Kehle sog, und als er den Kopf jetzt hob, waren seine Züge grau und eingefallen. Die Qual der Entschlußlosigkeit stand ihm in jeglicher schweißschlierigen Falte geschrieben.
Und da begriff ich auf einmal, was Raymond an jenem Tage gemeint hatte, als er Hugh von der Offenbarung sprach, die jener angesichts eines vollendeten Dilemmas vielleicht erleben könnte. Es war die Offenbarung dessen, was ein Mensch in bezug auf sich selbst zu lernen vermag, wenn er einmal gezwungen wird, in seine eigenen Tiefen zu schauen; und Hugh war eben dabei, es zu erleben.
In jenen dämmrigen Gewölben, während die erbarmungslosen Sekunden uns lauter und lauter in die Ohren donnerten, harrten wir, um zu sehen, wozu er sich entschließen würde.